The Kingdom of Silver

2

은의 왕국 2

신지연 판타지 장편 소설

초판 1쇄 찍은 날 § 2000년 8월 25일
초판 1쇄 펴낸 날 § 2000년 8월 30일

지은이 § 신지연
펴낸이 § 서경석
펴낸곳 § 도서출판 청어람

등록번호 § 제 1081-1-89호
등록일자 § 1999. 5. 31

주소 § 경기도 부천시 원미구 심곡1동 350-1 남성B/D 3F (우) 420-011
전화 § 032-656-4452   팩스 § 032-656-4453

ⓒ 신지연, 2000

값 7,500원

※ 잘못된 책은 바꿔드립니다.
※ 저자와 협의하여 인지를 붙이지 않습니다.

ISBN 89-5505-000-3(SET) / ISBN 89-5505-002-X 04810

은의 왕국

The Kingdom of Silver

2

신지연 판타지 장편 소설

도서출판

청어람

목 차

제10장

환몽의 바다

'계속 여기에 있어야 하나?'

서희는 변함없이 시작된 하루의 일과 속에 발을 내디디며 속으로 생각하고 있었다. 벌써 이곳 시류의 궁에 온 지도 3주는 된 것 같았다. 그 동안 자신이 한 일이라고는 오래 머물러 있으면 미쳐버릴 것 같은, 글씨로 가득한 그 비전서의 방에서 수십 개의 문장들을 읽었던 일과 적의 수 화월을 방문했던 일, 그리고 아직도 확실히 정체를 알지 못하는 금의 일족들에 대해 듣게 된 일이었다. 마지막으로 여전히 꺼림칙하게 다가오는 악몽과의 싸움.

'차라리 유하의 집으로 돌아가는 게 낫지 않을까? 그래도 그곳에서는 다른 이들과 많이 접할 일은 없으니까 편할 텐데…….'

얼마 전의 사건 이후로 서희는 시류와 거의 만나지 못했다. 그 사건과 본래의 일 때문에 바쁜 듯, 평상시에는 그렇게나 스토커처럼 따라붙던 그의 그림자가 마치 거짓말처럼 사라져 버린 것이다. 항상 붙어다니던 그의 모습이 사라지자 시원섭섭한 감정이 들었다.

'뭐, 미운 정이라도 든 건가.'

서희가 언제나처럼 탁자 앞의 의자에 자리를 잡고 앉자, 부지런히 차를 나르고 주위를 정리하던 사비들은 이제 한결 부드러워진 표정으로 인사를 건넸다. 그래도 서희는 아직까지 그녀들의 이름을 모르고 있었다. 어떤 것을 부탁할 때 이름을 몰라서 꽤나 불편했던 적이 한두 번은 아니었지만, 처음부터 묻지 않았는데 막상 이제 와서 이름을 물으려니 좀 쑥스럽기도 하고 해서 아예 입을 다물어 버린 것이었다. 탁자 위에 올려놓은 책들은 대략 대여섯 권은 되는 듯했다. 대충 아무 책이나 눈에 띄는 대로 잡아 뽑아서 탁자 위에 올려놓고, 서희는 그중 맨 위에 올라와 있는 책을 펼쳐 들었다. 그 책 또한 이 방의 대부분을 채우고 있는 책들과 마찬가지로 소설이었다. 이곳에 있는 대부분의 소설은 인간과 얽힌 비극이나 섬뜩한(?) 이야기, 그렇지 않으면 로맨스 소설과 비슷한 것들이었다. 어딜 가나 남녀의 사랑 이상으로 흔하고도 방대한 소재는 없는 듯, 이곳 도깨비들이라고 다를 것은 없었다. 대다수의 다른 소설들과 마찬가지로 이 책에도 간혹 가다 섬세한 붓놀림이 돋보이는 삽화들이 들어가 있었다. 지금 서희가 펼친 부분은 육감적인 몸매를 가진 한 여자 도깨비가 꽃길을 노니는 그림이었는데, 단지 가느다랗고 검은 윤곽선만으로 그려진 그림이었음에도 불구하고 여인의 모습이 무척이나 아름답게 묘사되어 있었다.

'쳇, 어딜 가나 쭉쭉 빵빵한 여자들만이 인기있다는 건가?'

그것은 자신이 가지지 못한 것에 대한 질투인지 그렇지 않으면 비틀린 마음의 반영인지는 모르지만, 여하튼 서희는 기분이 나빠졌다.

'에잇, 짜증나.'

서희는 탁! 소리가 나게 책장을 덮어버리고 탁자 위에 내려놓았다. 그리고 활짝 열린 창 밖으로 시선을 돌렸다. 분명 이곳의 계절은 가을로 알고 있었는데 밖은 마치 봄 같았다. 화창하게 개인 날씨가 그랬고, 생생한 푸르름을 간직한 나무들이 그랬다. 그리고 이곳에 오자마자 숲에 들어가 따먹었던 열매들만 하더라도 가을에 나는 것은 아닐 듯했다. 물론 가을에도 많은 산열매들이 자라나긴 하지만 서희의 생각으로는 그랬다. 한참 동안 그렇게 밖을 내다보고 있자니, 그 푸르른 그림자들 속을 걷고 싶다는 충동이 마음속을 가득 채웠다.

'나도 한때는 문학 소녀이고 싶었어. 물론 지금도 매일 책을 읽기는 하지만 소녀일 수는 없잖아.'

서희는 자신의 몸을 내려다보며 짧게 한숨 짓고는 몸을 일으켰다. 책들과 함께 탁자 위에 올라와 있던 뜨거운 차에는 손도 대지 않은 채였다.

"나가십니까?"

유일하게 편안한 얼굴로 나이가 좀 들어 보이는 사비가 서희에게 물었다.

"잠시 산책이라도 할까 해서……."

서희가 대답하자 그녀는 사비들 특유의 소리나지 않는 기술로 문을 열어주었다. 서희는 문을 빠져 나가면서 그녀에게 엷은 미소를 지어 답해주고는 걸음을 옮겼다.

나뭇잎이 바람을 통과하며 내는 소리는 마치 어떤 악기의 선율과도 같았다. 보통 때에는 느끼지도 못했던 작은 자연의 소리 하나도 이곳에서는 귀를 크게 열고 주위를 기울이지 않아도 들려왔다. 시력을 비롯한 청각, 후각 등 모든 감각들이 한순간에 발달하기라도 한 듯, 그저 바라보기만 했던 버드나무 가지가 길게 드리워진 호숫가를 거닐면서 서희는 가슴 가득히 바람의 내음을 들이켰다. 호수는 무척이나 투명했다. 그 속을 들여다보니 바닥에 깔려 있는 작은 조약돌들이 선명하게 눈에 들어왔다. 그저 바라보는 것만으로 마음속까지 투명해지는 듯한 물결을 바라보며 서희는 미소 지었다. 이런 편안한 마음을 안겨주는 것이기에 자연이 그토록이나 위대한 것인지도 몰랐다. 바다를 보고 그 넓고 장대한 넓이와 깊이에 마음을 빼앗기고 후련함을 느끼듯이, 산을 보고 그 산만이 풍기는 푸른 내음과 굽이치는 나무들의 물결을 보고 감동하듯이, 비록 바다나 산에 비하면 터무니없이 작은 호수였지만 서희는 마음 가득 흡족함을 느꼈다.

"아름답구나……"

막 그렇게 중얼거리며 몸을 돌리고 있을 때였다.

"……!!!"

서희는 갑자기 숨이 턱, 하고 막힐 정도로 강하게 달려든 어떤 것 때문에 한순간 숨을 멈췄다. 심장이 떨어져 나갈 듯 깜짝 놀라서 한동안은 자신에게 지금 어떤 일이 일어났는지도 알아채지 못하고 있었다. 한순간 몸의 중심을 잃어 하마터면 미끌어져 물에 빠진다는 볼썽 사나운 일이 벌어질 뻔했지만, 필사의 노력으로 그것을 막아내고 서희는 제대로 설 수 있었다.

"유하님."

여자의 목소리였다. 지금은 길다란 검은 머리카락밖에는 보이지 않았지만 상당히 젊은… 그렇지 않으면 어린 여자의 목소리였다.

'뭐야, 뭐야, 이거······.'

그 목소리 이외에는 알 수 없는 여자의 팔이 서희의 허리를 꽉 붙잡고 있었기 때문에 서희는 미치도록 궁금한 그 여자의 얼굴을 볼 수 없었다. 입고 있는 옷이 자신과 시류에 필적할 정도로 화려한 것을 보아 사비는 아닐 것 같았지만. 만약 사비였다면 이렇게 대담한 행동은 하진 못했을 것이다. 턱 바로 아래까지 오는 그 여자의 머리카락에서는 특수한 향이라도 뿌렸는지 은은한 꽃향기가 풍겨나오고 있었다. 하지만 향수 같은 것은 체질적으로 싫어하는 서희였기에 그 꽃향기가 기분 좋게 느껴지지만은 않았다.

"유하님, 정말 보고 싶었어요."

서희는 황당해서 미칠 지경이었다. 얼굴도 보여주지 않고, 인사조차 하지 않고 다짜고짜 허리를 껴안고 한다는 말이 보고 싶었어요, 라니. 물론 너무나 반가워서 그랬을 수도 있다. 하지만 유하는 알지 몰라도 자신은 모르는 인물이었다. 서희는 그저 땅이 꺼져라 한숨을 내쉬며 빨리 이 여자가 떨어져 나가기를 기다렸다. 그리고 무엇보다 머리 위에 딸려 있는 한 쌍의 뿔이 마치 흉기처럼 눈앞에서 아른거리는 바람에 서희는 생명의 위협을 느끼고 있었다. 얼굴 부근에 닿아 있는 뿔의 감촉이 무척이나 싸늘하다고 느끼며 서희는 계속 얼굴을 멀리하려고 노력했다.

"너무하시는군요. 인사말 한마디조차 건네지 않으시다니… 유하님은 전부터 항상 그러셨죠."

약간 실망한 듯한 어조로 여자는 중얼거리며 팔에서 서서히 힘을 뺐다.

'그래, 제발 좀 떨어지란 말이야. 난 너 몰라.'

아주아주 느릿느릿하게 손을 풀고 고개를 든 여자의 얼굴은 상당히 선이 곱고 여자다운 예쁜 생김새였다. 분명 이 정도의 외모라면 연예인이 되는 것도 시간 문제일 정도로 예쁜 얼굴. 하지만 그뿐이었다.

"안녕하세요, 유하님. 이렇게 인사드리는 게 1년 만인가요?"

얄미울 정도로 환하게 웃으며 그 여자아이(?)는 인사했다.

"아……."

뭔가 말하려 했지만 서희는 그 여자의 이름도 얼굴도 모조리 다 낯설었기 때문에 아무런 말도 하지 못하고 입을 다물어 버렸다.

"유하님, 설마… 설마……."

갑자기 그녀는 심하게 격정적인 어조로 말을 끌었다.

'그 설마가 맞을걸?'

서희가 속으로 말하기가 무섭게 그녀 역시 말을 이었다.

"절 잊으신 건가요? 네, 그런 건가요?"

마치 자신이 어떤 연극의 배우라도 되는 듯이 말하는 그녀를 보고 서희는 또다시 한숨을 내뱉었다.

'대체 누군지는 모르지만, 유하도 꽤나 골치 아픈 인맥을 가졌구나.'

한참 동안이나 혼자서 뭔가를 중얼거리며 표정을 여러 차례 바꾸던 그녀는 곧 포기했는지 고개를 숙였다. 원색으로 이루어진 상당히 화려한 복장을 한 그녀는 의외로 그 원색들이 잘 어울려서 촌스럽다는 느낌은 전해주지 않았다. 하지만 서희는 마음 한구석에서 그녀에 대한 꺼림칙한 감정이 떠오르고 있는 것을 막을 수는 없었다.

"사야예요, 사야! 1년 동안 오지 않았다고 그새 잊으시다니 너무하네요."

금방이라도 울 것처럼 격정에 가득 찬 목소리로 그녀는 말을 하면서 서희를 노려보았다.

"사야……."

그녀는 분명 청각이 다른 이들에 비해 열 배는 더 발달했음이 틀림없었다. 자신의 귀에도 들리지 않을 정도로 작게 중얼거린 서희의 목소리를 알아듣고는 순식간에 눈에 띄게 환한 표정으로 뒤바뀐 것이다.

"이제 생각나셨나요? 그렇죠?"

급격한 그녀의 반응에 서희는 자신이 마치 팬과 맞닥뜨린 아이돌이라도 된 기분이 들었다.

"산책을 방해했다면 죄송해요. 하지만 절 알아보지 못하실 줄은 정말 몰랐어요."

'그래, 미안하다. 너처럼 튀는 애를 못 알아봐서.'

아직까지 서희는 은의 일족들의 나이를 제대로 짐작할 수가 없었다. 아직 유하나 시류의 나이조차도 모르는데, 지금 처음 만난 사야라는 이 여자의 나이를 알 수 있을 리가 없었다. 그냥 보통 인간들로 친다면 20살 초반 정도로 보이는 외모에, 키는 163이나 4 정도? 은의 일족들은 뿔이 있기 때문에 본래의 키보다 조금 더 커 보이기는 했다. 하지만 대충 보기에 그 정도의 키인 것 같았다. 그리고 그녀 역시 뿔이 두 개인 것을 보니 청의 일족은 아니고 적의 일족인지도 모른다. 아니, 청의 일족을 제외한 다른 일족들은 다 뿔이 두 개라고 했으니 청의 일족이 아닌 다른 세 일족중 하나일 것이다.

"그런데 이곳에는 무슨 일로……."

아직 존댓말을 써야 할지, 아니면 말을 놓아야 할지 알 수 없었기 때문에 서희는 대충 말을 얼버무렸다.

그 질문에 사야는 잠시 어울리지 않게 한숨을 내쉬며 고개를 돌렸다. 마치 무척 곤란한 사태에 직면한 듯이.

"아버님이 시류님께 전해드릴 물건이 있다고 해서 제가 그 일을 맡은 거예요. 물론, 오랜만에 유하님을 볼 수 있는 기회가 생겼기 때문이라는 것이 더 적합한 이유겠지만……."

말을 늘이는 것을 보니 진짜 하고 싶은 말을 아직 하지 않은 듯했다.

"그리고……."

'그럼 그렇지.'

서희가 자신의 짐작이 맞았다는 사실에 잠시 감탄하고 있을 때, 그녀는 지금까지와는 달리 무척 평이한 어조로 말을 이어갔다.

"아버님의 개인적인 부탁을 전하기 위해서 제가 온 거예요. 제 지위 정도면 다른 이에게 이야기하지 않고도 직접 유하님과 접할 수 있을 테니까요."

그녀는 다른 곳을 향해 있던 시선을 다시 서희에게로 돌렸다. 그리고 작은 흔들림조차 보이지 않는 시선으로 서희의 눈을 직시했다.

"저희… 백의 영토로 와주시겠어? 이유 같은 건 충분히 만들어낼 수 있을 거예요, 유하님이라면. 길지 않아도 좋으니까, 단 며칠만이라도 백의 영토로 와주세요."

서희는 얼마 전에 이와 비슷한 상황에 직면한 적이 있다는 기억을 떠올렸다. 그래서 그것을 확인하기 위해 조금 느긋한 어조로 말을 꺼냈다.

"비전서의 해석을 위한 일인가?"

서희가 작게 중얼거리자 사야는 마치 화살 맞은 토끼처럼 몸을 떨었다.

"역시 알고 계시는군요. 그렇다면 제가 자세하게 말하지 않아도……."

"잠깐."

서희가 그녀의 말을 막자 사야는 의아함을 담은 시선으로 다시 서희를 바라보았다.

"알고 있겠지만……."

서희는 결국 자신이 가진 사제라는 자리를 믿고 그녀에게 반말을 하기로 했다. 그녀의 신분이 백의 영토를 다스리는 수의 딸이라는 것은 대충 그녀의 말을 통해 짐작할 수 있었지만, 뭐, 나중에 그녀가 이런 일을 가지고 꼬투리를 잡지는 않을 것 같았다. 그리고 무엇보다 적의 수 화월에게조차 존댓말을 듣고 있는 자신이 아니던가. 결국은 유하의 힘이었지만.

"나는 청의 사제다. 청의 수 시류님을 위해서만 내 힘을 써야 한다는 사실은 그대도 알고 있겠지?"

여기서 스토커 시류를 높여주는 말을 하고 싶지는 않았지만, 상황이 상황이니만큼 여기서 빠져 나가기 위해 그의 이름을 들먹이는 수밖에 없었다. 약간 꺼림칙한 것은 어쩔 수 없었지만.

"유하님, 하지만 은의 영토에 존재하는 유일한 사제는 유하님뿐이에요. 그리고 다른 일족들에게도 비전서는 필요해요. 알고 계시잖아요?"

'알기야 알지. 그렇지만 난 아직 어떻게 읽는 건지도 잘 몰라.'

서희는 잠시 망설이는 것처럼 말을 멈추고 시선을 돌렸다. 여전히 투명할 정도로 맑고 깨끗한 호수를 향해서.

"시류님은 내가 다른 곳으로 가길 원하지 않으실 거야."

"그러니까 이렇게 유하님께 직접 부탁드리고 있잖아요. 유하님께서 다른 곳에 약초를 구하러 가신다고 말씀하신다면 의심을 사지는 않을 텐데요? 그리고 아무리 유하님께서 청의 사제라고 해도 결국 사제는 사제. 은의 일족 전체를 위한 일이라면 당연히 해야 할 일이 아닌가요?"

그녀는 첫인상과는 달리 갑자기 날카로운 무언가를 집어내려 하고 있었다. 역시 약간 이상하게 보이긴 해도 그녀가 가진 수의 핏줄은 어쩔 수 없는 듯했다. 따지는 듯한 그녀의 말투에 서희는 자신이 교회에서 전도 나온 사람들과 싸우던 때를 떠올렸다. 그때도 지금의 사야처럼 하나하나 따져 가며 그들을 몰아가곤(?) 했었다.

"그대는 이로 인해 어떤 일이 일어난다면 그것을 책임질 수 있나?"

서희가 고개를 돌려 그녀를 빤히 바라보며 묻자, 사야는 갑자기 말문이 막힌 듯 입술을 달싹거리기만 하고 있었다.

'대체 비전서가 없으면 어떻다고 이렇게 하나같이 달려들지? 설마, 얼마 있지 않아서 다른 일족도 부탁하러 오는 거 아닌가 몰라.'

"약속드릴 수는 없지만, 이 부탁으로 인해 유하님께 어떤 곤란한 일이 생긴다면 그 책임은 저희 백의 일족들이 지겠어요."

무척이나 단호한 어조.

그녀의 흔들림 없는 얼굴은 무슨 일이 있어도 서희에게서 약속을 받아내겠다는 굳은 의지가 배어 있었다. 허락하지 않는다면 끈질기게 달라붙을 것이다. 분명.

'또 그 방법을 써먹어야 하나?'

서희는 얼마 전 적의 수 화월의 부탁을 은근슬쩍 넘길 때 사용했던 방법을 떠올렸다. 약속을 하긴 하되 기약없는 약속을 맺는 것 말이다.

"그렇다면.이렇게 하도록 하지."

서희는 작게 한숨을 내쉬며 표정을 굳혔다. 마치 비장하게 무슨 이야기를 꺼내기라도 할 것처럼.

"내가 이곳을 떠나 내 거처로 돌아가게 되면 그때 기회를 봐서 그대의 영토로 갈 테니, 시간을 두고 기다려 준다면 고맙겠어."

서희의 입에서 말이 떨어지자마자 사야는 서희의 말 속에 들어 있는 약간의 함정을 눈치 채지 못한 채 환하게 웃었다. 주의 깊게 그 말을 들었다면 '기회를 봐서'라든지 '거처로 돌아가게 되면', 그리고 '시간을 두고 기다리라'는 말에 담긴 의미를 알아차릴 수 있었을 테지만, 그녀는 우선 서희가 자신의 말을 받아들였다는 사실 하나 때문에 중대한 오류를 찾아내지 못하고 있었다.

'걸려들었다!'

속으로는 무척이나 기뻤지만 서희는 겉으로 그 표정을 드러내지 않은 채 엄숙한 얼굴을 하고 있었다.

"정말 감사해요, 유하님. 사실은 절 잊지 않으셨던 거군요."

갑자기 일이 이상한 방향으로 돌아가려 하고 있었다. 사야는 다시 처음 서희를 껴안고 무턱대고 말을 내뱉던 그때의 얼굴로 되돌아갔다.

'이봐이봐.'

서희는 무슨 말인가를 하고 싶었지만 그녀가 자신만의 세계로 빠져드는 것을 어떻게 막을 수는 없었다.

"하긴, 유하님이 1년이 지났다고 저를 잊으실 리가 없지요. 분명 그렇게 믿고 있었어요."

그렇게 얼마 동안을 그녀의 표정 변화를 지켜보며 괴로워하고 있었는지 모른다. 바람은 여전히 신선한 나무의 향을 품은 채 불어오고 있었고, 물살 역시 잔잔하게 퍼져 나가고 있었다. 단지 서희만이 그 세상 속에서 정지되어 있는 것 같았다.

"이런 곳에 계시다니, 얼마나 찾았는지 몰라요."

고개를 돌린 채 현실 도피에 전념하고 있던 서희는 갑작스레 들려온 발랄한 목소리에 조심스레 고개를 돌렸다. 눈에 비친 것은 엷은 분홍빛의 화의를 걸치고 있는 한 소녀와 눈이 번쩍 뜨일 정도로 고고한 표정을 떠올리고 있는 돌변한 사야의 모습이었다.

"잠시 산책을 하려고 나온 길에 유하님을 만나서 이야기를 나누고 있었다."

목소리 역시 권위있는 왕족의 그것처럼 무척이나 담담하면서도 힘이 있는 것이었다.

"아, 죄송합니다. 청의 사제 유하님께 인사드립니다. 저는 백의수 유현님의 딸이신 사야님을 모시는 사비입니다."

처음에 서희의 존재를 알아채지 못하고 있던 그 사비는 무척이나 당황한 어조로 깊이 고개를 숙였다.

"그런데 무슨 일이지?"

몸둘 바를 몰라 하고 있던 사비는 사야의 말에 구원이라도 받은 것처럼 재빨리 고개를 들어올리고 나서 답했다.

"그것이… 시류님께서 함께 식사를 하시자며 사야님을 찾으셨습니다."

'흐음, 백의 수 유현의 딸이라고?'

서희는 정말 연극인의 끼가 다분한 사야의 태도 변화를 보며 속으로 중얼거렸다.

"함께 가시겠습니까, 유하님?"

도도하기 이를 데 없는 왕족의 표정을 하고 있는 사야는 조금 전의 사야와는 느낌조차 확연하게 달랐다. 그녀의 그런 당당한 표정을 보자니 조금 전까지 그녀가 했던 행동이나 말투는 마치 꿈인 것처럼 느껴질 정도였다.

'어쩐지 이 여자, 이중 인격 같아.'

걸음을 옮기는 사야의 뒤를 따라가면서 서희는 어쩐지 일이 이상해질지도 모르겠다는 불길한 느낌을 받고 있었다.

*　　　　*　　　　*

"조금 전에 산책을 나갔다가 우연히 유하님을 만나서 같이 들어오게 되었습니다."

그것은 사야와 함께 들어서는 유하의 모습을 보며, 약간의 의아함을 담은 표정을 떠올린 시류에게 그녀가 한 말이었다. 우아함과 고귀함이 몸에서 철철 넘치는 그 자태는 어느 누가 보기에도 한눈에 왕족이라는 것을 알 수 있을 정도였다.

"그렇군. 한동안 유하가 방에서 나오지 않는다기에, 무언가 조사할 일이라도 있었나 했었지."

시류는 그렇게 말하며 표정을 부드럽게 바꾸었다.

'이놈이나 저놈이나 표정 관리 하나는 죽여주는군.'

식사를 하기 위해 나란히 식탁에 앉은 후 서희는 조용히 시류와 사야를 바라보고 있었다. 어쩌면 저렇게 고고한 태도를 유지할 수 있을까, 라는 것이 서희의 가장 큰 관심의 근원이 되고 있었다. 하지만 평소에 꽤 말이 많았던 시류도 웬일인지 별 말 없이 무슨 생각인가에 잠겨 있었고, 사야 역시 여전히 얄미울 정도로 고귀한 자세를 유지하며 서희를 빤히 바라보았다.

'흐음, 뭔가 분위기가……'

서희는 사야의 그 흔들림 하나 없는 시선이 부담스러워서 식탁으로 고개를 숙였다. 자리에 앉아 있는 세 사람의 앞에 각각 하나씩 놓여 있는 흰색의 도자기 잔에는 너무 뜨겁지도, 그렇다고 너무 미지근하지도 않은 적당한 온도의 엷게 탄 차가 담겨 있었다. 그리고 서양풍의 식탁과는 어딘지 모르게 다른, 가장자리에 정교한 학의 모습이 새겨져 있는 식탁은 짙은 갈색의 나무로 만들어져 있었다. 옻칠을 해서인지는 모르지만, 매끄럽게 윤이 났다. 어떻게 기술 좋게 짜 맞추었는지는 모르지만, 열 명 정도는 둘러앉을 수 있을 듯한 식탁의 표면은 이음새 하나 없이 말끔하게 빛났다.

'미치겠네.'

하지만 그렇게 열심히 식탁을 관찰하고 있는 동안에도 사야의 타는 듯한 시선은 떨어질 줄을 몰랐다. 자신이 과민 반응을 하는 건지, 그렇지 않으면 그녀의 시선이 너무 강해서인지는 모르지만 서희는 피부에 들러붙을 것 같은 그녀의 시선이 무척이나 꺼림칙했다.

'인기있는 연예인들이 성질 더러운 이유를 알 것 같다.'

그렇게 침묵 속에서 얼마나 시간이 지났을까. 그 영원보다도 길었던(?) 시간이 지나고 사비들이 향기로운 음식을 하나둘씩 가져왔다. 평상시에는 음식을 기다리느라 시간 가는 줄도 몰랐었는데, 이번만큼은 그 몇 분의 시간이 정말이지 끔찍하게 길게 다가온 것이다. 그리고 서희는 음식을 날라온 사비들이 이렇게나 사랑스럽게 느껴진 것도 처음이었다.

"자, 어서 들도록 하지."

그리고 시류의 입에서 말이 떨어지자 서희는 고개를 들었다. 사야의 시선은 어느새 거두어진 채 시류에게로 향해 있었다. 서희는 작게 고개를 저으며 음식이 놓여진 식탁으로 시선을 향했다.

방문 앞에서 서희의 모습을 발견한 사비가 고개를 숙이며 인사를 건네고는 문을 열었다. 언제 들어올 줄 알고 그렇게 기다리고 있었느냐는 말을 하고 싶었지만, 지금은 재빨리 방으로 들어가는 것이 급선무였다. 스토커인 시류보다 더 심한 그 이상한 이중 인격의 여자, 백의 수 유현의 딸이라는 사야는 식사를 끝마치자마자 자리를 피하는 서희를 붙잡으려 했다. 그것도 자신의 본성을 드러내지 않도록 아주 교묘하게 말을 돌려가며. 하지만 시류가 백의 수 유현에게 답례로 전할 것이 있다며 그녀를 부르는 바람에 시류의 집무실로 향해야 했다. 그녀의 눈에 짙은 아쉬움이 배어 있다는 사실을 애써 부인하며 서희는 재빨리 몸을 움직였다.

"누군가 방에 들어오는 일이 생긴다면 꼭 내게 알리도록 해라."

"네, 유하님."

방 안에 들어서자마자 안도의 숨을 내쉬기도 전에 서희는 사비 하나를 붙잡고 말을 해두었다. 평상시에도 그녀들이 다른 누군가가 출입할 경우에는 그 사실을 알리는 것이 상례였지만 신분이 높은 자들, 이를테면 시류 같은 지위를 가진 자인 경우에는 조용히 문을 열어주곤 했다. 물론 시류라면 대충 말을 받아넘길 수 있지만 사야는 다르다.

"피곤한 일을 겪으신 모양이군요."

서희가 낮게 한숨을 내뱉으며 의자에 깊숙이 몸을 묻자 20대 중반 정도로 보이는 사비가 다가서더니 물었다. 유하가 궁에 머물 때면 항상 시중을 들어왔다는 말로 미루어 보면 그녀는 젊어 보이는 외모에 비해 나이는 꽤 들었을지도 모른다. 하지만 나이를 물을 수도 없고 해서 그냥 대충 겉보기 나이로 짐작하기로 했다. 평상시에도 무척이나 자연스러운 태도로 말을 거는 그녀였지만, 그녀 쪽에서 먼저 말을 거는 일은 무척이나 드물었기에 서희는 약간의 놀라움을 느끼며 그녀를 응시했다.

"아, 그저⋯⋯."

"예전에도 그런 표정을 지으시는 것을 본 적이 있습니다. 아마오 년 정도 전이었던 것으로 기억하는데, 그때도 사야님이 이곳에 오셨습니다."

무척이나 날카로운 지적이었다. 하지만 서희는 별다른 표정의 변화를 보이지 않으며 가만히 자세를 유지했다.

"유하님은 젊은 여자들을 상대하는 게 무척 서투르신지도 모르겠군요."

그녀는 지나가는 말처럼 미소를 띤 채 중얼거렸다. 무척이나 재미있어 하는 듯한 표정이었지만, 애써 그것을 억누르고 있는 것 같았다.

"잠시 자리를 비켜주겠나?"

"네, 그렇게 하도록 하겠습니다. 필요한 것이 있으시면 언제든지 부르세요."

그녀는 고개를 숙여 인사하고는 몸을 돌렸다. 서희는 발소리조차 울리지 않게 걸음을 옮기는 그녀의 뒷모습을 응시하며 또다시 한숨을 내뱉었다.

'어째, 여기 있는 여자들은 하나같이 눈치가 다 빠르냐. 아니면 내가 너무 둔한 여자였던 건가?'

분명 서희 자신이 보기에도 유하는 매력적인 남자다. 그것도 아주 젊은. 외모뿐만 아니라 아주 그럴싸한 지위까지 가진, 그야말로 결혼하고 싶은 남자 1위를 점하고도 남을 그런 존재인 것이다. 하지만 책에서 얼핏 본 기억으로는 사제의 결혼에 관한 기록은 없었던 듯하다. 금지하고 있는 것은 아니지만, 사제들이 결혼을 했다는 사실은 듣지도, 읽지도 못했다. 그 사실을 알게 된 후 서희가 떠올린 것은 그들이 일에 치여서 일찍 죽었기 때문에 아마도 결혼 같은 것을 꿈꿀 시간조차 없었을 것이라는 생각이었다. 맞는지 틀린지는 모르지만 꽤 근거있는 생각일지 모른다.

'하지만 지금 문제는 그게 아니야. 유하의 속 안에 있는 게 바로 나, 이서희라는 게 문제인 거지. 나는 그 여자… 사야가 무슨 생각을 하고 있는지 뻔히 다 보인다구. 여자가 그런 표정이나 말투를 쓴다는 건 뻔한 거잖아. 좀 짜증나네. 사야라는 여자도 보는 눈은 있어 가지고.'

동안이라는 이유로 보통 남자들에게서는 관심을 받아본 적이 없었던 서희는 이런 종류의 감정이 부담스러웠다. 물론 동안이라고 해서 아무 남자들도 없었던 것은 아니다. 하지만 조금 느끼한, 친구라고 여겼었는데 느글거리며 다가오곤 했던 남자들을 대한 경험 때문에 서희에게는 남자에 대한 불신이랄 수 있는 감정이 싹터 있었다. 지금은 그때와 경우가 많이 다르긴 했지만 격한 감정이 부담스러운 것은 사실이다. 그리고 상대가 여자인 경우에는 더 더욱. 외모는 남자인 유하지만 속은 완벽한 여자인 이서희가 아닌가.

'뭐야, 이럴 경우에는 약간 일이 이상한 방향으로 꼬일 가능성이…….'

생각은 점점 꼬리를 물고 복잡해져 갔고, 서희는 그 복잡하고 찝찝한 감정을 털어버리기 위해 세차게 고개를 저었다.

'그냥 다른 생각을 하자. 다른 생각.'

서희는 그녀, 사야에 대한 개인적인 생각은 접어두고 좀더 건설적이고 중대한 일을 떠올리기로 했다. 바로 사제라는 이름과 비전서의 해독에 관한 일 같은 것. 어째서 다른 일족들이 사제인 '유하'에게 비전서의 해독을 부탁하는 것인가. 그것도 아주 비밀리에.

서희의 생각으로는 당당하게 시류에게 부탁해서 유하를 빌려 (?)가는 방향으로 일을 처리하는 것이 좀더 빠르고 편하지 않을까, 라는 것이었지만, 나라간의 일, 아니, 각 일족간의 일이라는 것이 그렇게 쉽게 해결할 수 있는 일은 아닐 것이다. 정치나 외교에 관한 것은 잘 모르지만, 여하튼 어떤 일을 처리할 때, 특히 그것이 자신들에게 아주 중대한 위치를 점하고 있을 때는 대충 생각나는 대로 쉽게쉽게 일을 처리할 수는 없다는 사실은 분명 서희도 짐작할 수 있는 것이었다. 하지만 이곳에서 비전서가 포함하고 있는 내용이 얼마나 많은 영향력을 가지고 있는지, 어째서 비전서라는 그 정신 병자 가두기에 딱 알맞은 석실이 동서남북의 네 영토에 네 개씩이나 자리잡고 있는 것인지 서희는 무척 궁금했다. 하지만 궁금해도 어쩔 수 없다. 서희는 어느 누구에게도 물을 수 없으니까.

'미치겠네. 더 복잡해졌어.'

서희는 사야에 대한 생각을 피하기 위해 대책으로 떠올린 이 생각이 더욱 골머리를 썩히는 복잡 다난한 것이라는 사실을 깨닫고 자신의 생각이 짧음을 한탄했다.

'비전서, 비전서. 뭔가 있긴 한데……'

이런저런 생각을 계속했지만 머리만 더 복잡해지고 어떤 의문 하나도 풀 수가 없었다. 서희는 또다시 땅이 꺼져라 한숨을 내쉬며 자리에서 몸을 일으켰다. 푹신한 방석이 깔려 있는 의자는 무척이나 편안했지만 지금은 그보다 더 편한 자리, 침상으로 가야겠다는 생각이 강해졌다. 밥 먹은 지 얼마 되지 않아서 약간의 졸음이 밀려오는 것인지도 모르지만 골치 아픈 머리를 식히기 위해서, 그리고 일어날지 모르는 어떤 사태를 미연에 방지하기 위해서는 현실에서 도피해 버리는 것이 최고다, 라는 것이 서희의 샛별 같은 아이디어였다.

'설마, 잔다는데 깨워서 귀찮게 굴지는 않겠지.'

침실로 통하는 입구에 드리워져 있는 푸른색의 천을 들어올리며 서희는 속으로 생각했다.

뭔가 소란스러운 듯한 느낌이다. 귓가에 어떤 확실한 소리가 들려오는 것은 아니지만, 마치 동물이 된 것처럼 피부로 느껴지는 어떠한 감각이 계속해서 경종을 울려대고 있었다.

'시끄러워.'

"저, 이곳에는……"

말끔한 사야의 얼굴을 바라보면서 20대의 이름 모를 사비가 말을 꺼냈다. 그러자 사야는 특유의 권위가 담긴 날카로운 시선을 그녀에게로 던졌다.

"이곳 청의 영토에서는 사비들이 왕족에게 함부로 말을 걸라고 가르치던가?"

그 말 한마디에 사비는 입을 다물어 버렸다.

분명 유하님이 숙면을 취하고 계신다는 이야기를 전했음에도 불구하고 그녀, 사야는 당당히 사비들을 헤치고 유하가 잠들어 있는 침실로 들어서려 했다. 하지만 그런 사야의 움직임을 저지시킨 것도 잠깐, 무턱대고 들어오는 그녀를 막을 힘을 가진 사비는 안타깝게도 이곳에는 없었다.

"하오나, 사야님. 유하님이 가장 싫어하시는 것은 숙면을 방해받는 일입니다. 다른 것은 모르겠사오나……."

"모두 나가도록 해라. 그리고 내가 유하님의 숙면을 방해할 것처럼 보이느냐?"

마치 칼날로 베어나가는 듯한 날카로운 어조에 다시 한 번 용기를 내어 말을 꺼냈던 사비는 얼굴을 굳히며 입을 다물었다.

"죄송합니다."

사비가 고개를 숙여 사죄하자, 사야는 그녀의 숙인 머리를 내려다보며 입가에 미소를 떠올렸다. 흐뭇함을 가득 담은 그 표정에는 왕족 특유의 우아함 따위는 눈을 씻고 찾아봐도 보이지 않았다.

"그럼, 필요한 것이 있으시면 불러주십시오."

다시 한 번 정중하게 말을 건네고 나서 방 안에 있던 사비들은 모두 밖으로 나갔다. 희미한 소리가 울려퍼지며 문이 열렸고, 잠시 후에 다시 닫히는 소리가 울렸다. 그리고 방 안을 감싸고 있는 것은 오직 고요함뿐. 사야는 얼굴 가득 만족스러운 미소를 떠올렸다.

사야는 잠시 침실 안으로 들어서려던 움직임을 멈추고 유하의 방 안을 둘러보았다. 예전부터 들어오려고 했지만 단 한 번도 들어올 수 없었던 유하만의 성역. 유하의 거처는 어떻게 꾸며져 있는지 모르지만 제2의 거처라고 할 수 있는 이곳 청의 수 시류의 궁 안에 자리하고 있는 유하의 방은 사야가 생각했던 것처럼 무척이나 깔끔하게 정리된 방이었다. 사제임을 입증하듯이 방 안에 채워져 있는 많은 수의 책들과 화려함을 배제시킨 극히 깔끔하고 단조로운 방의 구조와 가구의 배치.

사야는 그런 것들을 보면서 이곳이 바로 '유하의 공간'임을 다시 한 번 실감했다.

"역시 유하님답잖아."

그녀는 자신의 목소리가 방 안을 채우는 것을 의식하며 웃음을 머금었다. 시류와의 이야기가 끝나자마자 정신없이 유하의 방으로 찾아오자 유하님은 주무시고 계시니 들어갈 수 없다고 말하는 사비들을 제치고 들어서긴 했지만, 마음속에 약간의 거리낌도 없다고 말한다면 그것은 거짓이다. 그리고 나서도 방 안에 있는 사비의 방해를 물리치고, 이제는 무사히 둘만의 시간을 가질 수 있게 되었다는 사실은 사야의 마음을 무척이나 행복하게 만들었다. 사야는 가슴 가득하게 숨을 들이키고 나서 유하가 잠들어 있는 침실로 들어서기 위해 발을 움직였다. 청의 영토를 상징하는 색인 푸른 천이 드리워진 유하의 침실.

'푸른색이라니 지겹잖아.'

아무리 청의 영토를 상징하는 색이 푸른색이라고 해도 이곳저곳에 푸른색으로 도배를 해놓다니, 정말 시류님의 머리 속에는 무엇이 들어있는지 의심스럽다고 투덜거리며 사야는 시선을 돌렸다. 언제나 생각하고 있는 것이지만 유하에게 가장 어울리는 것은 흰색이다. 물론 유하의 눈동자 색과 같은 푸른색이 어울리지 않는다는 것은 아니지만, 흰색보다 더 어울리는 색은 없을 것이다. 그리고 자신 또한 백의 수 유현의 피를 이은 자가 아닌가. 그 생각을 떠올리자 마음이 한층 더 차오르는 느낌이었다.

이건 정말로 동물적인 감각이라고밖에 설명할 수 없는 것이다. 딱 집어서 말할 수는 없지만, 이번에는 피부가 움찔거릴 정도의 따가움이 느껴지고 있었다.

'뭐야? 이젠 완전히 내 몸이 된 건가?'

낮잠을 즐기는 편은 아니었지만 의외로 너무나 포근하게 몸을 감싸주고 있는 비단 이불의 감촉은 피부에서 떼어내기 힘들 정도로 유혹적이었다. 그 서늘하면서도 매끄러운 느낌이라니. 몇 번 몸을 뒤척이면서 이불 속으로 더욱 깊게 파고들던 서희는 꿈이라고는 생각할 수 없을 정도로 끈질기게 피부에 달라붙는 '어떤' 감각 때문에 점점 불쾌해지고 있었다.

'뭐야, 귀찮아.'

세상을 살아가는 자에게 있어서 가장 중요한 것 세 가지를 꼽으라면 누구나 의식주를 꼽을 것이다. 하지만 그런 기본적인 욕구가 충족되고 나면 남는 것은 자연히 지적인 욕구, 뭔가 고급스럽게 시간을 보낼 수 있는 것이 필요해진다. 하지만 서희에게 가장 즐겁고도 편안한 일은 '수면'의 세계 속으로 들어서는 일이었다. 잠을 잘 때 만큼은 그 어떤 것에도 구애받지 않고 편안해질 수 있다. 그것은 동서고금을 막론하고 누구나 알고 있는 진실인 것이다. 하지만 지금의 자신은 분명 그것을 침해당하고 있었다.

"뭐야?"

번쩍하고 눈을 뜨자마자 시야에 들어온 것은 가느다란 갈색 머리카락과 윤곽이 뚜렷하고 섬세한 이목구비를 가진 여자의 얼굴이었다. 분명 바라보는 것만이라면 눈이 즐거워질 듯한 그런 아름다운 얼굴.

"유하님의 잠든 모습을 보게 되다니……."

그 뒤는 마치 감격에 차올라 말을 잇지 못하겠다는 듯한 그녀의 표정. 어떻게 저렇게 얼굴과 말투가 따로 놀 수 있을까, 라고 서희는 심각하게 고민하기 시작했다. 하지만 그것도 잠시, 막 잠에서 깨어난 서희는 잠시 몽롱한 정신을 가다듬으며 눈을 깜빡였다. 그리고 얼마 지나지 않아 사태를 파악했다.

'하하, 이제부터 스토커라는 이름은 너에게 물려주지. 너에 비하면 시류님은 양반이구나.'

터져 나오는 것은 한숨. 그러나 사야의 앞에서 한숨을 내쉴 수는 없었다.

"나가주겠어?"

서희는 이마에 손을 올리며 몸도 일으키지 않고 말했다. 왜 이곳에서 자신이 이런 경우에 직면해 있는지는 모르지만, 지금의 감정은 약간의 꺼림칙함과 당황, 짜증이 뒤섞여 있었다.

"……네?"

사야는 잠시 자신이 어떤 말을 들었는지 모르는 듯 의아함을 가득 담은 순진한 눈동자로 서희를 응시했다.

"나는 같은 말을 여러 번 반복하는 것을 좋아하지 않아."

'맞아맞아. 그러니까 좋은 말로 할 때 나가라구. 그냥 여자끼리였다면 나와 넌 아. 주. 각별한 친구 사이가 될 수 있었을지 모르지만, 그건 전혀 가망성이 없잖아. 안 그래?'

이럴 때는 유하의 목소리가 조금 무게를 가지고 있는 것이 도움이 된다. 별다른 신경을 쓰지 않아도 저절로 차가운 음성이 되어 나오는 것이다. 저기압인 사람들은 잠에서 깨어날 때 상당한 곤욕을 치른다. 평소엔 아주 유순하다가도 자신의 그 포근한 잠을 방해받게 되면 곁에서 깨우던 누군가는 화풀이의 대상이 되기 마련이었다. 그리고 그 얼굴이 무척이나 꺼림칙한 상대의 것이라면 더 더욱.

심한 저기압은 아니었지만, 오늘만은 아주 특별히 감정적 저기압이 형성된 것이 틀림없었다.

"……."

사야의 얼굴은 무표정했다. 극히 심한 충격을 받은 것 같지도, 그렇다고 화가 난 것 같지도 않은, 그저 말 그대로 무표정한 얼굴.

"청의 사제 유하님의 잠을 방해해서 죄송합니다. 이 잘못을 어떻게 사죄하면 좋을까요."

서희는 잠시 멈칫했다. 작은 감정의 자락조차 담기지 않은 그 어조에는 왠지 모를 싸늘함을 느끼게 하는 그 무엇이 있었다.

"그냥 나가주기만 하면 돼."

잠깐 쫄아서 그냥 있으라고 할 뻔했지만, 서희는 지금 자신이 청의 사제 유하임을 상기하고 아까와 같은 고자세로 나갔다. 사야는 아무 말도 하지 않았다. 그리고 무언가 벌어질 것만 같은 위태로움을 담은 침묵의 시간이 흘렀다.

기분 좋은 감촉으로 피부에 휘감겨 있던 비단 이불이 흘러내렸다. 무엇 때문인지는 모르지만 온몸의 피가 싸늘하게 식어가는 느낌이다. 정신이 놀라울 정도로 맑게 개이며 선명해졌다. 마치, 지금이라면 자신에게 주어진 그 어떤 일도 냉철하고 철저하게 처리해 나갈 수 있을 듯한 느낌이 들었다. 그리고 입에서 튀어나오는 것은 싸늘함이 담기지는 않았지만 차분하게 가라앉은 유하 특유의 음성이었다.

"그대의 마음을 내가 모를 거라고 생각했나? 아니면, 그것을 알고도 이렇게 찾아온 건지, 난 그것이 궁금한데 말이야."

투명한 푸른 눈동자와 정면으로 시선이 마주치자 사야는 잠시 아무런 말도 하지 못한 채 숨을 죽였다. 무슨 생각이 들었는지 침상에서 몸을 일으킨 유하는 침상 옆에 의자를 놓고 앉은 사야를 직시하며 말을 건네고 있었다. 그것도 싸늘함이 담기지 않은 본래의 담담한 음성으로.

"저는 백의 수 유현의 딸 사야입니다."

무슨 생각에서인지 사야는 얼굴에 떠올리고 있던 무표정을 지우고 지금까지 단 한 번도 보인 적이 없었던 정갈한 태도로 말을 꺼냈다.

"유하님께서도 알고 계시리라 생각하지만, 저는 유일한 수의 핏줄입니다. 유하님이 유일한 사제이신 것처럼……."

유하는 아무런 말도 하지 않고 처음과 같이 직시하는 시선을 거두지 않았다.

"'수'의 지위는 핏줄에게 이어지는 것이 아니기 때문에 아버님께서 백의 수 자리에서 물러남과 동시에 저는 보통의 백의 일족으로 남게 되겠지요. 아버님의 나이가 다른 수들에 비해 많으시기 때문에 그 시기가 멀지 않았다는 것은 알고 있습니다."

"그래서… 그대가 원하는 것은 지위의 보장인가?"

사야는 피식, 하고 웃었다.

"그런 이유도 있지요. 유하님이 가진 사제라는 자리는 수들조차 함부로 대할 수 없는 자리니까요. 지금의 사제는 유하님 한 분이

기에 더 더욱."

유하의 표정은 아주 미세한 변화조차 보이지 않고 있었다. 그저 아주 재미있는 이야기를 듣고 있다는 듯이 눈동자에 약간의 웃음이 떠올랐을 뿐.

"그대의 진심은 하나인가, 아니면 두 가지 다인가?"

유하의 입에서 의미를 알 수 없는 짧은 물음이 나오자 사야는 흠칫하고 몸을 굳혔다. 믿을 수 없는 어떠한 사실을 막 깨달아 버린 듯한 그런 눈빛으로. 한참 동안 그녀는 아무런 말도 하지 못한 채 계속 미세한 표정의 변화를 보여주고 있었다. 엷은 당혹에서 의문, 그리고 경악으로.

"역시 유하님은 다르시군요. 잠시 동안이지만 유하님이 역대 최고의 사제라는 사실을 잊고 있었습니다."

사야는 한숨 섞인 음성으로 말했다.

"대답은… 정해져 있지 않습니까, 예상하셨던 것처럼."

"시류님도 짐작하고 계시는 일이겠지?"

"물론입니다."

"별수없군. 난 사제니까."

그리고 잠시 정적이 감돌았다.

지금 자신의 머리 속을 가득 채우고 있는 감각을 단 한 단어로 설명하라고 한다면 서희는 주저없이 혼란이라는 단어를 택할 것이다. 무언가 일이 잘못되어 가고 있다는 것은 어렴풋이 깨닫고 있었지만, 이런 방향이 아닌 것만은 분명했다. 분명 방금 전까지 사야와 서로 이야기를 주고받은 것은 자신이었다. 겉모습은 청의 사제 유하이지만 속은 인간 소녀 이서희인. 하지만 뭔가 핀트가 어긋났다는 느낌이 강하고 불길하게 온몸을 감싸안았다.

'이건 내가 아니야.'

서희는 망연하게 되뇌었다.

불길한 사야의 태도에 갑자기 온몸이 경직되는 듯한 느낌이 들었던 것 같다. 그리고 자신은 그때까지 침상 속에 눕히고 있던 몸을 일으켜 그녀의 눈을 직시했다. 그리고 바로 그 순간, 몸 안에 퍼져 가던 낯설지만 그리운 어떤 느낌이 서희를 휘어감았다. 그리고 그 순간부터 거짓말처럼 서희의 입에서는 생각조차 하고 있지 않았던, 자신이 직접 입을 열어 말을 꺼내고 있으면서도 도저히 이해할 수 없는 말이 계속 새어나왔다. 마치 몸만이 자신의 의지를 배반하고 따로 노는 것처럼.

그 순간 서희는 두려움을 느꼈다. 처음 유하의 몸 속에 들어오게 된 바로 그 순간 느꼈던 당혹감이, 마치 자신을 내리누르듯이 엄습해 왔다. 늘 보던 위치보다 한층 더 높아진 시야로 내려다보는 세상을 신기하게 바라보던 것도 잠깐, 온몸에 피어오른 달아오를 듯한 열기 때문에 손 하나 까딱하지 못한 채 불안에 떨어야만 했던 며칠간, 서희는 자신의 의지로 몸을 움직일 수 있다는 사실이 얼마나 행복한 것인지를 깨달았다. 그리고 지금.

"그렇게 금방 체념하시다니 유하님답지 않군요."

지금 이 순간만큼은 왕족인 사야도, 그렇다고 집요한 스토커 사야도 아닌, 있는 그대로의 그녀가 가진 모습으로 사야는 말을 꺼냈다.

"나다운 행동이라… 아니, 사제다운 행동이라고 해야 하나?"

"아니요. 유하님이라면 좀더 깊은 의미를 담은 대답을 하실 거라고 생각했으니까요."

서희는 제멋대로 웃음 지으며 말을 꺼내고 있는 자신의 행동을 제어하기 위해 안간힘을 썼다. 하지만 그것은 생각일 뿐, 몸은 서희의 의지를 따라 움직여주지 않았다.

"그리고 그대가 말한 것처럼 체념 같은 게 아니야. 단지 내가 접하고 있는 상황을 잘 이해하고 있을 뿐이지."

"그런가요?"

사야는 이제 완전히 평정을 되찾은 듯이 보였다. 잠시 느꼈던 그녀의 본래 모습이라고 여겨지던 태도는 사라지고, 약간의 교활함마저 엿보이는 평상시의 그녀가 되어 있었다.

'뭐야, 대체 어떻게 돌아가는 거지? 꿈일까, 이건? 분명 그럴 거야. 사비들에게 내가 자고 있을 때는 다른 사람을 들이지 말라고 이야기했으니까.'

마음속의 외침과는 반대로 서희는 지금이 현실이라는 것을 알고 있었다. 너무나 선명하게 그것을 깨닫고 있어서 더욱 두려울 정도로. 또다시 입술이 멋대로 움직였다.

"분명 그대가 이곳에 온 목적도 그 두 번째 이유에 해당하는 사실 때문이겠지?"

"물론입니다."

이제 사야는 싱긋 웃기까지 하며 처음 만났던 그때로 돌아갔다. 무척 정중하기는 했지만 거리낌이 느껴지는 태도로.

"그리고 전 그런 공적인 사실보다는 제 마음이 이끄는 대로 행동하는 것이 더 좋다는 이야기를 하고 싶군요."

"그럼, 나가줘야겠군. 내가 바라는 건 날카로운 사고력을 가진 대화 상대지, 쓸데없는 생각을 품고 있는 여자가 아니니까."

사야는 그 말을 듣고 일순 얼굴을 굳히더니, 곧 그 표정을 풀고 미소를 머금었다.

"그렇다면 지금은 자리를 비키겠습니다. 오늘은 그저 유하님의 거처에 발을 들여놓았다는 사실만으로 만족하겠습니다."

저절로 고개가 끄덕여졌다.

"그럼, 유하님. 전 오늘 유하님이 품고 계시는 저에 대한 기억을 되살렸다는 것만으로 만족할게요. 약간의 기대는 해도 좋겠죠?"

발랄한 소녀 같은 말투로 톡 쏘듯이 내뱉고는 사야는 자리에서 일어나 살짝 고개를 숙여 보였다. 그리고는 미끌어지듯이 깔끔한 걸음걸이로 침실에서 빠져 나갔다.

사고가 마비되어 버릴 것 같았다.

뭐가 뭔지 알 수 없는 지금까지의 대화와 순식간에 여러 가지 모습을 보여주었던 사야, 그리고 의지를 벗어나 멋대로 움직이던 입과 행동. 그 모든 것이 얽히고설켜 서희를 당혹의 늪으로 끌어당겼다.

'내 짐작이 맞다면, 분명 지금까지 말을 한 건 유하 본인일 거야. 하지만 유하는 그날 이후로 단 한 번도 나타나지 않았잖아. 그래놓고 어째서지? 왜 지금 이렇게 날 당혹스럽게 만드는 거지?'

"유하!"

이제야 비로소 자신의 의지대로 말을 꺼낼 수가 있었다. 그리고 몸을 움직이는 것 역시.

서희는 두 손을 들어올려 분명 차갑게 식어 있을 얼굴을 감쌌다. 단지 느낌뿐이었지만, 지금 자신의 얼굴에는 마음의 혼란이 드러나 있을지도 모른다.

서희는 그렇게 얼굴을 감싼 채 한동안 심호흡을 반복했다. 지금으로써는 미칠 듯이 생각이 휘몰아치는 머리 속을 정리하는 것도, 무언가 뚜렷한 결론을 이끌어낼 수도 없다. 그저 금방이라도 시체처럼 싸늘하게 굳어버릴 것 같은 몸을 이완시키고 마음을 편히 가질 수밖에.

"유하……."

서희는 또다시 그의 이름을 불렀다. 한동안 자신이 겪게 된 생활이라는 물결 속에 빠져들어 잊고 있었던 그의 이름을, 이제는 자신의 것이 되었지만 아직까지 완벽하게 받아들일 수 없는 그의 이름을…….

제11장

괴리

문을 두드리는 소리가 울려퍼졌다.

평상시보다 훨씬 더 크게 울려퍼진 그 소리를 들으면서도 서희
는 몸을 움직여야겠다는 생각조차 하고 있지 않았다. 마치 영혼이
빠져 나가 버린 껍데기뿐인 몸을, 어딘가에서 바라보는 듯한 느낌
에 몸을 내맡긴 채 시선조차 움직이지 않았다.

'그때 이후론 대답조차 해주지 않았던 주제에…….'

그것은 마음속의 중얼거림인지, 아니면 입 밖으로 빠져 나왔는
지조차 모를 정도로 망연한 되뇌임이었다.

"유하님, 시류님께서 부르고 계십니다."

"……."

서희는 천천히 자신에게 말을 건 사비에게로 고개를 돌렸다. 가
장 편안하게 자신에게 말을 걸어주는 20대 정도로 보이는 그녀의
얼굴은 오늘따라 더욱 생소하게 느껴졌다.

'네가 보는 것도 역시 유하겠지? 내가 아닌? 하긴, 난 어디에도 없으니까.'

이미 결심하고 받아들인 일이라고 생각했다. 하지만 그것은 마음속으로만 떠올린 작은 바램일 뿐이었다. 의지라면, 자신이 무언가를 하겠다는 그것을 할 수 있다는 의지만 가지고 있다면 불가능한 일은 없다고 생각했었는데, 그것은 역시 자신의 착각일 뿐이었다. 마음속에 수십 근의 무게를 가진 돌이 놓여 있는 것같이 가슴이 너무 무겁기만 했다.

'모르겠어, 정말 모르겠어.'

힘없이 고개를 젓는 유하의 모습을 바라보며 사비는 얼굴 가득 의아함과 걱정이 섞인 표정을 떠올렸다. 다른 누구에게도 보인 적이 없었던 어떠한 감정이 담긴 유하의 얼굴을 직접 마주 대하고 있는 지금, 그녀는 어떻게 해야 할지 막막했다.

"유하님?"

무엇이 원인인지는 모르지만 고뇌가 가득 담긴 푸른 눈동자는 보는 이에게 유하가 느끼고 있을 고통의 깊이를 그대로 전해주었다.

"아, 시류님이 부른다고 했지. 어디지? 집무실로 가면 되나?"

"예, 유하님."

의자에서 몸을 일으킨 후 서희는 자세를 가다듬으며 그녀에게 말을 건넸다. 그러자 그녀는 조심스레 서희의 얼굴을 살피며 답했다.

"저, 혹시… 몸이 안 좋으신 것 아닙니까? 그렇다면 제가 가서 시류님께 말씀드리고 오겠습니다."

"아니, 괜찮아."

괜찮다는 말을 듣긴 했지만, 그녀는 유하의 생소할 정도로 약해진 모습을 보며 머리 속 가득한 혼란을 어떻게 정리해야 할지 고심하고 있었다.

어떤 소리가 들려오고 선명한 색깔들이 눈에 차오르고 있었지만, 그런 생생한 감각들은 서희의 몸을 휘어감은 감각 때문에 접근해 올 엄두조차 내지 못하고 있었다.

'왜지? 왜 지금까지 단 한 번도 일어나지 않았던 변화가 이제서야 생겨난 거지?'

하지만 지금까지 그래왔듯이 서희의 의문에 대답을 주는 이는 아무도 없었다.

"청의 사제 유하님을 뵙습니다."

시류의 집무실 앞에 서 있던 호위와 사비들이 인사하는 소리가 들려왔다. 그리고 문이 열리며 집무실의 정경이 눈에 들어왔다. 시류는 언제나처럼 무언가를 읽으며 책상에 앉아 있었다.

"왔군."

서희가 집무실 안으로 들어서자 시류는 눈으로 훑어 내려가고 있던 무언가를 책상 위에 내려놓고 자리에서 일어났다.

"안색이 조금 안 좋아 보이는데, 또 무턱대고 힘을 사용한 건 아니겠지?"

"아닙니다. 그저 약간 피로할 뿐입니다."

자신이 내뱉고 있는 말이 마치 입력된 내용을 반복하는 기계 같다는 느낌이 들어서 서희는 더욱 기분이 가라앉았다.

"우선 자리에 앉도록 하지, 유하. 빨리 이야기를 끝내고 방으로 돌아가 쉬는 것이 좋을 듯하다."

서희는 그저 고개만 끄덕였다. 특별히 반박할 기분은 들지 않았다. 자신의 힘으로는 도저히 이해할 수도, 바꿀 수도 없는 지금의 사태는 서희의 감정을 바닥까지 끌어내렸다. 그리고 그와 동시에 몸까지 무기력해지는 것 같았다.

"내가 그대를 부른 것은 백의 영토에서 온 사야, 그녀와도 관련이 있지."

서희는 별다른 의미를 담지 않은 시선으로 시류를 응시했다.

"아니, 그녀와 직접적인 관련이 있다기보다는 그녀의 아버지, 백의 수 유현과 관계가 있다고 봐야겠지."

분명 시류의 입에서 자신에게 곤란한 어떤 말이 빠져 나올 것이라는 사실을 깨닫고 있었지만, 서희는 별다른 감흥을 받지 못했다. 시류의 입에서 무슨 말이 나오든 간에 지금의 자신이 느끼고 있는 감각을 뛰어넘을 수 있을 정도의 것은 아니라고 생각했기 때문이다.

"원래대로라면 각 영토에서 한 명씩의 사제, 즉 4명의 사제가 그곳으로 향해야 하겠지만, 그대도 잘 알다시피 지금 은의 영토에서 사제라고 불리는 유일한 존재는 그대야."

'그냥 단도직입적으로 말해 봐요. 지금은 어떤 걸 듣는다 해도 놀라지 않을 것 같으니까.'

서희는 속으로 생각을 떠올리며 시류의 입에서 나올 다음 말을 기다렸다.

"유하, 그대를 혼자 그곳으로 보내고 싶지는 않지만, 오래 전 그들과 맺은 계약이니 수의 신분인 내가 그곳으로 갈 수는 없지. 하필이면 올해가 그들과의 계약을 지킬 때라니……. 바로 얼마 전에 불미스러운 일이 있었음에도 불구하고……."

서희는 방금 시류가 말한 장황한 이야기를 정리해 보았다. 확실하게는 알 수 없지만, 결론은 서희가 어딘가로 가야 한다는 이야기였다. 시류의 말 속에 그런 뜻이 포함되어 있다는 것을 깨닫자마자 서희는 무기력하게 온몸을 붙잡고 있던 감각이 조금이나마 거두어지는 것을 느낄 수 있었다.

"보름 동안이나 그대를 위험스러운 금의 일족의 영토로 보내야 하다니……."

한탄과도 같은 시류의 말이 이어졌다.

'금의 일족의 영토?'

금의 일족이라면 분명 얼마 전에 청의 영토의 어떤 곳을 공격해서 수십 명의 사상자를 만들어낸 장본인들이었다. 그때 심하게 상처를 입은 유원은 아직까지도 몸을 움직이지 못하고 있다. 생김새는 은의 일족과 다를 바가 없지만, 뿔에서 나오는 힘의 형태가 다르다는 그들 금의 일족은 분명 은의 일족과는 적대 관계에 놓여 있었다.

'사제의 일이란 게 그런 것도 포함되어 있는 거야?'

"머무는 것이 보름이지, 움직이는 거리를 생각하면 사흘은 더 더해야겠군."

잠시 자신의 생각에 빠져 작은 소리로 되뇌이고 있던 시류는 갑자기 무언가를 떠올렸는지 세차게 고개를 돌렸다.

"아, 그리고 이번에 백의 수 유현이 보내온 금의 일족에게 전하는 예물은 평소 때와는 조금 다른 것이더군."

그렇게 말하며 시류는 책상 위에 놓인 화려한 금색의 상자에 시선을 던졌다. 서희도 시류의 시선을 따라 그 상자로 시선을 향했다. 백화점의 선물 매장에서 흔히 볼 수 있는 화려한 멜로디 상자처럼 겉으로 장식이 튀어나와 있는 금색의 상자는 그리 크지는 않았지만, 상자 자체만을 보고 따졌을 때에도 분명 상당한 가격이 나갈 듯이 보였다.

"후……."

서희는 자신도 모르게 한숨을 내쉬었다.

자신은 가만히 있으려고 하는데 주위의 상황은 서희를 그렇게 편한 상태로 내버려두지 않았다. 어쩌면 악독한 마녀의 괴롭힘을 받고 있는 것인지도 모른다. 마치 서희의 몸과 마음을 모두 극한 까지 몰아간 다음, 어느 어두운 구석에 도사리고 앉아 자멸의 순간을 기다리고 있는 것처럼.

"출발은 언제 하면 좋겠습니까?"

"아직 다른 수들로부터 예물이 도착하지 않았으니, 열흘 정도의 여유는 있을 거야."

"네."

이제 서희의 몸을 휘감고 흔들던 무기력한 혼돈은 이제 서서히 분노라는 이름을 가진 형태로 바뀌려 하고 있었다.

'물론 선택을 한 건 나야. 하지만 나의 선택대로 날 내버려두지 않고 어딘가로 몰아가려고 하는 건 누구지?'

아직도 어제 사야와 나누었던 자신의 의지로 이루어진 것이 아니었던 대화는 생생하게 서희의 뇌리 속을 점령하고 있었다. 점점이 피어나는 의문들과 자신을 휘두르는 그 '무언가'에 대한 소리 없는 분노가 서희를 다시 냉정한 모습으로 되돌려놓았다. 머리가 깨질 정도로 심각하게 고민을 하며 잠조차 이루지 못했던 어제부터의 시간은 지금 아무런 도움도 주지 못한다.

'지는 건 못 참아. 알지 못하는 것에 휘둘리는 건 더 더욱!'

눈앞에 보이는 것은 막막한 암흑뿐이었지만, 서희는 한 발을 내디뎠다.

*　　　*　　　*

금의 일족의 영토를 방문하는 것이 사제의 일 중 하나라는 사실을 알게 된 후, 서희는 또 다른 고민에 휩싸여 버렸다. 그 때문인지 모르지만, 조금 전까지만 해도 가슴속에 가득 메워져 있던 서희를 마음대로 휘두르고 있던 감정은 엷어졌다.

'보름 동안 금의 일족의 땅에 머물러야 한다고? 어쩌면 그때의 꿈은 이것을 가리킨 걸까? 하지만 지금은 위험하다는 느낌은 들지 않는데……'

문득 떠오른 그때의 꿈. 단지 떠올리는 것만으로도 피부에 소름을 돋게 만드는 그 꿈의 기억은 한참이 지난 지금까지도 생생하게 서희의 뇌리 속에 남아 있었다.

"유하……"

언제나처럼 시류의 얼굴에는 유하를 생각하는 엷은 걱정의 마음이 배어 있었다.

'시류님이 생각하는 건 내가 아닌 유하야. 하지만 왜 시류님이 나쁘게는 보이지 않는 걸까. 처음에 유하가 시류님을 걱정하고 있었기 때문에?'

서희는 복잡한 마음을 가라앉히며 자신을 부르고 있는 시류를 응시했다.

"지금까지 해왔듯이 그대가 잘해낼 것이라 믿지만, 조심하길 바란다."

"왜……."

왜 벌써 그런 말을 꺼내냐고 물으려 했지만, 시류는 서희가 말을 잇는 것을 막았다.

"그냥 미리 말해 두는 것뿐이니 마음에 담아두지는 않도록 해. 지금의 나에겐 아직 그대와 친우였던 시절의 내가 남아 있으니까."

남자들의 우정이라는 것은 어떻게 받아들여야 할지 막막한 것이라고 서희는 생각했다. 오랜 친구인 동시에 뚜렷한 차이를 가진 지위에 있는 시류와 유하. 대체 지금까지 어떻게 살아왔을지 무척 궁금해졌다. 서희로서는 알 수 없겠지만.

'남자들은 이해가 안 돼.'

혼자 속으로 생각하며 서희는 시류의 말에 짧은 대답을 건넸다.

"언제 봐도 음침해, 여긴."

불만이 가득한 시선으로 서희는 사방이 빽빽한 글씨로 가득 차 있는 비전서의 방을 훑어내리고 있었다.

이곳에 들어온 것은 두 번째. 시류의 궁에 온 이후로 두 번째이다. 물론 유하는 셀 수 없을 정도로 많이 와봤겠지만, 서희는 약간의 생소함을 벗어버렸을 뿐이었다. 오늘은 두 개의 푸른 등을 들고 비전서의 방 안에 들어왔다. 지난번에 가져왔던 등불 두 개로는 텅 비어 있는 데다 터무니없이 넓은 이 방을 밝히기엔 모자랐기 때문이다.

'이제 조금은 적응했는지도 몰라. 뭐가 뭔지도 모르면서 고민이 생기니까 이곳으로 발길을 옮기다니…… 어쩌면 유하의 몸이 기억하고, 그렇게 요구했는지도 모르지.'

또다시 하룻밤을 새다시피 하면서 고민에 휩싸여 있던 서희는 결국 최선책으로 체념을 선택했다. 아무리 자신이 혼란 속에서 허우적거리며 고뇌하고 괴로움에 몸부림쳐도 도와줄 이는 아무도 없다. 그리고 의문이 풀리지도 않는다. 아무리 노력해도 풀리지 않는 문제를 가져가면 명쾌한 해답을 제시해 줄 선생님 따위는 이곳에 존재하지 않는다.

"생각해 보면 유하의 의지로 말을 하게 되었을 때 내가 느꼈던 건 정말 당혹감뿐이었을까?"

약간의 시간이 흐른 후 서희는 그렇게 그때의 일을 회상해 보았다. 사야의 말과 태도에 어떻게 대처해야 좋을지 막막해하고 있던 그 순간에 어찌 된 일인지는 모르지만 유하의 의지—그렇게밖에는 설명할 수 없는—로 입을 열게 된 것이다. 하지만 이미 유하의 존재는 사라져 버렸는데 어떻게 그럴 수가 있을까. 아무리 몸이 유하의 것이라지만, 그 육체를 움직이는 것은 영혼이 아닐까? 아니면, 지금까지 서희가 잘못 생각해 왔다는 뜻이 된다. 하지만 지금의 자신은 유하의 몸 속에 들어온 그 이후로 자신의 몸과 같은 편안함을 느끼며 그의 몸을 사용해 오지 않았나. 이번과 같은 당혹감을 느낀 것은 처음이었다.

'어쩌면 그때, 나는 이미 알고 있었는지도 몰라. 단지 인정하지 않았을 뿐인지도…… 어쨌든 지금 이건 내 몸이잖아? 모든 감각과 감정을 느끼고 표현할 수 있는.'

서희는 양손에 하나씩 들고 있던 푸른색의 등불을 바닥에 내려놓았다. 차가운 회색의 돌 벽에 새겨진 검은색의 글자들이 소리 없이 서희를 맞이해 주었다.

"이것을 읽는 방법은……"

서희는 소리내어 중얼거리며 천천히 걸음을 옮겨 비전서의 방 안을 돌아다니기 시작했다. 두 개의 등불 덕분인지 방 안은 그리 밝지는 않아도 은은한 푸른색의 빛에 감싸여 있었다.

'역시 기괴한 분위기야.'

회색의 벽을 비쳐 주는 푸른색의 등불. 만약 붉은 등불이었다면 정육점 같은 느낌이 들었을지도 모른다. 하지만 이 푸른 불도 만만치 않았다. 전설의 고향에서 처녀 귀신들이 등장할 때 새하얀 얼굴을 돋보이게 만들어주는 푸른 등불인 것이다.

희미한 발소리가 방 안에 울려퍼졌다. 그리고 길다랗게 드리워진 자신의 그림자가 서희의 뒤를 따라다니고 있었다. 처음 서희가 이곳에 들어섰을 때는 연결조차 되어 있지 않고 따로따로 떨어져 있는 각각의 문장들의 어마어마한 집합체를 보고 경악만 하고 있었다. 그리고 나중에는 한쪽에 주저앉아 무식하게 이 문장들을 읽고 있었던 것이다. 하지만 어느 순간인가 갑작스레 빛을 발하기 시작한 몇 개의 문장이 서희에게 한 가지 문제의 해결책을 제시해 주었다.

"그때 내가 어떻게 했더라?"

곰곰이 생각해 보았지만 그때의 일은 정말 우연이라고밖에는 설명할 수 없는 것이었다.

'비전서에는 대체 무엇이 숨겨져 있는 것일까.'

그것을 읽는 방법도, 그리고 그 속에 담긴 내용들도 지금은 알지 못하지만, 분명 무언가가 있는 것이 틀림없다. 그렇지 않다면 사제의 지위가 그토록이나 미묘한 상석에 위치할 리도, 그리고 시류를 제외한 다른 수들이 자신들의 비전서를 해독하는 일을 맡기기 위해 한결같이 손을 내밀 리도 없다. 분명 적의 수 화월은 비전서가 없어도 살아가는 데 큰 불편은 없다고 말했었다. 하지만 그녀는 그 말과 반대로 서희가 자신의 영토에 머물면서 비전서를 봐주길 바랬다. 그리고 그것은 백의 수 유현 역시 마찬가지이다. 그에 반해 청의 사제인 유하라는 존재를 손에 넣고 있는 시류는 너무나 여유롭지 않은가.

"대체 뭘까……."

벌써 몇 바퀴나 방 안을 돌았는지 모른다. 여러 가지 생각을 계속 떠올리고 있긴 했지만, 그중에 비전서를 읽는 방법 같은 것은 포함되어 있지 않았다.

"역시 유일하게 혼자 있을 수 있는 공간은 여기뿐인가."

계속 방을 돌아다녀서인지 모르지만 약간의 어지러움을 느낀 서희는 걸음을 멈췄다. 그리고 막 떠올린 생각, '혼자만의 공간'이 이곳 비전서의 방뿐이라는 사실은 부인할 수 없는 진실로 다가서고 있었다.

자신의 거처에서는 말만하면 사비들이 모습을 감추긴 하지만, 그녀들은 항상 부르면 다시 올 수 있는 가까운 곳에 머문다. 모습을 감춘다는 것은 단지 눈에 보이지 않는 곳으로 피한다는 의미인 것이다. 그렇게 생각한다면 그곳은 진정한 의미에서 혼자만의 공간이 될 수 없다. 하지만 이곳 비전서의 방만은 서희가 요구하면 수조차 발을 들여놓을 수 없는 장소가 되어주는 것이다. 너무 오래 있으면 정신 분열로 어떻게 돼버릴 것 같은 삭막한 방이긴 했지만, 지금 깨달아 버린 단 하나의 사실만은 서희에게 위안을 가져다 주었다.

'하나뿐이긴 하지만, 그래도 좋은 점은 있잖아?'

한자리에 멈춰선 채 서희는 어느 곳을 봐도 똑같은 비전서의 방을 응시했다. 은은한 푸른빛에 물든 회색의 벽은 괴기스럽다고 말할 수도 있었지만, 그보다는 차갑다, 라고 하는 편이 옳았다. 결코 이 안이 추운 것은 아니지만, 왠지 모르게 방에서 풍겨나오는 분위기가 그랬다. 명확히 깨닫지는 못하고 있었지만 서희는 피부를 통해 어렴풋이 그것을 느꼈다.

"빨리 좀 나타나라. 뭐든 좋으니까!"

이곳에서는 이상하게도 시간의 흐름을 명확하게 판단할 수가 없었다. 지난번에 처음 이곳에 발을 들여놓았을 때에도 서희는 얼마간의 시간이 흘렀는지 느끼지 못했었다. 허기도 느껴지지 않았고, 처음 비전서를 접한 호기심과 약간의 초조함 때문에 정신없이 글을 읽었던 것이다. 지금은 얼마나 시간이 지난 것일까. 몇 시간일 수도, 그렇지 않으면 며칠의 시간이 흘렀을 수도 있다. 자신이 스스로 문을 열고 밖으로 나가지 않는 한, 이곳에 있는 어느 누구도 밖에서 문을 열고 부르지 않는다. 아무리 오랜 시간이 흐른다고 해도 비전서라는 단어는 모든 것을 의심에서 벗어나게 만드는 힘을 가지고 있었다. 좋게 보면 좋다고 생각할 수 있긴 하지만.

시간이 흘러가고 있는 것은 확실한데 눈에 보이는 어떤 명확함이 드러나지 않자, 서희는 점점 초조함에 시달렸다. 아직 단 하나도 풀리지 않는 마음속의 의문과 요 며칠간 일어났던 일로 인한 갈등.

'막연한 생각이긴 하지만, 분명 이곳에 어떤 해답이 있을 듯한 기분이 들어.'

그렇게 서희는 미동도 없이 푸른 장막에 감싸인 돌 벽을 바라보았다.

결국 비전서의 방에서는 어떠한 성과도 얻을 수 없었다. 그때의 눈부신 황금빛 글자들은 마치 꿈속의 기억이었던 것처럼 두 번 다시 모습을 드러낼 생각을 하지 않았다.

"대체 어떻게 해야 그때의 황금빛이 다시 떠오를까."

방법은 알 수 없지만 비전서의 방에서 그 내용을 읽을 수 있는 올바른 방법이 그것이라는 것쯤은 서희도 알고 있었다. 바로 그 '글자에서 황금빛을 떠올릴 수 있다' 는 이유 때문에 사제라는 이름이 생긴지도 모른다. 그리고 그 방법을 유하는 잘 알고 있었다.

골똘히 생각하며 발걸음을 옮기고 있던 서희는 문득 붉게 물든 햇살이 궁 안을 가득 메우고 있는 것을 보고 걸음을 멈췄다.

"노을……."

노을이 전해주는 타오를 듯한 붉은 빛깔은 마치 멸망의 전조를 보여주는 듯한 광경을 연출해 냈다. 세기말이면 나도는 종말론을 믿는 것은 아니지만, 이상하게도 노을이 지는 광경을 볼 때면 자연만이 만들어낼 수 있고, 또 변함없이 지속되는 법칙이라는 말을 깨닫게 된다. 지평선의 끝에서부터 태양과 맞닿은 부분을 시작으로 피어오르는 붉은 광채는 점점 더 그 범위를 넓혀가며 하얀 구름에 색을 입히고 빛깔을 더해간다. 피처럼 선명한 붉은 빛깔이 아닌 푸른색의 하늘을 조금씩 지워가며 자신의 색으로 바꾸는 투명한 붉은색의 물결. 그것은 그 말로밖에 설명할 수 없는 것이다.

'벌써 저녁이 된 건가. 그렇지 않으면 하루가 지나고, 그 다음날인지도 모르지.'

서희가 비전서의 방에서 나오자 그 앞을 지키고 있던 호위와 사비 한 명이 인사를 하며 필요한 것이 있는지를 물었지만, 서희는 조용히 고개를 젓곤 점점 서늘해지고 있는 저녁의 바람을 만끽하며 발을 내디뎠다. 모든 것이 화려하고 정교함의 극치를 달리고 있는, 서희에게 있어서는 부담스러움을 느끼게 하는 시류의 궁이었지만, 단 하나 좋은 점이 있다면 그것은 바로 각 방들을 제외하고는 대부분의 복도가 밖을 훤히 내다볼 수 있도록 만들어져 있다는 것이다. 방과 방을 이어주는 복도에는 창문이 나 있거나, 그렇지 않으면 극히 화려하게 치장해서 밝음을 더했고, 건물의 밖으로 이어지는 복도는 허리 정도 높이의 나무 난간만이 세워져 있어 밖의 광경을 아무런 방해 없이 내다볼 수 있었다. 붉은색의 노을은 하늘뿐만이 아니라, 은빛으로 빛나던 궁 안의 연못도 붉게 물들였다.

"멋지네, 노을이란 건. 아니면 이곳의 노을이 특히 더 그런 건가?"

서희의 감상은 망연한 중얼거림이 되어 입 밖으로 새어나왔다.

"유하님도 노을을 보고 계셨나요?"

웃음이 배어 있는 여자의 목소리가 들려왔다. 그렇게 귀에 거슬리거나 날카로운 목소리는 아니었지만, 서희는 그 목소리를 듣는 순간 온몸에 소름이 쫙, 하고 끼쳤다.

'귀신인가, 소리도 없이……'

어쩌면 발소리를 내지 않고 움직이는 것은 은의 일족들의 특성인지도 몰랐다. 생각해 보면 서희 자신도 그렇게 큰 소리를 내면서 몸을 움직이지는 않는 것 같았다.

'사야…… 겠지.'

등을 돌려 표정을 확인하지 않아도 그녀의 얼굴에 떠올라 있을 미소가 여지없이 그려지고 있었다.

'역시 스토커는 너구나.'

지난번에도 이런 일이 있었던 것 같았는데 또다시 같은 일이 벌어지고 있는 것이다. 그때와는 약간 상황이 다르지만, 어쨌든 이런 식으로 혼자 사색에 잠겨 있는데 시류가 말을 걸었었다. 그리고 지금은 그 역할을 사야가 떠맡은 듯했다.

'뒤를 돌아보고 인사라도 할까, 꺼림칙하긴 하지만.'

서희는 사야의 얼굴을 마주 보며 인사를 해야 하나 말아야 하나에 대해 심각하게 고민하고 있었다. 며칠 전의 일도 있고 해서 아무래도 그녀의 얼굴을 보게 되면 그때의 기억이 떠오를 것 같았다. 서희 자신의 의지가 아닌 다른 누군가의 의지로 사야와 대화를 나누었던 그때의 기억이.

"무슨 일이지, 사야?"

서희는 결국 사야의 얼굴을 마주 보지 않은 채, 이제는 밤의 어둠 속으로 붉은빛을 빼앗겨 가는 하늘의 모습을 응시하고 있었다. 방금 전만 해도 찬란한 붉은빛으로 가득 차 노을이 지는 광경을 연출해 내고 있던 하늘이었는데, 어느샌가 깊은 휴식의 시간을 맞이할 준비를 하고 있었다.

"유하님이 비전서의 방에 들어가셨다는 이야기를 듣고, 혹시 어떤 이야기라도 들려주시지 않을까 해서 찾아왔어요."

"……"

갑작스럽게 밀려온 곤란함이라는 감정 때문에 서희는 잠시 할 말을 잃었다. 사고에 약간의 혼란이 끼여들고 있었다. 사야의 말을 간단하게 정리해 보면 '비전서의 내용을 이야기해 달라고 왔다'라는 뜻이 된다.

분명 각 영토에는 하나씩의 비전서가 있고—내용이 같은지 다른지는 모르지만—그것을 해독하는 것은 사제이다. 하지만 각 영토의 비전서의 내용을 알 수 있는 것은 오직 그것을 읽어낸 사제와 '수' 뿐이다. 이것은 서희가 상당히 두꺼웠던 은의 영토의 예법과 여러 가지 규칙에 관한 내용들이 담겨 있던 법전 정도로 보이는 책에서 읽은 사실이었다.

'그런데 지금 사야는 무슨 소리를 하는 거지?'

갑자기 사야의 얼굴이 눈앞에서 싱긋 웃고 있었다.

"......!"

서희는 깜짝 놀라서 한걸음 뒤로 물러섰다. 그도 그럴 것이 심각하게 고민에 잠겨 있는데 난데없이 눈앞에 웃고 있는 여자의 얼굴이 나타났으니 놀라는 것도 당연했다.

"깊이 생각하실 필요 없어요. 그냥 해본 말이니까요. 유하님이 얼마나 엄한 사제인지는 잘 알고 있어요."

'그러니까 결론은 지금 농담했다는 얘기?'

괜시리 화가 치밀어 올랐다. 아직 그녀의 변화 무쌍한 말투와 표정에 어떻게 대처해야 할지 모르고 있는데, 그녀는 장난을 걸듯이 자연스럽게 말을 걸고 또 행동하는 것이다.

'왜 자꾸 이러는 걸까… 이 여자는'

그녀의 이름을 떠올리기도 싫어서 서희는 그냥 간단히 3인칭 대명사를 사용했다.

아슬아슬하게 난간에 몸을 기댄 채 사야는 계속 웃음 짓고 있었다. 정말 불공평하다고 여겨지는 것이지만, 사야가 스토커라는 사실만 빼면 외모에 있어서 그녀는 상당히 괜찮은 여자라는 것이었다. 만약 자신이 진짜 남자였다면 눈길을 떼지 못할 정도로 매력적인.

'떨어질라, 몸 좀 사려.'

겉으로 충고해 주고 싶었지만, 왠지 유하의 얼굴로 그녀에게 그런 기대를 심어주는(?) 따뜻한 말을 해주고 싶은 마음은 눈곱만큼도 생기지 않았기에 서희는 그저 속으로 중얼거렸다.

"그냥 제 느낌이지만, 유하님은 밤을 좋아하실 것 같아요. 그렇지 않나요?"

서희는 약간이지만 속으로 놀라고 있었다. 방금 그녀에게서 의외의 면을 발견했다고 할까.

"그저… 별을 좋아할 뿐이지."

"역시 그렇군요."

서희에게서 대답을 들었다는 사실이 기뻐서인지, 아니면 그냥 평상시의 표정이 그래서인지는 모르지만 사야의 얼굴에 떠오른 미소는 더욱 깊어져 있었다. 서희는 잠시 사야의 얼굴을 내려다보다가 이제 완전히 검은색으로 물든 밤하늘로 시선을 돌렸다. 항상 느끼는 것이지만, 이곳의 밤하늘은 '쏟아질 듯한 별의 바다'라는 이름이 너무나도 잘 어울렸다. 인공 위성의 인공적인 빛이 아닌 순수한 별만이 뿜어내는 밤의 빛깔. 달보다 밝지는 않지만 그 헤아릴 수 없을 정도로 무수하게 하늘에 박혀 있는 별의 바다는 찬란하고도 장엄한 아름다움으로 서희의 두 눈에 내려앉았다.

"별은 시간의 파편이라고들 하지요. 그저 전해오는 이야기일 뿐이지만, 저는 어쩌면 그 말이 맞는지도 모른다는 생각이 들어요."

'시간의 파편이라……'

서희는 별이 어떻게 해서 생겨났고, 어떻게 빛을 내뿜는지, 그리고 별이 위치하고 있는 곳은 이곳에서 얼마나 먼 거리인지 다 알고 있었지만, 그런 과학적 상식보다는 터무니없긴 하지만 지금 사야의 입에서 나온 별에 대한 말이 더욱 마음에 들었다.

"시간의 파편……"

서희는 작은 목소리로 그 말을 반복하며 더욱 자세히 별무리를 바라보았다. 어린 시절의 오염되지 않았던 공기 속에서 보았던 별들과도 비교할 수 없을 정도로 무수한 별의 바다가 밤하늘에 그림처럼 떠올라 있는 광경은 서희의 마음을 어느 깊은 곳으로 잡아당기는 것 같았다.

"유하님의 머리카락은 바로 그 시간의 파편이 내려앉은 듯한 빛깔이에요. 너무나도 아름다운……"

'뭐, 뭐야.'

사야는 난간에 기대고 있던 몸을 가볍게 일으켜 세운 후 서희에게 다가섰다. 하지만 그때까지도 서희는 별무리에 시선을 빼앗긴 채 그녀 쪽은 돌아보지도 않고 있었다.

"……?!"

그리고 무언가가 얼굴에 닿았다. 부드럽지만 약간은 싸늘한 밤의 기운을 담은 채.

"유하님……"

불길한 느낌에 시선을 아래로 돌려보니 그녀, 사야의 손이 자신의 얼굴에 닿아 있었다. 그리고 달빛 아래에 선 그녀의 얼굴과 두 개의 뿔은 방금 전과는 비교도 할 수 없을 만큼 기이한 빛을 내뿜고 있는 것 같았다.

'뭐, 뭐냐. 이 기괴한 분위기는!'

서희는 놀란 마음을 간신히 가라앉히며 가만히 사야의 손목을 잡았다. 뺨에서 느껴졌던 약간의 냉기는 이미 사라진 지 오래였다. 그저 보통보다 약간 낮은 시원한 체온이 서희의 손바닥 안에 퍼져 갔다.

"무슨 짓이지?"

굉장히 격한 감정을 넣어서 말을 할 수도 있었지만, 아무래도 그런 태도는 유하에게 어울리지 않는 행동 같아서 서희는 애써 아무렇지 않게 입을 열었다.

"실례라는 것은 알지만 한번쯤 꼭 이렇게 해보고 싶었어요."

한번쯤 해보고 싶었다고 말하며 떠올린 애절한 사야의 눈빛에 서희는 잠시 동안 할말을 찾지 못했다. 그래서 지금 자신이 사야의 손목을 잡은 채 정지 동작을 취하고 있다는 사실도 잊고 말았다.

"전 그저… 유하님을 처음 보았던 그 순간에 유하님께 사로잡혀 버렸으니까요."

'닭살이다.'

서희는 순수한 자신의 감상을 토로하며 시선을 서서히 아래로 떨구었다. 그리고 바로 그 순간, 자신이 지금까지 사야의 손목을 잡고 있었다는 사실을 깨달았다. 무슨 생각으로 손목을 잡았었는지도 잊은 채, 서희는 화들짝 놀라며 손에서 힘을 뺐다. 그런 서희의 행동을 보며 사야는 웃음을 터뜨렸다.

"유하님께도 이런 순수한 일면이 있었는지 오늘 처음 알았어요."

'순수한 일면? 그러면 평상시의 유하는 영악하다, 라는 말이야? 아니면, 대체 어떤 인상을 받았길래 그런 소리를 하는 거야. 대체……'

서희는 약간의 의문을 품은 채 계속 웃고 있는 사야를 응시할 뿐이었다.

"이런 곳에서 무얼 하고 있지?"

시류는 평상시와 달리 위엄이 철철 흘러넘치는 목소리로 말하며 등장했다.

"시류님……."

서희는 이상한 분위기 속에 끼여든 시류의 모습을 보며 원인을 알 수 없는 약간의 당혹감을 느꼈다.

"청의 수 시류님을 뵙습니다."

사야는 마치 아무 일도 없었다는 듯이 얼굴에서 웃음의 여운을 완벽하게 지워버리고는 정중하게 인사를 건넸다. 분명 사야의 웃음 소리를 들었음이 분명한 시류도 그녀의 본래 성격에 대한 의심을 완전히 지우게 만들 정도로 극명한 태도의 변화였다. 시류는 가볍게 고개를 끄덕여 사야의 인사에 답했다. 그리고는 곧 시선을 서희에게로 돌렸다. 시류 특유의 힘이 담긴 꿰뚫을 듯한 시선은 서희에게 무언가를 묻고 있는 듯했다.

'설마, 비전서의 방에서 무엇을 읽어냈냐고 묻는 것은 아니겠지?'

시류는 아직 아무 말도 하지 않았지만, 서희의 마음속은 점점 걱정으로 가득 채워져 가고 있었다.

'맞아. 분명 그럴 거야. 그곳에 들어갔다가 나온 이상 시류님에게 무언가 작은 사실 하나라도 발견했다는 것을 알려야 하는 거겠지. 그런데… 어떻게 하란 말이야. 읽은 것도 없이 고민만 하다가 왔는데……'

서희는 어떤 대답을 꺼내야 할까 망설이고 있다가 결국은 아무 말도 하지 못했다.

"유하님께 하늘을 읽는 법에 대해 약간의 가르침을 받았습니다.

역시 최고의 사제라는 명성을 지니신 유하님답게 제가 미처 이해하지도 못할 정도로 깊은 지식을 지니고 계시더군요."

"……?!"

한동안 이어지던 고요한 침묵을 깨뜨린 것은 단아하게 울려퍼진 사야의 목소리였다.

'무슨 소리를 하는 거야?'

그녀의 말을 듣는 순간 의문이 떠올랐지만, 그 다음은 자신을 위기에서 벗어나게 해준 것에 대한 안도감이 생겼다.

"유하가 하늘을 읽는 법을 가르쳐 주었다고? 신기한 일이군. 지금까지 어느 누구와도 길게 대화를 나누는 법이 없었는데. 그대가 편한 상대였나 보군."

"그렇게 생각해 주신다면야 저는 기쁠 뿐입니다."

"유하의 능력은 굉장하지. 지금까지 단 한 번도 틀린 적이 없고 중요한 일들을 많이 알아냈으니까."

시류의 말에 사야는 고개를 끄덕이며 답하고 있었다.

'여보세요. 왜 당사자는 빼놓고 댁들끼리 이야기하는 건가요? 그리고 대체 무슨 이상한 소릴 하는 거야!'

서희의 마음속에서 울려퍼지는 외침과는 상관없이 시류와 사야는 계속 자신들끼리만 통하는 어떤 이야기에 빠져 있었다.

'진짜 짜증나네. 대체 본인 앞에서 무슨 얘길 이렇게 하는 거야?'

서희는 황당함을 느끼며 팔짱을 끼고 가만히 그들의 모습을 응시했다. 대체 언제까지 그렇게 하고 있겠냐는 물음이 담긴 시선으로.

"저 혼자만의 걱정은 아니겠지만, 이번에 유하님께서 금의 일족의 땅에 가는 것이 저는 무척 불안합니다. 유하님께서는 단 한 분뿐인 사제이시고, 게다가 능력도 뛰어나신데, 그들이 지금까지 유하님을 가만히 놓아둔 것이 더 신기할 정도입니다. 시류님께서는 그렇게 생각하지 않으십니까?"

시류는 잠시 낮게 한숨을 내쉬었다.

"물론 걱정이 되지 않는다고 하면 거짓이겠지만, 그것은 지금까지 역대의 다른 사제들도 해온 일이지. 유하도 몇 번이나 했었고 말이야."

"그렇긴 하지만 유하님은…… 유하님?"

말을 이어가면서 유하가 있던 곳으로 시선을 돌린 사야는 자신의 두 눈에 유하와 닮은 그 어떤 것도 비치지 않고 있다는 사실에 당황하며 유하를 불렀다.

"무슨 일이지?"

그렇게 묻고 나서 시류도 사야가 시선을 돌린 방향을 응시했다.

"유하?"

분명 방금 전까지만 해도 그곳에 서 있던 유하의 모습이 온데간데없이 사라져 버렸다.

"대체……"

"혹시 방으로 돌아가신 것은 아닐까요? 비전서의 방에서 이틀이나 계셨으니 피곤하실 거예요."

시류는 살짝 고개를 저었다.

"그렇기는 하지만 유하는……"

망연함을 담은 시류의 얼굴을 사야는 희미한 미소를 떠올린 채 바라보았다.

"먼저 돌아갔을 리가……"

아연함이 묻어난 시류의 목소리가 밤 공기를 타고 울려퍼졌다.

"유하님, 식사를 준비할까요?"

서희가 방에 들어서자마자 인사를 하고 나서 사비들이 다가와서 물은 말이었다.

'아, 배는 별로 고프지 않은데…… 대체 며칠이나 지난 거야. 확실히 몇 시간 만에 나온 건 아닌 것 같고 말이야.'

"그럼, 간단한 식사를 부탁하지. 별로 시장하지는 않으니까."

"알겠습니다, 유하님."

고개를 숙이며 두 명의 사비가 방을 나섰다.

"그런데… 며칠이나 지났지?"

언제부터인지 서희의 말상대가 된 사비가 미소 띤 얼굴로 입을 열었다.

"꼬박 이틀 동안 그곳에 계셨습니다. 혹시 더 오랫동안 그곳에 계시는 것은 아닌지 걱정하고 있었습니다."

"아……."

이틀 동안이나 그곳에 있었음에도 불구하고 지난번과 마찬가지로 시간의 경과는 느끼지 못했다. 그 말은 즉, 그 비전서의 방이 보통의 장소가 아니라는 것을 알려주는 것이었다.

한눈에 보기에도 그런 창문 하나 없는, 사방이 돌로 막힌 방 안에 정말 틈 하나 남기지 않고 글씨로 가득 채워진 장소인데 평범하다는 것도 말이 되지 않는다. 하지만 분명 외관상으로 보여지는 어떤 것 이외에 그곳에는 무엇이 있음이 틀림없었다. 푹신한 방석이 깔린 의자에 몸을 묻은 채 서희는 이런저런 생각에 빠져들었다.

'그나저나 그 둘… 분명 내가 없어진 사실도 모르고 계속 얘기

만 하고 있겠지?'

뭐가 뭔진 모르지만 죽이 척척 맞게 이야기를 하고 있던 시류와 사야를 떠올리며 서희는 싱긋 웃었다.

제12장

사제의 의무

　정말이지 시간이 빨리 지나간다는 말은 백 번을 말해도 부족할 정도로 옳은 말이었다. 며칠 전 마지막으로 적의 수 화월에게서 금의 일족에게 보내는 예물로 어떤 물건이 도착했다. 그리고 그것은 출발을 의미했다. 이제 서희는 단 한 번도 가보지 못했던, 분위기조차 상상할 수 없는 위험한 장소로, 게다가 수행원들과 사비들을 제외하고는 혼자서 길을 떠나야 했다. 위험천만이라는 단어가 딱 어울릴 만한 금의 일족의 영토에, 단지 청의 사제 유하가 되어 버렸다는 이유 하나만으로 서희는 홀홀 단신으로 내던져지게 된 것이다.

　대체 어떤 식으로 그들을 대하고, 또 보름이라는 긴 시간을 그곳에서 보내야 할는지 정말 막막하기만 했다. 그 때문인지 식욕도, 독서욕도 완전히 사라져 버렸다. 밥 먹기보다 더 좋아하던 책읽기인데도 도저히 책장이 넘어가지를 않았다.

'왜 자꾸 내 앞에는 나 혼자서는 감당하기 힘든 일들이 일어나는 거지? 전생에 대체 무슨 죄를 지었길래 이렇게나 처절한 보복을 받는 걸까.'

신세 한탄도 잠시, 서희는 현실을 도피해 보고자 하는 생각에 금의 영토에 대한 상상을 하기 시작했다. 분명 금이라는 글자가 들어간 곳으로 보아 무척이나 밝고 아름다운 곳일 게 틀림없었다. 이름 모를 아름다운 새들이 날아다니고, 포근한 공기가 넘쳐 흐르는 한마디로 천국 같은 곳. 하지만 머리 속을 스치고 지나가는 낙관적인 상상조차 아무런 도움이 되질 않았다. 금의 일족에게서 느껴지는 이미지는 지난번의 악몽에서 보았던 어둡고 음침하고, 괴기스러운 데다가 은의 일족들이 분노하며 학을 떠는 상당히 악한 사람들이라는 것이었다. 서희로서는 금의 일족들이 차분한 은의 일족들에게 그렇게나 격한 분노를 불러일으킨다는 것이 무척이나 의외였다.

"그렇게나 경멸을 받을 정도라면 대체 얼마나 괴물일까. 금의 일족들이란……."

금의 일족들에 대한 생각을 해나가던 서희는 문득 지난번에 일어났던 사건을 떠올렸다.

'그러고 보니 꽤 강한 힘을 가지고 있는 은의 일족들이 속수무책으로 당했다는 거잖아. 아무리 방심했었다고는 하지만, 국경을 지키는 은의 일족들이라면 분명 강한 자들이었을 텐데……'

그 생각을 떠올리자 덜컥 가슴이 내려앉는 소리가 울려퍼지는 것 같았다. 은의 일족의 감시자라는 기분 나쁜 자들이 가진 힘을 몸으로 직접 체험했던 서희로서는 당연한 반응이었다. 아무리 지금의 자신에게는 위협이 될 수 없는 힘이라고 해도, 마음속 깊은 곳에 새겨진 기억은 쉽게 지워지지 않는 법이다.

'세상에! 나, 거기 갔다가 다시는 되돌아오지 못하는 거 아냐? 평소에도 걱정이 심하긴 했지만, 시류님의 걱정의 강도가 이번에는 상당하던데, 그게 다 이유가 있던 거였나?'

그런 생각에 나오는 것은 한숨뿐이었다.

"유하님, 감시자께서 만나기를 원하십니다."

'감시자?'

그렇지 않아도 기분 나쁜 기억을 떠올리며 걱정에 휘말려 있는 서희에게 귀에 거슬리는 단어가 들려온 것은 우연이라고 말하기에는 약간 거북한 무엇이 있는지도 몰랐다.

"들어오라고 해라."

"네."

사비의 짧은 대답과 함께 소리없이 문이 열렸다. 아침부터 변함없이 서재에 놓인 의자에 앉아서 이런저런 걱정을 하고 있던 서희는 열린 문 사이로 들어서는 검은 옷의 남자를 유심히 바라보았다. 혹시라도 그때 그 죽도록 때리고 몇 번 더 때려도 시원치 않을 그들 중의 하나라면 냉정한 태도를 유지할 수 없을 테니까.

"청의 사제 유하님을 뵙습니다."

하지만 그것은 서희의 기우였다. 들어서자마자 정중히 고개를 숙이는 바람에 확실하게 보지는 못했지만, 지금 들어선 감시자는 상당히 나이가 들어 보였다. 은의 일족의 나이로는 몇 살 정도인지 짐작할 수 없지만, 어쨌든 40대 중반 정도로 보이는 온화한 인상의 남자였다. 왠지 그런 인자한 얼굴에 길다랗게 솟은 뿔은 어울리지 않는다는 느낌이 강하게 들었지만, 그렇다고 해서 뿔을 잘라버릴 수도 없는 노릇이니 서희는 그냥 없는 셈치고 담담하게 받아들이기로 했다.

"자리에 앉기를……."

서희가 인사에 답하고 나서 자리를 권하자, 그는 다시 고개를 숙이며 자리에 앉았다. 아무리 신경 쓰면서 말한다고 해도, 자신보다 나이가 많아 보이는 사람들에게 반말을 써야 한다는 사실은 서희를 상당히 거북하게 만들었다. 확실히 습관이란 무서운 것인지 모른다. '로마에 가면 로마의 법을 따르라'라는 말이 있기는 하지만, 익숙해지지 않는 것은 익숙해지지 않는 것이다.

"이번 금의 영토 방문에 호위의 총책임을 맡게 된 여산입니다. 이번 방문에는 유하님을 포함하여 총 32명의 인원이 함께 움직입니다. 적은 인원이기는 하지만, 충분하리라고 봅니다."

"그렇군. 잘 부탁하네."

"아닙니다. 오히려 저야말로 그 말씀을 드려야 합니다. 저희는 어떤 일이 생기더라도 유하님의 머리카락 하나 상하지 않도록 최선을 다하겠습니다."

왠지 시대극에서나 나올 법한 대사를 직접 듣고 있자, 서희는 지금 자신이 유명 배우로서 TV의 사극에 출연하고 있는 것이 아닌가, 라는 생각이 들었다. 하지만 태어나서 지금까지 이런 대접을 한번도 받아보지 못한 탓인지 기분이 좋다는 것을 부정할 수는 없었다.

'역시 사람은 윗자리에 있는 게 최고라니까. 그렇지 않으면 항상 굽실거려야 하잖아. 아부는 내 적성에 안 맞으니까.'

"저를 포함해 대부분의 수행원들이 금의 영토에 가본 경험이 있는 자들이므로 훨씬 더 안전하게 유하님을 모실 수 있을 것입니다."

서희는 여산의 말에 깊은 안도감을 가질 수 있었다. 아무것도 알지 못하는 낯선 곳으로 향해야 한다는 심리적 압박감은 예상외로 큰 것이었나 보다. 오늘 처음 만나기는 했지만 거부감이 느껴지지 않는 편안한 외모의 여산과 그가 가진 경험이라는 가치는 서희의 불안을 조금이나마 덜어주었다.

"여산이라고 했던가. 그대의 나이는 몇이지?"

물어도 될지 어떨지 잠시 망설이긴 했지만, 밑져야 본전이라는 생각을 떠올리며 서희는 그의 나이를 물었다. 지금까지 자신이 직접 나이를 물은 적은 단 한 번도 없었지만, 지금 나이를 물어두지 않으면 기회가 없을 것 같았다. 그리고 그의 나이를 알아두면 대충 다른 연령대들도 알아맞출 수 있지 않을까 하는 기대감이 서려 있는 것도 사실이었다. 서희의 질문이 무척 의외라는 듯이 잠시 동안 침묵을 지키며 서희의 표정을 살피던 여산은 잠시 후 그가 가진 얼굴과 같은 느낌의 온화한 목소리로 대답했다.

"올해로 딱 400살이 됩니다. 감시자의 일을 한 지도 딱 300년이 되고 말입니다."

'헉! 장난이 아니네. 400살이면 대체……'

속으로는 놀랐지만 서희는 자신이 그대로 침묵을 지키면 안 된다는 사실은 알고 있었다. 그렇게 한다면 자신이 한 질문의 의도가 무엇인지 알 수 없게 되므로.

"나이에 비해 얼굴이 너무 젊어 보여서 말이야."

"아, 그렇습니까."

성별, 나이, 국적(?)을 불문하고 젊어 보인다는 말은 상대방을 기분 좋게 만드는 말임이 분명했다. 여산 역시 예외가 아니어서 얼굴에 기분 좋은 미소를 떠올리고 있었다. 지금까지 봐왔던, 상당히 딱딱한 얼굴을 하고 있던 감시자들과는 다르게 여산은 자신의 감정을 솔직하게 얼굴에 드러냈다.

'그나저나 이 정도 얼굴이 400살이면… 음, 시류님이나 유하의 나이는 100살은 확실히 넘었겠고… 200살 정도려나?'

다른 이들의 나이는 몰라도 그다지 큰 지장은 없었지만 정작 자신의 나이를 모르고 있어서 불안하기도 하고 답답한 마음이 들었던 것도 사실이었다. 하지만 지금 겨우겨우 짐작이긴 하지만 추정 나이를 알게 되어 서희는 무척 기뻤다.

'그러고 보면 시류님도 할아버지네, 나도 마찬가지고.'

분명 인간의 나이로 따진다면야 할아버지임이 분명하지만 수명이 다른 이상 그런 계산을 적용할 수는 없는 법이다. 엉뚱한 상상을 하자 저절로 입가에 웃음이 머금어졌다. 할아버지라는 이미지에 맞는 것은 호호백발에 길게 드리운 흰 수염을 매달고 그것을 쓰다듬으며 후덕한 미소를 짓는 신선 같은 노인인데, 확실히 은의 일족들은 달랐다. 지금 눈앞에 있는 여산 할아버지만 해도 중년 정도의 외모로 보이지 않는가. 500년 정도를 사는 은의 일족들 치곤 상당한 나이였지만, 여산은 전혀 힘 빠진 노인 같지가 않았다. 예전에 시류의 궁에 처음 왔을 때 만났던 전형적인 노인을 떠올려보니, 그의 나이는 분명 500살에 가까워져 있거나 그렇지 않으면 특이하게 장수하고 있을 것이 분명했다.

'뭐, 좋은 게 좋은 거니까. 아무리 생각해도 저 얼굴에 뿔은 어울리지 않지만.'

서희가 자신을 바라보며 그런 생각을 하고 있다는 것을 아는지 모르는지 여산은 열심히 서희에게 자신들이 할 일에 대해서 이야기했다. 상당한 나이임에도 그는 자신의 확고하고 열정적인 직업

의식을 가지고 있었다.

'정말 저런 건 본받아야 한다니까.'

서희는 고개를 끄덕이며 한순간이긴 했지만 마음속을 가득 채우고 있던 걱정들을 모두 떨쳐 버리고 온화한 목소리만을 귀에 담았다.

'그럼 난 할아버지, 아니, 아저씨만 믿을 테니까 잘 해줘요.'

금세 고민 속에서 빠져 나와 미소 짓는 서희였다.

그 후로 서희는 여산과 약간의 이야기를 나누었다. 확실히 그는 400년이라는 세월을 살아온 만큼 세상을 보는 시각이나 한마디 한마디를 할 때마다 그 속에 담긴 의미가 보통의 다른 이들이 하는 것과는 확연히 달랐다. 분명 기회가 닿아서 그 나이 많아 보이는 장로와 이야기를 나누었더라면, 그에게서도 같은 느낌을 받았을는지도 모른다.

"금의 일족들은 사제라는 존재를 무척이나 경이로움의 시선으로 바라본다는 것을 느끼셨습니까, 유하님?"

그리고 막 자리에서 일어선 여산은 방금 생각났다는 듯이 말을 꺼냈다.

'경이로움의 시선?'

솔직히 서희는 아무것도 알고 있는 것이 없었기 때문에 대답 없이 여산의 얼굴을 바라보고만 있었다.

"그들에게는 사제가 가진 힘을 쓸 수 있는 자가 없기 때문인지도 모릅니다. 그렇지 않다면 오랜 옛날 그들이 은의 일족에게서 떨어져 나갈 때 비전서를 포기한 사실이 못내 안타까웠는지도 모르지요. 그들은 비전서를 포기한 대신 힘을 얻었지만, 우리는 대신 미래를 얻었으니 말입니다."

서희는 계속되는 여산의 이야기에 숨쉬는 것조차 잊을 정도로 깊이 빠져들었다.

'금의 일족이 처음에는 은의 일족과 하나였다고? 그렇다면 결국은 한 동포란 이야기네. 처음 듣는 얘기라서 그런지 더욱 흥미가 있어.'

"처음 사신 교환의 제의가 들어왔을 때는 모두들 그들의 의도에 어떤 의도가 끼여 있다고 생각했습니다. 지금에 와서는 그런 걱정이 기우가 아닌가 여겨질 정도로 그들은 사제님의 방문에 대한 예의를 지킵니다. 가끔가다 공격을 가하는 그들의 행동치고는 무척 의외로 여겨질 정도지요. 물론 유하님도 그것을 느끼셨겠지만."

서희는 가만히 고개를 끄덕였다.

"하지만 그것이 언제까지 계속될 수 있으리라고는 생각하지 않습니다. 그들 금의 일족이 우리에게 좋은 감정을 품고 있지 않다는 사실은 그들 자신이 가장 잘 알고 있을 테니까요."

그렇게 말하고 나서 힐끔 바라본 유하의 얼굴에는 감정이라고 설명될 만한 그 어떤 작은 자락조차 떠올라 있지 않았다. 그런 유하의 표정을 보며 여산은 청의 사제 유하는 처음 보았던 그 순간부터 조금도 변하지 않았다고 생각했다.

나이에 비해 너무나도 깊은 눈동자를 가진 청의 사제 유하. 과연 사제라는 지위에 올라와 있으면서 그는 어떤 생각을 하고 있을까. 그것도 보통의 사제가 아닌 '유일한'이라는 수식어가 붙는 부담스러운 자리를 지키고 있는 그가, 대체 어떤 감정을 담아 세상을 바라보고 있을지 여산은 그것이 가장 궁금했다. 자신은 그저 금의 영토를 방문할 때마다 그의 호위를 맡아온 감시자에 불과했지만, 단순한 상하 관계로 맺어져 있는 이 관계도 계속 그것이 이어짐에 따라 상하 관계 이상의 것을 알고 싶다는 마음이 생겨나고 있었다.

"제가 쓸데없는 이야기로 너무 오랫동안 유하님의 시간을 뺏은 것은 아닌지 모르겠습니다."

여산은 그쯤에서 말을 끊었다.

"아니야. 오히려 내게 생각할 여유를 준 것 같아."

"그러셨다면 다행입니다."

서희는 여산에게서 좀더 많은 이야기를 듣고 싶었지만 일부러 나서서 말을 꺼낼 수는 없었기에 그저 아쉬움을 남긴 채 여산의 인사를 받았다.

"그럼, 출발할 때 뵙겠습니다, 유하님. 그때까지 편안히 쉬시길 바랍니다."

"고맙군."

여산의 듬직한 뒷모습이 시야에서 빠져 나가자마자 서희는 깊은 한숨을 내뱉었다. 막혔던 무언가가 뚫린 듯한 기분이 들기도 하고, 왠지 좀더 깊은 늪으로 발을 내딛는 것 같기도 했다.

'과연… 잘할 수 있을까?'

서희는 안개처럼 막연하게 피어올라 자신을 옭아매고 있는 물음을 떠올리며 작게 신음했다.

아직 출발까지는 꽤 넉넉한 시간이 남아 있었지만, 시류는 막상 그곳으로 가야 할 서희보다도 훨씬 더 많은 걱정을 하고 있었다. 언뜻 보기에도 불안이 넘쳐 흐르는 얼굴 표정과 안절부절못하는 동작, 그리고 계속해서 서희에게 어떤 말을 해주고 싶어하면서도 말은 꺼내지 못하는 주저함까지.

그리고 그런 시류의 태도는 서희에게 더 큰 불안을 안겨주었다. 물론 여산에게서 그들 금의 일족이 사제에 대한 예우는 끝내주게 한다는 사실을 듣기는 했지만, 그것은 그가 한 말일 뿐이지 서희 자신은 겪지 못한 일이기 때문에, 솔직히 말해서 완벽한 믿음을 가지기는 어려웠다.

'대체 어떤 곳이길래 저렇게나 걱정을 하는 거지? 아무래도… 불안해.'

"나는 단 한 번도 금의 영토에 가본 적이 없기 때문에 무어라 말할 수는 없지만, 부디 조심하길 바란다."

항상 지나치게 진지하다는 느낌을 전해주는 시류였지만, 이번의 인사에는 여느 때보다 더 진한 진심이 담겨 있었다. 그런 시류의 감정이 전해졌기 때문인지, 서희는 지금 순간만큼은 시류가 스토커라는 사실을 잊었다.

"걱정 마십시오."

마음속에서는 걱정이 넘실거리고 있었지만, 서희는 아무렇지 않다는 얼굴로 시류에게 답했다.

'당연히 별일이야 있겠지만 어떻게든 되겠죠.'

그것은 불안한 자신의 마음에 대한 위안의 말이기도 했다. 결국 아는 것은 처음부터 아무것도 없었다. 백지부터 시작해서 지금은 아주 약간의 엷은 색이 칠해져 있을 뿐인 상태. 도와주는 이 하나 없는 현실을 헤쳐 나가기 위해서는 자기 자신이 스스로 노력을 하지 않으면 안 된다. 그것은 알고 있기는 하지만 마음 편히 실행할 수 없는 곤란한 현실이었다.

"유하님……."

시류의 옆에서 눈에 띄게 차분한 태도를 유지하고 있던 사야가 조용히 입을 열었다. 서희는 그녀가 어떤 말을 할 것인지에 대한 약간의 기대와 의문을 담은 채 그녀에게로 시선을 돌렸다.

"유하님께서 돌아오실 무렵이면 저 역시 백의 영토에 돌아가 있겠군요. 작별 인사는 오늘 전해야 할 것 같습니다."

'아, 그래? 그거 잘됐다.'

직접 대놓고 말하고 싶었지만 시류의 눈이 있었기 때문에 그 말은 마음속으로 삼키고 말았다. 그렇지만 사야의 얼굴을 이제는 보지 않아도 된다고 생각하니 금의 영토로 가야 한다는 스트레스가 조금이지만 풀린 듯한 기분마저 들었다.

"그렇군."

그런 서희의 대답을 기다리기라도 했었던 것처럼 사야의 표정은 살짝 변했다. 그것은 서희만이 알아볼 수 있는 아주 미묘한 변화였다. 아마도 시류는 죽을 때까지 사야가 이중 행동을 한다는 사실을 모를 것이다. 아니, 자신 이외의 그 누구도.

'정말 연예계로 보내고 싶은 안타까운 인재다.'

"기회가 된다면 다시 한 번 이곳에 찾아오고 싶습니다. 허락해 주시겠지요, 시류님?"

서희를 바라보며 말을 이어가고 있던 사야는 순간, 시류에게로 몸을 돌리며 물었다.

"물론이지. 그대라면 언제든지 환영이야."

냉정한 표정을 지으리라고 예상했던 서희의 생각을 깨뜨리며 시류는 부드러운 미소를 떠올리고 있었다.

'아니, 언제 저렇게 친해진 거야?'

시류의 얼굴에 떠오른 친근한 미소를 보며 서희는 의문을 떠올릴 수밖에 없었다. 시류 역시 사야와 마찬가지로 둘째가라면 서러 울 연기파가 아닌가.

'뭐, 어쩌면 스토커끼리라서 정말 마음이 잘 맞는지도 모르고… 내 알 바 아니지.'

하지만 내가 버린 떡 남 주기는 아까운 심보 때문인지, 그나마 마음이 편한 상대인 시류에게서 약간의 다른 일면을 발견하자 아 주 조금이긴 했지만 기분이 나빠진 것은 사실이었다.

'쳇, 시류님이 알면 좋아할 만한 일이네. 그렇지만 얄미우니까 절대로 나중에라도 말하지 말아야지.'

서희는 속으로 삐죽거리다가 갑자기 자리에서 몸을 일으켰다.

"더 이상 할말이 없다면 저는 잠깐 혼자 산책을 다녀오려 하는 데, 괜찮겠습니까?"

갑작스럽게 들려온 서희의 말에 시류와 사야는 동시에 시선을 서희에게로 돌렸다.

"아, 그……."

시류는 뭔가 하고 싶은 말이 더 있는 듯했지만 입을 벌리다가 바로 말을 삼키고는 고개를 끄덕였다.

"지금의 유하님께는 약간의 휴식이 필요하겠지요."

그리고 사야 역시 수긍한 듯 얌전히 한마디를 덧붙이고는 더 이상 아무런 말도 하지 않았다.

'그놈의 금의 일족의 영토를 방문하는 일이 정말 대단하기는 한가 보군. 저 막무가내인 사야를 진정시키고, 시류님에게 말을 삼 키게 할 정도라니……'

서희는 등으로 느껴지는 시류와 사야의 시선을 담담히 받아내 며 문을 열었다. 문을 열자 밖에는 언제나 그렇듯이 대기 중인 사비들의 모습이 있었다. 그녀들은 서희를 보는 순간 황송하다는 듯한 표정을 떠올리며 금세 고개를 숙여버렸다. 그리고 무슨 이유 때문인지는 모르지만, 그런 그녀들을 지나쳐 가며 서희는 약간 착잡한 기분이 들었다.

*   *   *

가벼운 여행을 목적으로 길을 떠나는 것이라면 여유로운 마음으로 주위의 풍경을 둘러보며 길을 재촉했을 테지만, 지금의 서희로서는 주위를 바라볼 여유 따위는 가질 수 없었다.

'후······.'

서희는 입 밖으로는 어떤 소리도 내지 않았지만, 금의 영토로 향하던 그 순간부터 속으로 계속 한숨을 내뱉고만 있었다.

일행은 서희 한 명을 제외하고는 모두 호위와 사비들로 이루어져 있었다. 일각수 두 마리가 끄는 화려한 마차에는 금의 일족에게 예물로 보내는 각 영토의 수들이 보낸 물건이 담겨 있었다. 그토록 증오하는 상대인 금의 일족임에도 불구하고 신경 써서 선물까지 마련하는 것을 본 서희는 다시 한 번 '외교'라는 단어를 떠올리게 되었다. 지금의 이 상황이 과연 그 외교라는 말에 들어맞는지 어떤지는 잘 모르지만, 어느 곳을 가든지 간에 타인을 대할 때에는 사적인 감정을 배제하고 침착한 태도를 유지해야 한다는 사실은 변함없는 진리인 것 같았다.

모두들 익숙한 솜씨로 자신의 일각수에 올라탄 채 일각수를 몰아가고 있었다. 하지만 예전에 적의 영토에 갈 때와는 달리 일행의 분위기는 침체되어 있었다. 소곤거리는 작은 말이 새어나오지도, 그렇다고 편안하게 다른 곳으로 떠나는 기분을 만끽하지도 못한 채 도살장에 끌려가는 소처럼 부자연스럽게 굳어진 얼굴로 일행은 나아가고 있었다. 단 한 명 일행의 길잡이를 하고 있는 여산을 제외하고는.

서른 명이 넘는 일행의 정중앙에서 일각수를 몰아가며 서희는 맨 앞에서 일행을 이끌고 있는 여산의 뒷모습을 바라보았다. 결코 400살이라고는 믿어지지 않는 다부진 체격에, 나이에 맞지 않게 활기차고 자신의 일에 확고한 사람. 그리고 서희에게 도움이 될 만한 이야기를 전해준 사람.

'그러고 보니 사제와 비전서와의 관계는 은의 일족과 금의 일족의 관계에서도 무언가 보이지 않는 작용을 하고 있는 건가 봐. 분명 그랬었지. 비전서를 버린 대신 금의 일족은 힘을 얻었고, 은의 일족들은 미래를 얻었다고.'

여산에게 들었던 말을 떠올리며 서희는 가볍게 고개를 좌우로 흔들었다.

'하지만… 미래는 불확실하기 때문에 미래라는 이름을 얻은 거잖아. 그걸 알게 된다면 그 이후에도 그것을 미래라고 부를 수 있을까?'

서희는 유일하게 자신이 읽어낼 수 있었던 비전서의 내용을 생각했다. 그토록 쉽게 얻을 수 있으리라고는 생각하지 못했던, 원래의 세상으로 돌아가는 방법을 비전서는 마치 일부러 기다리기라도 한 듯이 서희에게 보여주었다.

'어째서지… 대체 무엇이 그것을 이끌어냈던 것일까.'

점점 비전서라는 이름은 서희에게 크나큰 무게를 전해주며 다가오고 있었다. 좋든 싫든, 자의든 타의든 간에 청의 사제 유하라는 이름을 갖게 된 이상, 반드시 그 비밀을 풀어내야 한다. 무슨 일이 있어도 그 회색 빛으로 가득 찬 비전서의 방에서 글자들에 황금빛이 나타나도록 해야 한다. 그렇지 않으면 사제로서의 유하의 생명은 끝인 것이다.

'내가 어떻게 생각하고 있든지 간에 날 대하는 모든 사람들은 비전서를 떠올리기 마련이니까. 사제라는 존재의 가치는 바로 거기에 있는 거고. 언제까지고 '모르니까'라는 이유만으로 가만히 있을 수는 없어. 지금도 생판 모르는 낯선 이들을 만나기 위해 위험이 가득한 곳으로 가고 있는 거잖아.'

"무엇보다 중요한 것은 자신감이야."

서희는 작게 중얼거렸다.

자신감.

아무것도 알지 못하지만 등을 곧게 펴고, 눈앞을 직시하며 한 발 한 발을 내딛는다. 그리고 가슴속 깊이 숨을 들이마시고 심호흡을 한다. 그렇게 하면 분명 무언가가 보일 것이다. 아직 서희의 눈앞에 펼쳐져 있지 않은 미래지만, 분명 어떻게든 헤쳐 나갈 수 있을 것이다.

'적어도 지금의 난 청의 사제 유하니까.'

그렇게 결심하고 나니 한결 숨을 내쉬기가 편해진 것 같았다. 그리고 그제야 주위의 풍경이 두 눈에 들어오기 시작했다. 아직 일행들이 걷고 있는 길은 청의 영토 안이었다. 마치 거인이 위에서 하나하나 통째로 심어놓은 듯이 기이한 모양을 자랑하고 있는 드문드문 솟은 소나무들과 바다를 하늘로 옮겨놓은 듯한 시원한 푸른색의 하늘. 아무리 익숙해지려 해도 익숙해지지 않는 자연 그대로의 신선한 모습은 너무나 평화롭고도 조용해서 현실이라는 감각이 생기지 않을 정도였다.

'이게 현실이란 말이지……'

섬세한 레이더처럼 머리 위를 스치고 지나가는 바람의 감각이 뿔을 타고 전해져 왔다. 미세한 간지러움을 동반한 바람의 감촉은 엷고 희미한 향기를 품고 있었다.

'뭐, 죽으러 가는 게 아니라면 얼굴을 펴는 것도 좋겠지.'

뿔 사이를 통과한 바람은 부드럽게 내려앉아 서희의 머리카락을, 그리고 옷자락을 쓰다듬었다. 그렇게 속력을 내면서 달리고 있는 것도 아닌데, 바람은 끈질기게 서희의 주위를 맴돌고 있었다.

"유하님."

어느새 곁으로 다가선 여산이 서희를 부르고 있었다.

"무슨 일인가."

"이 앞에서 잠시 휴식을 취하려고 하는데, 괜찮겠습니까?"

"그렇게 하도록 하지."

깊이 생각할 필요도 없는 일이었다.

"네."

고개를 끄덕여 보이고 나서 여산은 다시 그가 있던 원래 자리인 일행의 맨 앞으로 돌아갔다.

얼마 지나지 않아 일각수는 앞과 보조를 맞추어 점점 속도를 늦췄다. 서희는 가만히 손을 내뻗어 일각수의 갈기를 쓰다듬었다.

'지금은 조금 쉴까.'

"이제 내일 오후면 금의 일족의 영토에 들어서게 되겠군요."

막 일각수에서 내리려고 하던 찰나 여산이 말을 걸었다. 확실히 오랫동안 감시자의 생활을 해와서인지 그의 동작은 하나에서 열까지 빠르지 않은 것이 없었다.

"그렇군."

짧게 대답하고 나서 서희는 일각수에서 내린 후 가볍게 몸을 풀고 있는 일행들을 둘러보았다. 사비들은 삼삼오오 모여 서서 무슨 이야기를 나누고 있었고, 호위로 따라온 자들은 몸을 이리저리 움직이거나 타고 온 일각수를 돌보고 있었다.

"오랫동안 감시자의 일을 해오면서 힘들지는 않았나?"

일행들에게서 천천히 시선을 떼며 서희는 나지막한 목소리로 물었다. 여산은 서희의 옆에 나란히 선 채, 방금 전에 서희가 그랬듯이 일행들의 움직임을 살폈다.

"단 한 번도 일이라고 생각해 본 적은 없습니다."

여산의 얼굴에는 어느새 눈에 띄게 진지한 표정이 떠올라 있었다. 그것은 확고한 신념을 가진 자만이 지닐 수 있는 것이었다.

"감시자는 은의 영토의 질서를 유지시키기 위해 존재합니다. 외부로부터의 침입이나 내부의 균열, 그런 모든 것들을 사전에 예방하기 위한 자리입니다. 그것은 의무일 뿐 일이 될 수는 없지요."

어떻게 보면 정의의 사자가 내뱉을 법한 말을 그럴싸하게 포장한 듯한 느낌도 들었지만, 그 말이 여산의 입에서 나오자 그것은 우스운 상상으로 덮어씌울 수 없는 말 그대로의 의미가 되어 있었다.

"그대 같은 자가 있기에 은의 영토가 지금처럼 유지되어 온 것이겠지."

나지막한 서희의 중얼거림에 여산은 엷게 웃으며 고개를 저었다.

"과찬이십니다."

그리고 둘은 누가 먼저랄 것도 없이 아무런 말도 없는 고요함

속에서 일행들이 움직이는 모습과 바람에 감싸인 초원을 바라보았다.

'정말… 이 아름다운 풍경이 영원토록 계속되었으면 좋겠어. 풀한 포기, 나무 한 그루 상하게 하고 싶지 않아. 그렇게 하기 위해서는 누구보다도 내 역할이 중요하겠지?'

서희는 속으로 쓴웃음을 지으며 생각했다. 단 한 번도 주역이 되어보지 못했던 자신이 이제는 주역 이외의 자리에 서는 것은 상상조차 할 수 없는 그런 인물이 되어 있었다.

'나만이 할 수 있고, 내가 해야만 하는 일인가.'

"금의 일족의 영토라……"

서희는 녹색의 풀로 뒤덮인 길 가장자리에 앉으며 입버릇처럼 되뇌었다. 아무런 주저함도, 거리낌도 없는 그런 서희의 행동에 여산은 조금 놀란 듯 얼굴 표정을 살짝 바꾸었지만, 그것은 아예 처음부터 떠올라 있지 않았던 것처럼 금세 사라져 버렸다. 그리고 그 역시 조금 전과 마찬가지로 서희의 옆에 함께 앉았다.

"그들이 마음속 깊은 곳에 품고 있는 저의는 알 수 없지만, 적어도 유하님을 보는 시선 속에 의심이 담기지 않았다는 사실만으로도 저는 만족하고 있습니다."

서희는 시선을 돌리지 않은 채 고개만을 끄덕였다.

이제 막 정오를 향해 다가서고 있는 태양은 따사로운 빛을 내뿜었다. 가을임에도 불구하고 한여름의 녹음을 그대로 유지하고 있는 주위의 풍경들은 서희에게 시선을 돌리지 못하도록 만들었다.

"유하님, 유하님의 곁에는 항상 유하님을 생각하는 이들이 있습니다. 당신은 유일한 사제인 동시에 은의 일족의 한 구성원이기도

합니다. 모두가 잊고 있지만, 저는 이것을 말씀드리고 싶습니다."

여산의 음성은 무척이나 따뜻했다. 마치 아버지의 그것처럼.

'유하는 정말 좋겠구나. 이토록이나 많은 이들로부터 사랑받고 있으니까.'

빨려 들어갈 것처럼 맑은 하늘에는 몇 조각의 흰 구름이 떠다니고 있었다.

'최면을 거는 거라고 생각해도 좋아.'

서희는 잠시 눈을 감았다가 떴다. 그 동작은 그저 작은 움직임에 불과했지만, 서희에게 있어서는 흔들리는 마음을 안정시키는데 큰 효과가 있는 행동이었다.

'나는 청의 사제 유하다.'

서희는 자신의 두 눈에 비친 광경을 담담하게 응시하며 속으로 되뇌었다.

청의 영토와 금의 영토가 맞닿아 있는 접경 지역에는 약간의 생소한 분위기를 풍기는 자들이 잔뜩 늘어서 있었다. 예전에 들은 기억으로는 분명 접경 지역에는 많은 수의 청의 일족들이 감시자의 역할을 수행하고 있다고 했었다. 하지만 지금 눈을 씻고 찾아보아도 일행들 이외의 청의 일족은 보이지 않았다. 대신 일각수에 올라탄 채, 그곳에 길게 늘어서서 일행을 맞이하고 있는 것은 '금의 일족'들이었다. 단 한 번도 그들을 본 적은 없었지만, 서희는 피부에 와닿는 어떠한 느낌으로 인해 그들이 금의 일족이라는 사실을 알 수 있었다. 금의 일족 역시 머리 위에 뿔이 달려 있었다. 하지만 은의 일족들이 각각의 일족별로 뿔의 수가 다른 것과는 달리, 그들은 뿔이 하나인 자도 있었고, 두 개인 자도 있었다.

'확실히 뭔가가 틀려.'

"청의 사제 유하님을 환영합니다."

가식적인 음성은 아니었지만, 그들의 목소리에는 일체의 어떠한 감정도 배어 있지 않은 것 같았다.

서희는 가볍게 고개를 숙여 보이며 일행의 주위를 둘러싸고 있는 금의 일족들의 움직임을 바라보았다. 외모만을 살펴보면 금의 일족과 은의 일족의 차이는 거의 느껴지지 않는다. 그들이 가진 뿔의 색깔도 은의 일족들과 마찬가지로 새하얀 빛깔이었고, 얼굴의 생김새라든지 옷차림 역시 별로 다르지 않았다. 하지만 자세히 살펴보면 미세하긴 하지만 차이를 발견할 수 있었다. 가장 확연한 차이로 들 수 있는 것은 뿔의 길이였다.

한눈에 알아볼 수 있을 정도는 아니었지만 금의 일족의 뿔의 길이가 은의 일족보다 약간 짧았다. 하지만 그런 외모상의 차이보다 서희에게는 금의 일족에게서 풍겨나오는 특정한 분위기를 확연하게 느끼고 있었다. 그것은 어쩌면 느낌이라기보다는 같은 특성을 가진 자들이기에 쉽게 서로를 구별할 수 있는 것인지도 몰랐다.

같은 동양인이지만 일본인과 중국인, 그리고 한국인의 생김새가 각각 다르듯이, 그리고 서양인은 동양인을 구분하지 못해도 동양인들끼리는 확실히 구분을 해내듯이, 금의 일족과 은의 일족도 확실하게 서로를 구분할 수 있었다.

'너무 조용하잖아.'

금의 일족과 만난 이후로 일행의 분위기는 바닥으로 가라앉은 듯한 느낌이 들 정도로 조용했다. 들려오는 것은 오직 일각수들이 내는 발굽 소리뿐이었다.

'이런 분위기… 정말 싫은데.'

무언가 분위기를 바꿀 만한 말을 꺼내고 싶었지만, 이번 금의 영토 방문에 있어 가장 중요한 역할을 수행해야 할 자신의 입장 때문에 가볍게 행동할 수도 없었다.

서희는 잠시 시류가 떠나기 전에 일러주었던 사항들을 되새겨 보았다. 금의 일족의 지도자를 만난 후에 해야 할 일들과 각 영토의 수들로부터 전해 받은 예물들을 어떤 식으로 전달할 것인지, 그리고 열흘의 일정 동안 어떤 식으로 행동해야 할지도.

유하, 어떤 돌발적인 상황하에서도 그대라면 잘 헤쳐 나가겠지만, 그들이 어떤 생각을 속으로 품고 있는지는 모르니 항상 경계를 늦추지 않도록 해. 알겠지?

마치 세살바기 어린아이에게 타이르는 어른의 모습처럼 시류는 계속해서 걱정의 말을 했다.

저는 어떤 상황에서도 제가 청의 사제라는 사실만은 잊지 않습니다.

그런 시류에게 서희는 그렇게 한마디로 일축해서 대답을 건넸다. 속으로 역시 스토커는 스토커로 남는다는 투덜거림을 내뱉는 것을 잊지 않으며. 하지만 그런 시류의 모습도 낯설기는 매 한 가지인 도깨비들의 땅에서 편하게 말을 건넬 수 있는 몇 안 되는 사람이라는 사실 때문에 안도감을 느끼게 해준다는 것은 사실이었다. 그리고 이제 돌아가면 볼 수 없게 될 제2의 스토커인 사야도 조금은 그리워질 것 같았다. 곤욕스럽기는 했지만, 서희를 사제 이상의 시선으로는 바라보지 않고 말을 건네지도 않는 사비들에 비하면 지나칠 정도로 자연스럽고 자주 돌변하곤 했던 사야의 모습은 귀엽게도 보였다.

'쳇, 스토커 주제에…….'

서희는 가볍게 고개를 내저으며 앞을 바라보았다. 일각수의 길쭉한 뿔과 사람들의 머리 위에 하나같이 돋아 있는 뿔들의 묘한 조화는 아직까지도 익숙해질래야 익숙해질 수 없는 광경이었다. 천둥이라도 치면 뿔에서 스파크가 일 것 같은 느낌.

서희는 우스운 상상을 하고는 피식 웃었다.

"이곳에서 멈춰서 주시기 바랍니다."

멋들어진 단풍나무 길을 따라 일각수를 몰아오던 일행에게 금의 일족의 대표쯤으로 보이는 한 남자가 말을 건넸다. 지금까지는 인사를 건넨 이후로 단 한 마디도 하지 않았기 때문에 남자의 모습을 제대로 관찰할 기회가 없었지만, 지금 살펴보니 금의 일족이라는 이름을 듣고 서희가 상상해 온 모습과는 많이 달랐다. 전혀 기분 나쁜 분위기가 풍겨나오지도 않았고, 이유없이 청의 영토를 공격해 왔으리라고 보이지도 않았다. 물론 그런 사실들을 외모만으로는 판단할 수 없는 것이겠지만.

길이 끝나는 곳에는 탁 트인 넓은 공간과 그 안에 들어찬 무수한 건물로 가득했다.

"이곳이 저희 금의 일족의 수께서 머무시는 곳입니다."

나지막하게 울려퍼진 남자의 목소리를 들으며 서희는 새삼스럽게 금의 일족들도 '수'라는 명칭을 쓴다는 것을 깨닫고 작게 고개를 끄덕였다.

'악의 대마왕은 어떻게 생겼는지 잘 봐둬야겠구나.'

일행들이 모두 일각수를 멈춰 세우고 나자 주위는 정적에 감싸였다. 서희는 그 고요함을 틈타 눈앞에 가득 펼쳐진 금의 일족의 건물들로 시선을 돌렸다.

눈에 띄게 화려하지는 않았지만, 금의 일족들이 사는 건물들 역시 은의 일족들의 것과 마찬가지로 혀를 내두르게 할 정도로 정교했다. 수십 채의 건물들이 빽빽하게 들어선 가운데 가장 눈에 띄는 것은 중국 고전 영화에서 봤던 청나라 황제의 모자처럼 생긴 3층짜리 건물이었다. 3층이라고는 해도 그 높이가 상당해서 현대식 건물로 따지자면 20층 건물의 높이 정도는 될 것 같았다.

맨 아래에 밝은 주황색으로 칠해진 둥근 원통형의 건물 뼈대와 그 위를 덮고 있는 장방형의 지붕. 그리고 2층, 3층으로 올라갈수록 점점 폭이 좁아지며, 3층에 이르러서는 지붕의 맨 끝 부분이 뾰족하게 솟은 형태로 변모해 갔다. 맨 위의 첨탑 부분에는 황금을 입힌 타원형의 장식물이 솟아 있었다. 그리고 지붕을 덮고 있는 기와는 햇빛을 받아 밝게 빛나는 짙은 청색이었다.

건물 주위를 둘러싸고 있는 것은 흰색의 단단해 보이는 돌로 대리석은 아닌 듯했지만, 상당히 매끄러워 보였다. 그 돌 역시 3층짜리 계단으로 이루어져 있었는데, 건물로 통하는 여섯 방향으로 나 있는 계단들을 제외하고 다른 모든 부분에는 계단과 같은 재질의 돌로 만들어진 예술적인 난간이 세워져 있었다.

'진짜 잘 만들었잖아!'

그렇게 서희가 도깨비들의 건축 양식이 상상을 초월한다는 데에 놀라고 있을 때, 주위에서 약간의 웅성거림이 일더니 원통형의 건물에서 많은 수의 사람들이 모습을 드러냈다. 어떤 화려한 복장을 한 사람을 필두로 하나나 두 개의 뿔을 가진 자들이 걸음을 옮기며 계단을 내려서고 있었다.

'하… 대단한 행렬이시군.'

속으로 약간의 빈정거림을 담은 말을 내뱉으며 금의 일족의 지도자로 보이는 누군가가 걸어 내려오는 모습을 바라보던 서희는 그자의 모습이 점점 가까워짐에 따라 마음 한구석에서 묘한 감응이 일어나는 것을 느낄 수 있었다. 심장의 울림이 점점 커지는 것이 느껴졌다.

머리 위에 솟아 있는 매끈한 두 개의 뿔과 검고 곧은 머리카락, 엷은 황색의 피부와 강인해 보이는 얼굴 선, 그리고 입술 끝을 살짝 틀어올린 독특한 미소.

"설마!!"

자신의 입에서 어떤 말이 새어나왔는지도 모른 채 서희는 두 눈을 크게 떴다. 그리고 서희는 자신의 눈을 의심했다. 잠시 시간이 정지된 것 같았다. 아무것도 들리지도, 보이지도 않는 암흑 속에 내던져진 것처럼 서희는 모든 것이 정지된 공간 안에서 시야 속으로 선명하게 들어오는 그 남자의 얼굴만을 응시했다.

'분명……'

그때의 기억처럼 섬뜩한 차가움이 느껴지지도, 소름 끼치는 미소를 떠올리고 있지도 않았지만, 서희는 자신이 꿈에서 보았던 그 존재가 눈앞에 실재하고 있다는 사실 때문에 숨도 제대로 내쉬지 못할 만큼 당황하고 있었다.

"금의 영토에 온 것을 환영한다, 청의 사제 유하여."

남자의 목소리는 꿈에서처럼 거부감이 일어날 정도의 사이함을 품고 있지는 않았지만, 그렇다고 낯설지도 않았다. 바로 얼마 전에 겪은 것처럼 생생한 꿈의 기억이 남자에게서 생소함을 가져간 것이었다. 서희는 자신도 모르는 사이에 굳어져 버린 얼굴을 하고는 천천히 말에서 내려섰다. 바닥에 발이 닿고 나서야 비로소 서희는 현실로 돌아왔다. 매끄러운 빛깔을 간직한 검은색의 비단으로 만들어진 청의에는 보통 은의 일족들이 입는 화려한 의상들에서 보이는 특징과 마찬가지로 소매를 비롯한 단 부분에 황금색의 실로 수가 놓아져 있었다. 서로 적대시하는 관계라고는 하지만, 금의 일족과 은의 일족이 가지고 있는 문화에는 큰 차이가 없는지도 모른다. 그렇게 잠시 남자의 모습을 관찰하던 서희는 곧 고개를 숙이며 인사를 건넸다.

"청의 사제 유하, 금의 수께 인사드립니다."

평소와 달리 여유가 사라진 음성이었지만, 서희는 그런 사실도 눈치 채지 못하고 있었다. 마음속에서 무언가가 무너져 내리고 있는 듯한 기분 때문에 현실조차 제대로 직시할 수 없었으니까.

'그때의 그건 내가 꾼 꿈이 아니었나? 하지만 어째서……'

서희는 고개를 들어올려 꿈속의 존재에서 이제는 현실이 되어 버린 남자를 응시했다. 위험스러워 보이지는 않았지만, 희뿌연 안개에 가리워진 듯한 느낌의 남자가 여전히 입가에 엷은 미소를 드리운 채 자신을 마주 보고 있었다. 그리고 서희는 그 남자의 눈과 마주치는 순간, 온몸에 강한 전율이 흐르는 것을 느꼈다.

단순한 놀람이 아닌 공포에 가까운 감정. 어째서 자신은 단 한 번도 만나본 적이 없는 남자의 꿈을 꾼 것일까. 비록 지금 자신이 유하의 몸을 가지고 있다고 해도 영혼은, 유하의 몸을 움직이고 있는 것은 서희로서의 의지가 아닌가. 하지만 지금까지 서희를 의혹 속에 빠뜨린 몇 가지의 일들이 혼란을 불러일으키고 있었다.

무슨 이유로 유하가 경험했던 일로 인한 사실들이 현재의 자신에게 영향을 미치고 있는 것일까.

'뭔가가 있어.'

서희는 바닥 깊숙한 곳에 가라앉은 진실을 들여다보기 위해 생각에 잠겼다. 하지만 그것은 얼마 지나지 않아 깨어지고 말았다.

"10년 전과 조금도 달라진 점이 없군."

남자는 부드러운 음성으로 말을 건넸다. 서희를 사고의 바다에서 현재로 되돌린 남자는 자신이 그러한 행동을 했다는 것을 아는지 모르는지 여전히 처음과 마찬가지로 엷은 미소를 떠올린 채였다.

온몸에 퍼져 가던 전율은 사라졌지만, 서희는 아직까지 그 강렬한 감정의 여운으로 인해 본래의 표정을 떠올릴 수가 없었다. 그 때문에 서희는 고개를 숙인 채 그에게 할말을 찾았다.

"노하님도 그때와 변함이 없군요."

'……!!!'

"그런가."

서희는 얼굴 표정이 달라지지 않도록 하기 위해 두 손을 꽉 움켜쥐었다. 그렇게라도 하지 않으면 몸과 마음이 한순간에 부서져 내릴 것만 같았다.

'어째서지? 어째서 내가 저 사람의 이름을 알고 있지?'

서희의 마음은 쉴새없이 고민하며 외치고 있었지만, 몸은 차분하게 노하라는 이름을 가진 남자와 나란히 움직이고 있었다. 서희는 두 손을 맞잡으며 조심스레 뒤를 돌아보았다. 어느새 일각수들은 금의 일족들의 손에 의해 모습을 감추었고, 일행들 역시 모두 말에서 내려선 채 앞서가는 서희와 노하의 뒤를 따르고 있었다.

그리고 지금까지 단 한 번도 침착함을 버린 적이 없던 여산의 얼굴에 이상하게도 엷은 불안이 떠올라 있는 것을 서희는 읽어낼 수 있었다. 하지만 그뿐이었다. 이제부터의 자신은 일행들과는 대화를 나눌 시간조차 없을지 모른다.

"이번에는 얼마 동안 머무를 생각인가?"

"열흘입니다."

차분한 목소리로 대답은 하고 있었지만, 서희는 금방이라도 일이 틀어져 버릴 것 같다는 강박 관념에 사로잡혀 있었다. 그리고 그것은 풀리지도, 이해할 수도 없는 의문에 의한 것이었다. 그때부터 무언가가 달라지고 있음이 분명했다. 그것도 서희가 전혀 예상할 수 없는 방향으로. 그 불길한 꿈을 꾸고 나서 금의 일족들의 공격 때문에 다수의 사상자가 생기고, 사야가 찾아오고, 자신이면서 자신이 아닌 의지에 의해 움직여지고, 그렇게 자신은 점점 혼란 속에 빠져들어 가고… 틀림없이 무언가가 변화하고 있었다.

'대체 어디서부터 무엇이 잘못되고 있는 것일까. 왜, 나 자신이 내가 아니게 되어 가는 거지? 처음부터 무언가가 틀어져 있던 거였나. 유하와 만났던 그 순간부터?'

유하는 분명 모든 이들이 인정할 정도로 뛰어난 사제였다. 하지만 결코 완벽하지는 않았다. 적어도 서희가 알고 있는 유하에 대한 지식은 모두 그와 몸이 바뀌고 난 이후에 다른 이들을 통해 전해 듣고 알게 된 것이었다. 그 이전에는 그저 자신을 구해주고 친절함을 베푼 유일하게 믿을 수 있는 존재라는 의식뿐이었다. 하지만 그의 몸을 하고 지내게 되면서 서희는 점점 유하라는 존재의 거대함을 느끼게 되었다. 그의 이름 하나로 어려움을 벗어난 적도 많았다.

'분명 유하도 이런 말을 했었지. 금단의 주술을 행하는 것이기 때문에 결과가 어떻게 될지는 자신도 모른다고. 하지만 이건 부작용 따위가 아니야. 그렇게 생각하기에는 뭔가 미심쩍은 구석이 있어.'

마음 한구석에서 생겨난 의심의 싹은 점점 잎을 벌려가며 그 크기를 키워가고 있었다.

"예전에도 그랬지만 여전히 바쁘겠군. 무슨 이유인지 은의 일족들에게 단 한 명의 사제만이 존재하게 되었으니."

노하의 말을 듣고 살짝 눈을 돌려 그를 바라보자, 그의 얼굴에는 의미 심장한 미소가 새겨져 있었다. 어떤 의미를 담고 있는지는 알 수 없지만, 분명 그가 즐기면서 말을 건네고 있다는 사실만은 알 수 있었다. 분명 그는 남이 곤란해하는 것을 보며 즐기고 싶어하는 것이다. 그리고 그것이 청의 사제 유하라면 더 더욱.

'재수없어.'

서희는 순간적으로 노하의 성격을 파악하고는 점점 거북해지고 있는 마음을 억눌렀다. 여전히 머리 속은 흘러넘칠 정도의 의문들로 가득 메워져 있었지만, 지금은 그 사실보다 눈앞에 직면한 금의 일족과의 일들을 어떻게 처리해야 할 것인지가 우선이었다.

'먼저 내가 할 수 있는 일을 생각하자. 고민은 그 이후에 해도 늦지 않아.'

만약 지금과 같은 사태를 처음 겪었다면 서희는 혼란 속에서 헤어나오지 못한 채, 지금의 자신이 유하라는 사실조차 잊었을지도 모른다. 하지만 한번 겪은 일이 반복된 이상 서희는 자신의 본래 목적을 떠올렸다.

'다시 한 번 최면을 걸자. 의문은 모두 젖혀두고 지금은 눈앞의

일만을 생각하는 거야. 나는 청의 사제 유하니까.'

  그렇게 마음속으로 몇 번이나 되뇌이며 심호흡을 하자, 마음이 가라앉았다. 지금의 자신은 금의 일족과 적대 관계에 놓여 있는 은의 일족들 중에서도 굉장히 중요한 위치에 놓여 있다. 어쩌면 '수' 들보다도 더 중요한 존재일지도 모른다. 적어도 청의 사제 유하의 이름 앞에는 단 한 명뿐인 사제라는 수식어가 항상 붙어다니고 있으니까.

  "그대의 방문을 손꼽아 기다리고 있던 자들이 있다네. 나 역시 그들 중에 하나라고 할 수 있지만."

  '뭐, 뭐야, 또 저런 미소를 짓다니……'

  노하는 미소 하나만으로도 상대방에게 갖가지의 표정을 보여주면서 감정을 격발시키는 능력을 가지고 있는 것 같았다. 만약 유하 특유의 표정을 자신이 기억하고 있지 않았더라면 분명 그의 의도대로 되었을지도 모른다. 서희는 기분 나쁜 미소를 떠올리고 있는 노하에게서 시선을 돌리며 자신이 지금 올라서고 있는 새하얀 계단으로 시선을 떨구었다. 그냥 멀리서 바라보았을 때만 해도 발을 대면 금방이라도 미끄러져 버릴 듯한 광채가 서려 있던 계단이, 직접 발을 내딛어 보자 어떤 계단보다도 튼튼하게 만들어져 있다는 사실을 알 수가 있었다.

  '왠지 제물로 바쳐지기 위해서 제단으로 올라가고 있는 듯한 기분이야.'

  수백 개는 족히 되어 보이는 계단을 오르며 서희는 불길한 상상을 쫓아버리려는 듯 고개를 좌우로 흔들었다.

*   *   *

"여독이 풀릴 때까지 쉬십시오. 저녁 식사는 5시간 후이니, 충분하시리라 생각됩니다."

방까지 안내해 주었던 금의 일족의 사비 정도로 보이는 소년은 그 말만 던지고는 모습을 감추어 버렸다. 잠시 그 뒷모습을 바라보던 서희는 약간의 꺼림칙함을 느끼며 방 안으로 들어섰다.

"내 사비들은?"

"저희 쪽에서 유하님의 시중을 들 자들은 다 선별해 두었으니, 직접 데려오신 사비들은 오랜만에 휴식을 주는 것도 좋지 않겠습니까?"

처음 청의 영토와의 접경 지역으로 마중을 나왔던 금의 일족 대표단 중에서 가장 말을 많이 했던 자는 의외로 상당한 위치에 있는 것 같았다. 그나마 익숙해진 시류의 사비들을 부르는 서희에게 그는 포커 페이스의 얼굴을 들이밀며 그렇게 답했다. 왠지 더욱 불편해질 것만 같은 기분에 그의 말을 거절하고 싶었지만, 그 쪽의 말은 거절을 염두에 두지 않은 일방적인 것임이 분명했다. 그 남자의 포커 페이스에는 그런 뜻을 담고 있는 당연함이 떠올라 있었으니까.

'뭔가 뒤가 켕기는 일을 하려고 하는 거 아니야? 나한테 비전서의 내용을 가르쳐 달라든지 하는 협박을 한다든가 하진 않겠지, 설마?'

설마가 사람잡는 다는 말은 잘 알고 있지만, 이번 경우만큼은 그 말이 어긋나길 빌었다. 서희는 마음속을 떠도는 의구심을 억지로 지우려 애쓰며 방 안을 둘러보았다. 시류의 궁에서 자신이 쓰고 있는 방에 비하면 3분의 1도 채 되지 않는 크기였지만, 지금 이

방 정도의 크기만 해도 30평은 족히 돼 보였다.

'그러고 보니 어느새 나도 사치가 일상화되어 버린 걸까.'

도깨비들은 보석이나 황금 등을 귀중품으로 생각하지 않는지 눈을 돌리는 곳마다 반짝이는 것들로 가득했다. 예전의 자신이라면 이것들을 팔아서 돈을 마련했으면 좋겠다, 라고 생각하며 손을 뻗었겠지만, 지금은 그럴 이유가 사라져 버렸기 때문에 그저 바라보고만 있었다. 사실 이유가 사라져 버렸다기보다는 방법이 없다고 하는 것이 옳겠지만.

'바보같이…… 다 잊기로 했었잖아.'

갑자기 어머니와 아버지의 얼굴이 머리 속에 떠올랐다. 항상 마음의 지주가 되어주었던 부모님이라는 편안한 존재가 그렇게 쉽게 지워질 리는 없으니까. 잊을 거라고, 잊어야만 한다고 속으로 그토록이나 굳게 다짐했건만, 결국 그리움만 더해졌을 뿐 변한 것은 아무것도 없었다.

하지만 마음처럼 쉽게 되는 일이 세상에 있다면 세상은 무척 살기 편한 곳이 되었을 것이다. 아무리 굳게 마음을 먹고 행동하곤 있다지만, 자기 자신도 인정하고 있는 것처럼 서희는 아직 어렸다. 막 인생의 문을 열고 그 안으로 들어가야 할 나이에 낯선 곳에서 중요한 역할을 해나가고 있는 자신의 입장이 서희는 무척이나 부담스러웠다. 하지만 그것은 이제 자신이 버리고 싶다고 해서 버릴 수 있을 만큼 쉬운 일이 될 수는 없었다.

'이런 걸 두고 우연이라고 하는 건가? 하지만 이런 게 우연이라면 너무나도 심한 아이러니야.'

버릇처럼 입술 사이로 낮은 신음성이 배어나왔다.

'생각해 보니 이곳에 오고 나서는 혼자일 때가 많았네. 원래 세상에 있을 때보다 내 주위에 머물러주는 이들은 많지만, 진정으로 마음을 열고 이야기를 나눌 수 있는 상대는 단 한 명도 없어.'

서희는 방을 한 바퀴 돌아보고는 침상이 놓인 곳으로 다가서서 주저앉았다. 그리고 그대로 몸에서 힘을 빼고 침상에 드러누웠다.

"외로운 걸까."

작게 중얼거리던 서희는 침상 위에 가만히 올리고 있던 두 손을 들어올린 후 그것을 포갠 채 그대로 눈 위에 올려놓았다. 그리고 나서 눈을 감자 검은색의 어둠이 그대로 서희를 휘감아왔다. 가장 편안한 안식을 가져다 주는 검은색의 잔잔한 빛이 서희를 바닥으로 가라앉게 만들었다.

'그냥 이대로 좋다고 생각했는데… 원래의 세상에서 내가 할 수 있는 건 아무것도 없다고 생각했었는데… 이곳에서는 그 반대가 되었네. 내가 가진 능력은 없는데, 모두들 내게 너무나도 많은 기대를 걸고 있어. 그런데다가 내가 알 수 없는 곳에서 나도 모르는 무언가가 진행되고 있어. 지금의 삶은 유하의 것일까? 아니면 내 삶이라고 확실히 말할 수 있을까?'

마음 한구석이 거대한 돌덩이에 짓눌린 것처럼 무거워졌다. 언제부터인지는 모르지만, 깊게 가라앉은 무엇이 가슴속에서 빠져나오기를 거부하고 있었다. 이곳에 온 이후로, 아니, 유하의 몸을 가지게 된 이후로 서희는 항상 무언가를 선택하도록 강요받는 생활을 하게 되었다.

사제라는 은의 일족에게 있어서 무엇보다 중요한 자리에 있게 된 이상, 많은 일들을 자신의 힘으로 해결하지 않으면 안 된다. 어떤 것도 물어서는 안 된다. 사제다운 말투만을 써야 한다. 그리고 다른 이들에게 자신의 정체가 탄로날 만한 행동을 해서도 안 된다. 그밖에도 비전서의 방에서 그것을 해독해야 하고, 다른 일족들과의 얽힌 관계도 잘 헤쳐 나가야 하고, 그런 가운데서도 틈틈이 은의 영토의 모든 것에 대한 이해를 해야 한다.

예전에 서희가 품고 있던 것은 '내가 할 수 있는 것은 무엇인가'였는데, 지금은 '무엇을, 어떻게 해야 하나'였다. 정반대의 상황이 이토록이나 빨리, 그리고 필연적으로 다가오게 될 줄은 꿈에서조차 생각해 보지 않았었는데, 삶이란 정말 예측할 수 없는 갈림길과도 같았다.

그리고 지금은 완벽하게 혼자다. 무엇이든지 스스로의 가치관에 의해 생각하고, 결정하고, 행동하며, 자신을 구속할 그 어떤 끈이나 규칙도 존재하지 않는다. 심지어 마음의 위안이 되어주기도 하고, 걱정의 근원이 되어왔던 부모님조차 이곳에는 존재하지 않는다.

"외톨이라는 단어가 이렇게나 괴롭게 느껴질 줄은 몰랐어. 그리고 최면 같은 거 아무 소용도 없잖아. 지금의 난 사제인 유하가 될 수 없는걸."

외톨이라는 단어가 이토록이나 마음속에 깊게 와닿게 될 줄은 몰랐다. 많은 이들에 둘러싸여 있으면서도 정작 자신이 마음을 기댈 수 있는 것은 어디에도 없다는 사실은 무척이나 절망적인 것이었다. 인간인 이상, 아무리 몸이 달라졌다고 해도 항상 강인하게 자신을 유지시킬 수는 없는 것이다. 게다가 서희는 자신이 그렇게 강인하지 않다는 사실을 잘 알고 있었다. 항상 고민하고, 또 고민해야만 겨우겨우 눈앞에 직면한 사태를 헤쳐 나갈 정도인데, 편안하게 모든 것을 털어놓고 마음속을 내보일 만한 상대가 단 하나도 없다는 사실, 그것만큼 슬픈 것은 없었다. 모든 것을 다 포기하고 잊는다고 해도 안식의 공간이 없다면······.

"그냥 눈 딱 감고 시류님한테 기대볼까?"

본래의 자신이라면 모르지만, 유하의 모습을 하고서 그런 행동을 하게 되면 분위기가 상당히 오묘해지는 것이다. 물론 둘 다 미남이니 그림이야 되겠지만.

그 생각을 떠올리자마자 서희는 바보 같은 자신의 생각에 피식하는 웃음으로 답해버렸다.

'가장 들켜서는 안 되는 존재가 시류님인데, 바보같이 쓸데없는 생각이나 하다니……'

아무리 유하인 자신의 앞에서는 항상 웃음 짓는 얼굴만 보이는 시류라고는 하지만, 자신이 진정한 유하가 아니라는 사실을 알게 되고 나서도 그 태도를 유지할 것이라고는 장담할 수 없다. 앞으로도 태연하게 유하의 가면을 쓴 채 연기를 계속할 수 있을까? 그것이 지금 서희가 품고 있는 가장 큰 의문이었다.

이곳 금의 일족의 땅에 오기 전까지만 해도 막연한 자신감을 품고 있었는데, 이곳의 '수'가 자신이 지난번에 꾸었던 기분 나쁜 악몽의 주인공이라는 사실이 서희의 평정심을 조금씩 무너뜨리고 있었다.

'하지만 결국은 내 자신을 믿는 수밖에 없잖아. 처음부터 기댈 수 있는 것도 나 자신에게 뿐이었고, 유하가 곁에 있어주었더라면 지금처럼 이렇게 괴롭지는 않았을 텐데……'

그러나 바램은 바램에서 끝날 수밖에 없다. 지나간 시간을 되돌릴 수 없는 것처럼, 바램은 그저 바램으로 남아야 한다.

"그냥… 적응할 수밖에 없는 건가. 항상 혼자라는 사실에……"

혼자라는 단어가 서희의 머리 속에서 맴돌고 있었다. 예전에는 이 단어를 깊게 마음속으로 되새겨본 적은 단 한 번도 없었는데,

지금은 너무나도 절실하게 다가오는 이 단어.

　서희는 두 눈을 감싸고 있던 손에서 힘을 빼고 차갑고 매끈한 감촉을 가지고 있는 이불 위에 올려놓았다.

　"유하님?"

　귓가에 낯선 목소리가 들려왔다.

　"피곤하신 모양이군요."

　'누구지… 대체?'

　서희는 낯선 목소리의 존재를 확인하기 위해 천천히 눈을 떴다. 그새 잠이 들었던 모양인지 주위는 어느새 옅은 어둠이 내려앉아 희미한 어둠 속에 감싸여 있었다. 어렴풋이나마 주위의 사물을 구분할 수 있을 정도의 빛이 방 안을 떠돌았다. 희미한 어둠 때문인지는 모르지만, 남색 정도로 보이는 머리카락이 굵은 물결을 만들어내며 어깨 근처에서 말끔하게 정리되어 있었다. 그리고 그 머리카락 사이에 솟아올라 와 있는 두 개의 뿔과 하얗고 마른 듯한 얼굴. 막 20대로 접어든 듯한 얼굴을 가진 남자가 자신을 내려다보고 있었다. 특별히 시선을 끄는 개성을 가진 것은 아니었지만, 보고 있으면 편안한 기분을 전해주는 타입이었다.

　"누구지?"

　마음속의 의문은 어느새 말이 되어 밖으로 새어나왔다.

　"아, 저… 바사기라고 합니다. 사비… 사비입니다."

　서희는 남자의 목소리라기엔 조금 높은 듯한 그의 목소리를 들으며 천천히 몸을 일으켰다. 약간의 어지러움증이 일었지만 몸을 일으키는 데는 별 지장을 주지는 않았다.

　'바사기라… 조금 특이한 이름이네.'

서희는 기억 속에 그의 이름을 새기며 다시 입을 열었다.

"무슨 일이지?"

"저… 이제 곧 식사 시간인데, 유하님이 방에서 움직이는 기척이 전혀 없으시길래……."

바사기라는 이름을 가진 남자는 조금 머뭇거리며 말을 꺼냈다. 금의 일족임이 분명한데, 그는 지금까지 서희가 봐왔던 포커 페이스의 얼굴이나 기분 나쁜 미소를 떠올리며 자신의 진심을 감추는 거북한 상대가 아니라, 어딘지 모르게 순수한 면을 보여주고 있었다.

'벌써 시간이 그렇게 지났나. 언제 잠들었는지 기억도 안 나는데.'

서희는 짧게 한숨을 내뱉으며 몸을 일으켰다. 한숨 자고 나서인지는 모르지만, 잠들기 전만 해도 끊임없이 자신을 괴롭히던 여러 가지 문제들이 지금은 머리를 내밀지 않고 있었다.

"제가 옷 입는 것을 도와드리겠습니다."

막 몸을 일으키고 무엇을 해야 할지 고민하던 서희에게 바사기는 재빠른 동작으로 다가서며 말했다. 서희는 잠시 생각에 잠겼다가 얼마 지나지 않아 고개를 끄덕였다.

확실히 다른 나라에 사신 정도의 목적을 가지고 방문하게 된 이상, 복장을 단정히 하고 언변에 주의도 기울이면서 최대한 자신의 나라에 이익이 가도록 행동해야 한다는 것은 서희도 잘 알고 있는 상식이었다. 한때는 외교관이 되어야겠다는 생각도 했었기 때문에, 약간의 상식 정도는 알아두어야겠다고 생각하고 책을 읽었던 것이다.

'그렇지만 도깨비들을 상대로 무슨 외교야.'

바사기가 하는 대로 몸을 맡긴 채 옷을 갈아입고 나서 서희는 속으로 계속 한숨을 내뱉으며 저녁 식사를 위해 장소를 이동하고 있었다. 이제는 익숙해져 버린 피부에 와닿는 부드러운 비단의 감촉이 약간의 위안을 전해주고 있을 뿐, 지금 서희가 발을 내딛고 있는 이곳이 바로 적국인 데다가 금의 일족의 수가 살고 있는 궁이라는 것에는 변함이 없었다.

"저, 궁금한 것이 있는데……."

서희는 자신의 앞에서 길을 안내해 주고 있는 바사기에게 조심스레 말을 걸었다. 자신이 지금까지 직접 대하거나 들어왔던 금의 일족의 분위기와는 동떨어진 그였기에 자신의 질문에 대한 대답을 얻을 수 있을 것 같다는 느낌이 들었던 것이다.

"무엇이 궁금하십니까. 제가 알고 있는 것이라면 뭐든지 알려 드리겠습니다."

어쩌면 거절할지도 모른다고 생각하고 있었는데, 그런 서희의 걱정을 비웃기라도 하듯 바사기는 금세 싱글거리며 뒤를 돌아보았다. 그런 그의 얼굴을 보면서 서희는 강아지 같다는 생각을 했다.

"이곳에서 사비로 있은 지 오래되었나?"

"아, 80… 아니, 100년이 조금 넘었습니다."

'100년이라…… 겉보기랑은 다르게 꽤 삭았네?'

서희는 속으로 가볍게 감탄하며 다시 입을 열었다.

"그렇다면 사비 중에서도 상당한 지위에 있겠군."

"아, 네, 그렇지요. 100년이나 있었으니까요."

서희는 복도의 벽에 가득 새겨져 있는 기묘한 양각을 대충 훑어보고 지나치며 어떤 것을 물을지 생각했다. 묻고 싶은 것은 너무나도 많았지만, 사제라는 입장이 있기 때문에 함부로 아무 질문이나 할 수는 없었다.

"······그대가 가진 힘은 어떤 종류의 것이지?"

서희의 질문이 무척이나 의외였는지 바사기는 몇 번이나 눈을 깜빡이며 아무런 말도 하지 못하고 있었다.

"곤란하다면 대답하지 않아도 좋아."

"아닙니다."

바사기는 세차게 고개를 저으며 답했다.

"저는 바람과 관계된 힘을 가지고 있습니다. 그리 대단하지는 않지만."

'바람의 힘이라······.'

어울리는 것 같기도 하고 그렇지 않은 것 같기도 했다. 솔직하게 말해서 바사기는 약간 멍해 보이는 얼굴을 하고 있었기 때문에 서희는 자신도 모르게 그를 낮추어서 보고 있는지도 몰랐다.

'이러면 안 돼. 인류는 평등하다, 아니, 도깨비도 평등하다.'

서희는 속으로 자신이 만든 표어를 중얼거렸다.

"이곳에서 노하님이 기다리고 계십니다."

식당으로 예상되는 곳에 다다르자 바사기는 걸음을 멈추더니 공손하게 말했다. 왠지 갑자기 화기애애했던 분위기가 깨어져 버린 것 같은 느낌이었지만, 결국은 타인이기 때문에 그다지 큰 아쉬움은 없었다. 금의 일족과 은의 일족, 그리고 사제와 사비의 차이는 특별히 깊게 생각해 보지 않아도 명확했다.

"그럼······."

서희는 바사기에게 길을 안내해 준 데 대한 답례의 뜻으로 가볍게 고개를 끄덕여 보이고는 등을 돌렸다.

금의 일족들이 쓰는 식당은 상당히 예술적이었다. 은의 일족들

의 것도 상당했지만, 이곳은 문부터가 달랐다. 짙은 갈색의 윤이
나는 나무에 금색의 물감인지, 황금을 녹여서 만든 건지 알 수는
없지만, 풍경화를 표현했다고 하기에는 조금 격렬한 움직임을 담
은 어떤 장면이 담겨져 있었다. 문에 새겨진 그림들을 보고 있자
니 이곳까지 오면서 벽에 새겨져 있던 다른 양각들도 이것과 비
슷한 장면이었던 것 같다는 생각이 들었다.

'후~ 잘해야 할 텐데…….'

서희는 마음을 가라앉히며 화려한 문에 손을 가져갔다.

"이쪽으로 오십시오."

서희가 문을 열고 식당 안으로 들어서자 열 개는 더 되어 보이
는 탁자 중에서 창가 쪽에 놓인 탁자에 앉아 있는 노하와 일행을
마중 나왔던 한 남자가 앉아 있는 것이 보였다. 그밖에도 일행 중
에서는 여산이, 그리고 나머지는 처음 보는 금의 일족들 몇 명이
자리를 차지하고 앉아 있었다. 서희는 노하를 향해 고개를 살짝
숙여 보이고는 여산의 옆에 마련된 빈자리에 앉았다. 그 자리는
반대편에 앉아 있는 노하와 정면으로 마주 보게 되어 있는 자리
였다.

'저 얼굴… 보기 싫은데…….'

하지만 자리를 바꿔달라고 할 수도 없는 노릇이어서 서희는 그
냥 잠자코 자리에 앉아 있었다.

"이쪽은 우리 장로들이지. 다 예전에 본 얼굴이니 알고 있겠지
만."

'처음 보는데, 뭘.'

서희는 속으로 투덜거리며 고개를 끄덕여 긍정의 뜻을 나타냈다.

"소개가 늦었습니다. 감시자인 기라고 합니다. 감시자의 자리에

앉게 된 것이 8년 전이라 유하님을 뵙는 것은 처음입니다."

'감시자라면…… 금의 일족에도 감시자가 있었네.'

서희는 작게 고개를 끄덕이며 그의 얼굴을 유심히 살펴보았다. 어딘지 모르게 노하와 유사한 냉소적인 분위기를 풍기는 그는 20대 후반 정도로 보이는 외모를 가졌다. 실제로는 어떤지 확인해 보지 않아서 알 수 없었지만, 도깨비들의 나이로 짐작해 보면 200살을 넘겼을 것이다.

"그 동안은 감시자가 아니라 내 보좌를 하고 있었으니까."

별로 궁금하지도 않은 일인데 노하는 무슨 생각인지 서희에게 그에 대해 자세히 설명해 주려 하고 있었다.

'많이 잘난 인물인가 보군요.'

속으로 불만을 표시하고 있던 서희에게 뜻 모를 미소를 지어 보이며 노하가 말을 건넸다.

"먼저 그대가 이곳에 온 것을 환영하는 뜻으로 예물을 하나 준비했네."

서희는 멀뚱히 노하를 바라보았다.

'갑자기 웬 예물?'

그가 내민 것은 손가락을 대면 금방이라도 미끌어져 내려갈 것 같이 매끈거리는 검은색의 나무 상자였다. 그것은 손바닥에 올라갈 수 있을 정도로 작은 상자였다. 항상 눈이 아프도록 화려한 것들만 봐왔기 때문인지 오랜만에 수수한(?) 나무 상자를 보니 감회가 새로웠다.

"안에 들어 있는 것은 혼자 있을 때 열어봐 주게."

"네."

서희는 노하가 건넨 검은 나무 상자를 받아 들고 아쉬움을 삼켰다. 하지 말라면 더 하고 싶은 것이 당연한 심리인 것처럼, 서희도 괜스레 지금 그 상자를 열어보고 싶었다. 하지만 이번에도 역시 사제라는 반듯한 자신의 지위가 그것을 방해했다. 그리고 서희가 자신이 건네받은 나무 상자를 품속에 갈무리하고 얼마 지나지 않아 사비들이 음식을 날아왔다. 식당에서 음식을 나르는 것은 100퍼센트 여자 사비들이었다. 시류의 성에서와는 달리 남녀의 역할이 확실히 나뉘어 있는 것 같아서 서희는 기분이 조금 묘해졌다.

"여러 가지 재료를 써서 준비했으니 많이 들게나."

식사는 꽤 담백하고 깔끔한 음식들로 이루어져 있었다. 보기만 해도 맛있을 것 같은 음식들로 종류는 상당히 많았지만, 서희는 그다지 많은 것에 손을 가져가지는 않았다. 마음의 부담감 때문에 입맛이 떨어져 버린 데다가 분위기 때문에라도 음식을 먹을 마음은 들지 않았다.

"잠시 자리를 물리고 이야기를 나누고 싶은데 괜찮겠나?"

식사를 마치고 얼마 지나지 않아 노하가 그런 제안을 해왔다. 서희는 가슴속에서 스멀거리며 피어오르는 불안감을 억누르며 조심스레 여산에게로 시선을 돌렸다. 직접 소리내어 물을 수는 없었지만 여산은 서희가 무엇을 떠올리고 있는지 알아차린 듯했다.

'별일은 없을 겁니다'. 여산의 눈은 그렇게 말하고 있었다. 하지만 불안감이 점점 깊어지고 있다는 것을 부정할 수는 없었다.

"그렇게 하도록 하겠습니다."

서희가 그의 말에 찬성의 뜻을 표하자, 노하는 가볍게 손짓했다. 그와 동시에 여산을 비롯한 금의 일족의 장로들은 일제히 자리에서 일어나 노하에게 깊이 고개를 숙였다.

"아, 기. 그대는 잠시 남아 있게."

"네, 노하님."

다른 이들과 함께 자리를 뜨려던 기의 움직임을 노하가 만류하자, 그는 다시 원래 자신이 앉아 있던 자리에 앉았다.

"항상 그랬지만, 은의 일족들은 변함이 없는 것 같더군. 10년 만에 가까이서 보게 되어 뭔가 달라졌나 했더니 말이야."

서희는 잠시 멈칫했다.

"그대 같은 인재를 겨우 비전서 읽는 일을 시키는 데 썩히다니, 은의 일족들은 너무나도 우둔하지 않은가."

노하는 비웃는 듯한 표정을 떠올리며 그렇게 말했다.

그런 그의 말에 어떻게 대답해야 할지 알 수 없어진 서희는 그저 찻잔에 손을 가져간 채 가만히 그 속에 담긴 맑은 주황색의 액체를 바라보았다. 다른 이들이 자리를 뜨기가 무섭게 그들은 지금까지 잊고 있던 본래의 목적을 상기하기라도 한 듯, 냉소적이고 비웃음을 담은 말투로 말을 툭툭 내뱉었다.

"맞습니다. 같은 수의 자리에 있음에도 불구하고 이렇게나 큰 차이를 보이고 있으니 말입니다. 힘에 있어서나 생각에 있어서나."

그리고 기 역시 노하와 마찬가지로 뻐딱한 자세를 유지하며 맞장구를 쳤다. 조금 전에 노하가 불러세워서 다시 동석하게 되었다고는 상상할 수 없을 만큼 기의 태도는 마치 사전에 노하와 짜고 대본을 읊고 있는 것 같다는 인상을 전해주었다. 만약 그렇지 않다면 평소에 그들이 얼마나 마음이 잘 맞았는가를 보여주고 있는 건지도 몰랐지만.

'뭐야, 갑자기 이상한 방향으로 흐르는 이 분위기는.'

서희는 아무 말 없이 노하와 기를 번갈아 바라보다가 막 마시려고 손에 들고 있던 찻잔을 내려놓았다. 아직 친숙하다고는 말할 수 없지만, 자신이 머물고 있는 곳이고, 그곳에서 알게 된 사람들인데 험담을 듣게 되니 조금 기분이 나빠졌다. 하지만 기분이 나쁘다고 해서 그것을 직접적으로 드러내 버린다면 분명 은의 일족들에게 좋지 않은 영향을 끼칠 것이 분명했기에 서희는 그냥 시종일관 침묵을 유지했다.

"그깟 비전서 때문에 많은 것을 포기하고, 게다가 그것을 대대로 지켜 내려오다니……. 그 끈기에는 찬사를 보내지 않을 수 없지. 그리고 수명이 줄어드는 것을 뻔히 알면서도 사제가 되는 이들도 말이야."

"그들이 조금만 더 강했더라면 재미있었을 테지만, 지금은 식상해서 힘을 겨룰 기분도 들지 않습니다. 힘을 겨룰 때도 상대가 대등해야 재미있는 법이니까요."

자신도 모르는 사이에 눈썹이 꿈틀거리는 것이 느껴졌다.

'뭐야, 대체… 사람 속 뒤집어놓을 일 있어?'

은의 일족의 일이라서라기보다도 간접적인 관계를 가진 당사자를 앞에 두고 비비 꼬아가며 서로 말을 한다는 사실 하나만으로도 서희는 참을 수가 없었다. 대체 사신을 눈앞에 두고 무슨 짓을 하고 있는 것이란 말인가. 아부는 하지 않더라도 적어도 사신의 대접은 해주어야 할 것 아닌가.

'뭐, 얼핏 듣기로는 숫자는 은의 일족이 훨씬 많지만, 힘으로는 그 3분의 1도 되지 않아 금의 일족들을 당해내지 못한다든가 하는 소리가 있긴 했지만, 그래도 이건 해도해도 너무한 거 아냐?'

"하실 말씀이 있다면 제게 해주십시오. 그걸 받아들일 정도의 귀는 가지고 있습니다."

시종일관 침묵을 유지하고 있던 서희가 말을 하자 노하와 기의 시선이 동시에 한곳으로 모여들었다. 그리고 그 두 쌍의 눈에는 의외라는 빛이 떠올라 있었다. 그것은 마치 가지고 놀던 장난감에게서 의외의 면을 발견한 것처럼 경이로운 놀라움을 포함한 것이었다. 약간 돌려서 말하긴 했지만 서희가 말한 것은 '그렇게 둘이서 속닥거리지 말고 똑바로 말해라. 나도 귀 있다' 라는 뜻이었다. 그리고 돌려 말했다고 해서 그 뜻을 받아들이지 못할 자들도 아니었기에 서희는 그냥 눈 딱 감고 성질대로 말을 내뱉어 버린 것이었다. 사제라는 지위 때문에 결국 돌려 말하기는 했지만.

"할말이라……. 지금 하고 싶은 말을 하라고 했나?"

노하의 얼굴에 떠올라 있던 놀라움의 빛깔은 금세 사라져 버렸고 그곳에는 다시 본래의 비웃음이 되돌아와 있었다.

"예전부터 할말이라면 항상 정해져 있지 않았나. 내가 바라는 건 항상 은의 일족이 우둔함을 벗는 것뿐이지."

그렇게 말하고 나서 노하는 유쾌한 듯이 크게 웃었다.

'지금 원맨쇼하나.'

하지만 그것을 바라보는 서희의 기분은 전혀 유쾌하지 않았다. 유쾌하기는커녕 점점 더 기분이 나빠지고 있었다. 이번의 말로 그가 확실히 자신을 깔보고 있다는 것을 알아차렸기 때문이다. 그리고 그것은 곧, 그가 은의 일족 따위는 안중에도 두고 있지 않다는 것을 은연중에 드러내는 것이기도 했다.

'대체 뭐야! 자기가 잘난 게 뭐가 있다고…….'

서희는 그런 그들의 태도를 이해할 수가 없었다. 은의 일족의 힘이 약하다고 자기들끼리 빈정거리는 태도하며, 자신들이 가진 힘에 대한 확고한 신념에 가득 찬 표정이라니. 단 한 번밖에 경험

하지 못한 것이지만, 은의 일족들이 뿔을 통해 내뿜는 힘은 서희로서는 경이롭다라는 말 이외의 것으로는 표현할 수 없을 만큼 대단하게 받아들여진 채 가슴 깊이 남아 있었다. 비록 그것이 나쁜 쪽으로의 기억이라는 단서가 붙기는 했지만.

"청의 사제 유하."

비웃음을 띤 입과는 달리 싸늘한 시선으로 자신을 응시하는 그 눈동자에 서희는 잠시 온몸에 한기가 드는 것을 느낄 수 있었다. 그리고 무엇보다 방금 그가 내뱉은 말. 그것은 지금까지 가장 많이 들어온 말이기도 했지만, 서희의 뇌리에 불길하게 각인되어 있는 꿈에서의 대사와 같은 것이기도 했다. 게다가 방금 그 말을 한 것은 꿈속에서 보았던 그 당사자가 아닌가.

"그리고 그대와 같은 인재가 헛되이 은의 일족의 틈에서 생명을 허비하면서 살아가지 않기를 바라는 것도 사실이지."

예상과 달리 그의 말은 직설적이었다.

말만을 가지고 생각해 보면, 노하의 말 속에 서희 자신에게 해가 될 만한 것은 아무것도 포함되어 있지 않았다. 원래부터 서희는 은의 일족이 아니고, 그저 우. 연. 히. 청의 사제 유하의 몸을 얻게 된 것에 불과하다. 만약 자신이 은의 일족을 만나기 전에 먼저 금의 일족을 만났더라면, 지금의 상황은 정반대가 되어 있을지도 모른다. 물론 자신이 죽지 않았다는 가정하에서. 금의 일족에 비하면 평화적임이 분명한 은의 일족이 인간에 대해 갖는 반응이 그런 정도인데, 은의 일족보다 힘의 사용이 훨씬 뛰어나다는 금의 일족과 맞닥뜨렸다면 분명 그 자리에서 죽음을 면치 못했을지도 모른다.

'하지만 내가 금의 일족이든 은의 일족이든 그들에 대해 확실히 모르고 있다는 것은 사실이야. 그리고 지금 내가 가진 지위가 사제가 아니었더라면 이렇게 살아서 여러 경험을 하면서 많은 배려를 받을 수도 없었을 거라는 건 잘 알고 있어.'

"대답하기 힘든가?"

서희가 침묵하고 있자, 노하는 검은 눈동자를 마주치며 물어왔다.

"그렇게 생각하셔도 할 수 없습니다. 저는 은의 일족으로 태어났고, 사제로 선택되었으며, 사제로서 살아가고 있으니까요."

그것은 조금씩 흔들리려 하고 있는 자신의 마음에 대한 쐐기이기도 했다.

"예상했던 대로군. 그대는 최고의 사제인지는 몰라도 자신의 삶을 선택하지는 못해."

지금까지 의도적으로 비비 꼬아오던 말과 달리, 지금의 것에 그의 진심이 담겨 있다는 것을 알 수 있었다.

'의외로… 조금 세심한 면이 있잖아.'

하지만 그렇게 노하에 대해 감탄하는 것도 잠시, 서희는 다시 자신이 가진 가장 큰 딜레마, 사제라는 이름이 가지는 의미에 관한 고민에 빠져들었다. 지금 상황이 적을 눈앞에 두고 편안히 사색에 빠져들 때는 아니라는 것을 알고 있었지만, 생각이 저절로 움직이는 것을 막을 힘 같은 건 애초부터 가지고 있지 않았다.

은의 일족들 중에서도 청의 수 시류를 제외한 나머지 세 수에게 비상한 관심을 받고 있으며, 적대 관계에 놓여 있는 금의 일족의 수마저도 함부로 대하지 못하는 힘을 가진 사제라는 이름. 그 한 단어에 담긴 의미가 대체 얼마만큼의 무게를 가지고 있는지 서희는 짐작조차 할 수 없었다.

"그리고 보니 지난번의 대답을 듣지 못했던 것 같은데……."

서희는 약간의 의문을 떠올린 채 노하를 응시했다.

"10년밖에 지나지 않았는데, 벌써 잊었다고 하는 것은 아니겠지?"

노하는 두 손을 포갠 채로 탁자 위에 올려놓은 채 손가락 하나를 까딱거리고 있었다.

'뭘까? 10년 전이라면 분명 지난번에 유하로서 이곳에 왔을 때의 일일 텐데, 그런 걸 내가 알 리가 없잖아.'

서희는 심각한 고민에 빠져들었다. 지금까지는 어떻게 해서 잘 피해왔던 사실이지만, 지금 그 벽에 맞닿아 버리고 만 것이었다. 이제 사제인 유하로서의 기억이 필요한 때가 온 것이다. 서희가 알지 못하는 그 어느 시절의 기억을 필요로 하는, 그렇지만 결코 되살릴 수는 없는.

"그렇게나 대답하기 곤란한 질문이었던가?"

자신에게 상위를 점하고 있을 만한 여유가 있다고 여겼는지 노하는 여전히 깍지낀 손가락을 까딱거리며 말을 내뱉었다.

'……'

서희는 그런 그를 물끄러미 바라볼 뿐, 여전히 어떤 말을 꺼내야 할지 알 수 없어서 입을 다물고만 있었다.

"아직……."

"뭐지?"

그로부터 한참이 지난 후에 겨우 입을 뗀 서희에게 두 남자의 시선이 달라붙어왔다. 노하는 입술 끝을 살짝 틀어올리며 흥미롭다는 듯한 표정을 떠올렸다.

"대답을 드리는 것은 후로 미루고 싶군요."

머리를 짜내고 짜내서 생각해 낸 알 수 없는 질문에 대한 대답은 그것이었다. 모호하게 돌려서 대답을 회피하는 것.

"하, 10년으로도 부족했나 보군. 역시 그대답다고 해야 하나?"

"그렇습니까."

서희는 그냥 가볍게 웃어 보였다. 이곳 금의 일족의 땅에 발을 들여놓고 나서는 왠지 모르게 경직된 느낌이 강하게 들어서 얼굴에 별다른 표정을 떠올리고 있지 않았는데, 지금은 약간의 안도감이 들었다고나 할까. 어쨌든 노하의 질문은 피해갈 수 있을 것 같으니까.

"그렇다면 그 대답은 그대의 귀환 전으로 미루기로 하지. 그 정도라면 충분히 생각할 시간은 되지 않겠나? 아니, 지난 10년간 충분히 생각했을 테니, 이젠 정리할 시간이 필요한 거겠지?"

'어라? 의외로 쉽게 물러서는데?'

서희는 약간의 의구심을 떠올리면서도 그의 말을 받아들였다. 서희가 바란 것은 물론 더 오랜 유예 기간이었지만, 적어도 지금 발등에 떨어진 불을 끌 수 있다면 그걸로 만족할 수밖에.

그리고 다시 갈구기가 시작되었다. 미리 대본이라도 짜고 연습한 것처럼 서로 말이 척척 들어맞는 노하와 기를 번갈아 바라보며 서희는 또다시 찻잔으로 시선을 돌렸다.

'안 들려. 난 안 들려……'

어느새 찻잔 안에 담겨 있던 따스한 액체는 싸늘하게 식어 있었다.

"어떤가, 내일은 천천히 나와 함께 이곳을 둘러보는 것이. 분명 은의 일족의 땅보다 그대의 마음에 들 거야."

"그다지 움직이고 싶은 생각은 없습니다만……."

한참 동안을 귀에 거슬리는 은의 일족에 대한 비비꼬인 험담으로 채워가던 그 둘은 지쳤는지 화제를 전환했다. 서희는 그다지 좋지 않은 화술로 자신의 감정을 건드리려는 그 둘의 행동에 적지 않은 유치함을 느꼈다. 하지만 그것은 어쩌면 철저하게 계산된 행동인지도 모른다. 적어도 그 둘의 얼굴에 떠오른 표정만으로 평가한다고 해도 단순한 장난이나 유치한 감정 건드리기라고는 평가할 수 없었다.

'무엇 때문인지는 모르지만, 뭔가 실수할 일이 생길 것 같아. 이 제의를 받아들인다면.'

서희는 가슴속에서 스멀거리며 피어오르는 어디서 연유한지 알 수 없는 불안감 때문에 그의 말을 일단은 거절했다.

"10년밖에 지나지 않았지만 많은 것이 변했지. 이곳의 풍경도 말이야. 분명 그대의 마음을 흡족하게 해줄거라 믿네."

'물론 풍경만을 바라보며 감상하는 거라면 가겠지만, 왠지 모르게 너무 불안해서 말이지. 당신 얼굴에 떠오른 그 의미 심장한 미소도 맘에 걸리고…….'

서희는 고개를 가로저었다.

"그냥 궁 안을 둘러보는 것으로 만족하겠습니다. 아직 여독이 다 풀리지 않은 듯하니……."

"정 그렇다면 뜻대로 하게, 유하."

이번에도 노하는 순순히 물러났다. 서희는 그 때문에 마음 한구석이 더 불안으로 차올랐다.

'확실히 뭔가 있어.'

"그럼, 저는 이만 자리에서 물러나도 되겠습니까?"

"푹 쉬도록 하게."

서희는 자리에서 일어선 후 몸을 돌리고 나서도 옷을 비집고 들어올 것처럼 강하게 느껴지는 두 쌍의 시선을 애써 무시하며 문을 향해 다가섰다. ·

"겨우 그 정도로 넘어오리라고는 생각조차 하지 않았지만, 지난 10년 동안 많은 것을 얻은 모양이군."

유하의 모습이 사라지자마자 노하는 얼굴 가득 떠올라 있던 여유로움을 지운 채 왕만이 가질 수 있는 위엄있는 표정으로 바꾸었다. 하지만 결코 그가 가진 위엄은 마음에서 우러나와 저절로 무릎을 꿇게 만드는 탄복감을 포함한 것이 아닌, 압도적인 힘의 차이로 인해 생겨나는 공포에서 연유하는 것이라고 보는 편이 옳았다.

"바로 얼마 전에 공격으로 인한 피해를 입었음에도 불구하고 얼굴 표정 하나 바꾸지 않고 작은 기색조차 드러내지 않는 것에는 저도 조금 놀랐습니다."

"그에게서 표정의 변화로 무엇을 얻어내는 것은 무척 힘든 일이지. 한두 가지 표정 이상은 보인 적이 없으니까. 하지만 이번에는 조금 이례적이긴 했지."

그렇게 말하며 노하는 조금 전에 유하가 보여주었던 순간적인 미소를 떠올렸다. 그 싸늘한 청의 사제 유하의 표정이라고는 믿을 수 없을 만큼 부드러운 미소. 비록 잠깐이기는 했지만, 노하는 그 표정을 똑똑히 볼 수 있었다.

"일부러 청의 일족들을 공격했는데도 예상했던 반응이 없다는 것이 조금……."

기는 무엇을 생각하는지 말끝을 흐리며 고개를 비스듬히 돌렸다.

"그것도 예상한 일이었으니까. 아무리 청의 일족의 일이라고 해도 방문자는 다른 누구도 아닌 청의 사제 유하니까 말이야."

"그리고 그의 태도는 곧, 청의 수의 태도를 대변하는 것이기도 하겠지요."

노하는 고개를 끄덕이며 미소 지었다.

"하지만 여유를 가지고 있는 것은 우리지 그들이 아니다."

"그들이 과연 그것을 제대로 알고 있느냐가 문제이긴 하지만 말입니다."

그렇게 답하고 나서 기 역시 노하와 마찬가지로 입가에 웃음을 떠올렸다.

"아, 그리고 조금 전에 문 앞에서……."

"신경 쓰지 말아라. 그가 항상 자신이 내키는 대로 행동해 온 건 너도 잘 알 테니."

노하는 순간적으로 기의 말을 막았다. 분명 자신도 똑똑히 보긴 했다. 하지만 그다지 신경 쓰고 싶은, 그리고 신경 쓸 만한 존재도 아니었다. 어차피 수의 피를 이어 받은 자는 완벽한 하나만이 필요한 것이다. 그 이외에는 아무런 소용도 없다.

"자기가 좋아서 하는 행동이니까."

"알겠습니다."

기는 지금까지 유지해 오던 편안한 분위기를 스스로 걷어내고 깍듯하게 고개를 숙이며 답했다.

"그럼 저도 이만……."

자리에서 일어선 후 다시 정중히 고개를 숙이는 기를 노하는 손을 들어올려 멈춰 세웠다.

"유하가 돌아가기 전에 재미있는 행사를 마련하도록 하게."

그 말을 꺼내는 노하의 얼굴에는 흥미로움이라고 치부해 버리기에는 조금 미묘한 표정이 떠올라 있었다.

"네, 말씀하신 대로 반드시 그것을 이행하겠습니다."

그리고 노하에게 정중한 말투로 답하는 기의 얼굴에도 노하의 표정과 동류의 뜻을 담은 미소가 떠올랐다.

*　　　　　*　　　　　*

"아, 안내를 말씀이십니까?"

어리숙한 표정을 지으며 버벅거리는 대답을 하는 바사기를 보며 서희는 희미하게 미소를 떠올렸다.

금의 일족, 아니, 은의 일족 중에서도 이런 태도를 가진 자는 본 적이 없었다. 은의 일족은 인간과는 다르게 어딘지 모를 영악함 같은 것을 가지고 있었으니까. 겉으로는 무척 순수해 보여도 쉽게 마음을 열고 다가서기 힘든 무엇을 그들은 가지고 있었다. 하지만 이 바사기라는 자는 그들과는 달랐다. 얼굴에 떠오른 그 표정 자체가 그가 가지고 있는 감정을 있는 그대로 드러내주었다. 게다가 인간들에게서조차 보기 힘든 순수한 태도는 서희의 마음을 조금이나마 편하게 이완시켜 주었다.

"100년도 넘게 사비 생활을 해왔다고 했으니, 적어도 이 궁 안에 대해서는 잘 알 것 아닌가."

"네, 물론 그렇습니다."

꼬박꼬박 대답은 하고 있었지만, 바사기의 얼굴에는 무엇 때문인지 모를 궁금증이 떠올라 있었다.

"내가 왜 궁 안을 안내해 달라고 했는지가 궁금한가?"

"아, 그게······."

서희가 묻자 바사기는 당황한 듯 말을 제대로 하지 못했다.

'이거 순진한 건지 멍청한 건지······.'

바사기라는 인물만이 이상한 것인지, 그렇지 않으면 다른 금의
일족 사비들이 은의 일족에 대해 거리낌을 가진 것인지, 바사기 이
외의 사비들은 서희에게 말을 걸지 않았다. 시류의 궁에 있을 때에
도 사비들이 자신을 어려워하기는 마찬가지였지만, 지금은 약간
방향이 다른 것 같았다. 그리고 서희가 말을 건다 해도 간단하고
꼭 필요한 대답만을 할 뿐, 그 이상의 말은 절대로 하지 않았다. 마
치 그렇게 하지 않으면 안 된다는 강한 언질이라도 받은 듯이.

"뭐, 별로 말을 나누고 싶지도 않으니까."

서희는 나지막하게 중얼거리며 바사기가 안내하는 곳으로 발걸
음을 옮겼다. 머뭇거리며 무언가를 물어보고 싶어하는 듯한 기색
을 보였지만, 결국 바사기는 아무 말도 꺼내지 못하고 앞에서 걸
어나가기만 했다. 아직 금의 영토에서 보낸 시간이 하루밖에 지나
지 않았지만, 이곳은 은의 영토에 비해 조금 더 낯설다는 이유만
으로도 서희를 답답하게 만들었다.

이제부터 남은 며칠간을 어떻게 처신해야 할지에 대한 고민이
가슴속에서 맴돌았다. 아직 자신이 나서서 처리해야 할 그 어떤
문제도 나타나지 않았지만, 어제 식사가 끝난 후 보여주었던 금의
일족의 수, 노하의 태도만으로도 충분히 금의 일족이 가지고 있는
생각을 짐작할 수는 있었다. 호의도, 그렇다고 적의도 아닌 탐색하
는 듯한 느낌. 아직 그 어떤 감정도 드러내지 않았지만 확실하게

적의를 드러내는 것보다 지금과 같은 상태가 더 무서운 것이다. 어쨌든 서희는 기다려야 하는 입장이니까.

"저… 유하님."

조심스럽게 울려퍼진 바사기의 음성에 서희는 시선을 돌려 그를 바라보았다. 변함없이 깔끔한 옷차림에 어딘지 모르게 멍해 보이는 얼굴이 서희를 마주 대했다.

"무슨 일이지?"

"아, 저곳이 궁에서 가장 경치가 좋은 곳입니다."

"그렇군."

시류의 궁과 마찬가지로 이 궁에도 역시 한눈에 확 들어올 만큼 멋들어진 정경이 펼쳐진 장소와 그것을 볼 수 있는 곳이 있었다.

'서로 못 잡아먹어서 안달인지는 몰라도 다른 면에서는 다 비슷하잖아.'

속으로 투덜거리며 서희는 바사기의 곁으로 다가섰다. 시류의 궁과 흡사하지만, 더욱 화려한 아슬아슬한 난간과 그 아래로 펼쳐진 크고 작은 건물들과 정원. 시류의 궁에서 바로 보이는 것처럼 호수는 없었지만, 여러 건물과 정원만으로도 아래의 풍경은 충분히 아름다웠다. 하지만 그것은 단지 아름다움일 뿐, 그 이상도 그 이하도 아니었다.

'단지 보여지기 위해서 꾸며진 풍경이라면……'

정말 마음이 편해지도록 아름다운 자연 그대로의 정경을 바라보면서도 서희는 왠지 모르게 마음속에서 이질감이 일어나는 것을 느끼고 있었다. 그리고 갑자기 삭막하기는 하지만, 그래도 밤이 되면 낮 동안의 회색 빛으로 침잠되어 있던 그림자를 지워버릴 만큼 화려하게 탈바꿈하는 도시가 그리워졌다.

'그곳에 있을 때는 몰랐는데, 그 삭막하고 답답한 도시가 그리워질 줄이야……'

자신도 알지 못할 감정의 솟구침 때문에 서희는 지금의 자신이 누구라는 사실조차 잊고 말았다. 그리고 갑자기 온몸을 감싸고 있던 부드러운 비단이 무엇보다 더 거추장스럽게 몸을 옥죄어 오는 것 같았다.

"유하님? 어디 편찮으신 데라도……"

여전히 머뭇거리는 듯한 기색을 여실히 드러낸 어조로 바사기가 말을 걸어왔다. 아주 잠깐 동안의 시간이었지만 서희는 옆에 누군가가 있다는 사실도, 그리고 자신이 누구라는 사실조차 잊고 있었던 자신을 깨달았다.

"아… 아무것도 아니야."

"하지만 안색이……"

서희는 고개를 돌려 다시 바사기를 바라보며 싱긋하고 웃어 보였다.

"괜찮으니까, 이제 다른 곳을 안내해 주겠어?"

"아, 네, 알겠습니다."

서희의 미소가 먹혀들었는지 바사기는 더 이상 아무 말도 하지 않고 고개를 숙였다.

'지금은… 답답해도 참을 수 있잖아. 난 유하야.'

또다시 주문처럼 되뇐 그 말은 서희의 마음속으로 여운을 남기며 퍼져 갔다.

'조금 이상하네.'

궁을 돌아다니기 시작하고 나서 서희는 무언가 이상하다는 생각을 하고 있었지만, 그것이 대체 어디에서 연유한 것인지는 깨닫지 못하고 있었다. 하지만 방금 전에 곁을 스쳐 지나온 감시자 복장을 한 자들이 잠시 자신과 바사기에게 시선을 던졌을 뿐, 그 이상의 어떤 행동도 하지 않는다는 사실을 눈치 채고 그제야 비로소 궁금증을 풀 수 있었다.

'상식에서 조금 어긋나는 거 아니야?'

이상하게도 적국인 은의 영토에서 온 유하가 궁의 이곳저곳을 거리낌없이 돌아다니고 있는데도 누구 하나 나서서 제지하는 자가 없었다. 물론 적국에서 왔다고 해도 유하는 청의 사제, 게다가 예물을 가지고 공식적으로 방문한 사신의 신분이다. 하지만 그렇다고 해서 허울 좋은 호위―감시의 명분을 띤―하나 붙이지 않고 궁 안을 활보하도록 내버려둔다는 것은 서희의 상식으로 생각하기에도 조금 이상했다.

'뭐, 그렇다고 해서 재수없는 기운을 풀풀 풍기는 자들이 붙어다니는 걸 바라지는 않지만.'

"바사기."

"……네?"

갑작스레 자신의 이름이 불리웠기 때문인지 바사기는 깜짝 놀라며 한 박자 늦은 대답을 했다.

"금의 일족들이 언제 이렇게 온화한 성품을 가지게 되었지?"

"네? 그게 무슨 말씀이신지……."

서희는 잠시 말을 멈추고 뜸을 들인 후 다시 입술을 움직였다.

"왜 내가 이곳을 단 한 명의 사비만을 대동하고 거닐고 있는데, 아무도 신경 쓰지 않느냐는 말이네."

서희의 질문에 바사기는 어째서인지 상당히 당황하는 것 같았다.

'뭐야, 내가 이상한 질문을 한 건가? 설마 예전부터 이랬는데 헛다리를 짚은 건 아니겠지?'

"대답하기 힘든 질문인가?"

"아, 아닙니다. 그저……."

서희는 아무런 말 없이 눈으로 그의 대답을 재촉했다.

"그저… 노하님께서 그런 분부를 내리셨기 때문입니다."

바사기의 대답을 듣고 서희는 가만히 고개를 끄덕였지만 속으로는 그의 대답에 전혀 수긍하지 않고 있었다.

'아무리 어제 내가 궁 안이나 둘러보겠다고 말했다지만, 그의 성격으로 보아 이렇게 날 가만히 놓아둘 것 같지는 않았는데 말이야. 뭔가 꾸미는 거라도 있는 걸까?'

"유하님, 이곳이 바로 노하님의 집무실입니다."

한참을 복도를 거닐고 있다가 멈춰선 곳은 한눈에 보기에도 상당히 크고 무언가 있어 보이는 방이라는 것을 시사해 주는 문 앞이었다.

"안에 들어가실 수는 없지만, 보는 것만이라면……."

서희는 금방이라도 하늘로 날아올라 갈 듯이 날개를 펼치고 있는 불꽃을 연상시키는 새의 양각을 유심히 바라보았다. 그것은 흔히 책자에서 접할 수 있는 신수의 모습과도 무척 닮아 있었다. 바로 동서남북의 사방 수호 신수 중 하나인 불의 새 주작과 닮은. 노하의 집무실에 이런 문양이 새겨져 있다면 그것은 분명……

"노하의 힘은 불을 움직이는 힘인가?"

"그렇습니다."

서희는 전혀 예상하지도 않고 있던 대답이 돌아오자 깜짝 놀라서 시선을 집중하고 있던 문에서 눈을 돌렸다. 서희에게 대답을 한 것은 분명 자신의 곁에 있던 바사기가 틀림없다. 하지만 어째서……

의문을 품은 것도 잠시, 서희는 자신이 속으로 생각하고 있었던 것을 입으로 직접 내뱉어 버렸다는 사실을 깨달았다.

'실수다! 아무리 멍하게 보여도 결국엔 금의 일족인데……'

서희는 가슴이 철렁하고 내려앉는 소리를 들었다.

'어쩌지? 분명 의심하고 있을 거야. 내가 생각해도 이상한걸. 왜 바보같이 갑자기 반말을 한 데다가 마음속에 있는 것을 입 밖에 내버렸을까. 아무리 적대 관계에 있더라도 서로가 가진 힘이 무엇인지는 당연히 알고 있을 텐데……'

겉으로는 마음속의 혼란이 전혀 표출되지 않았지만, 지금 서희는 금방이라도 자신을 불리하게 만들 무슨 말이 들려오지는 않을까 조마조마하며 기다리고 있었다.

'제발, 그냥 넘어가라.'

"노하님이 가진 힘은 저 같은 건 비교도 할 수 없을 만큼 강하죠. 시선을 뗄 수 없을 만큼."

하지만 바사기가 꺼낸 것은 무척이나 의외의 내용을 담은 말이었다. 서희가 가슴이 터지도록 하고 있던 걱정은 전혀 염두에 두지도 않은 듯, 그는 어딘지 모르게 먼 곳을 바라보는 시선으로 말을 이었다.

"아, 그런가."

서희는 그저 담담한 어조로 그의 말에 대꾸하는 수밖에 없었다.

'뭐, 가슴에 쌓인 거라도 있나. 우울해 보이는 표정이네?'

물끄러미 바사기의 얼굴을 살펴보며 서희는 그렇게 생각했다.

"아, 죄송합니다. 잠시 딴 생각을 하느라……. 그럼, 다른 쪽으로 가시죠."

바사기는 금방 다시 원래의 자신의 임무로 돌아왔다. 그리고 그런 그의 태도는 잠깐이기는 했지만 서희가 했던 고민이 지극히 바보스러운 것이 아니었을까, 라는 의심을 하게 만들 정도였다.

'나, 뭐 한 거야, 방금.'

서희는 또다시 몇 걸음 앞에서 길을 안내하는 바사기의 뒷모습을 응시하며 고개를 가로저었다.

노하는 집무실 문을 열고 등을 돌린 채 멀어져 가는 두 사람의 모습을 응시했다. 곧게 뻗은 등을 당당하게 펴고 절제된 몸놀림으로 움직이는 유하의 모습은 멀리서라도 쉽게 구분할 수 있을 정도로 눈에 띄었다. 그리고 걸음을 옮길 때마다 부드럽게 흔들렸다가 다시 제자리를 찾는 은청색의 머리카락 역시 은은한 여운을 남기고 있었다.

"재미있겠군."

노하는 작게 중얼거리며 시야에서 유하의 모습이 완전히 사라질 때까지 자리에서 벗어나지 않고 미동조차 하지 않았다. 그렇게 한동안 빈 복도를 바라보던 그는 중얼거림을 멈추고 입가에 냉소적인 미소를 떠올렸다.

'청의 사제라…… 조금 달라진 것도 같지만, 그 본질이 변할 리는 없지.'

노하는 속으로 그런 생각을 떠올리며 10년 전에 만났던 유하를 떠올렸다. 지극히 예의 바르긴 했지만, 그 이상도 그 이하도 아니었던 유하. 단 한 번도 최고의 사제라는 이름이 주어지게 만들었던 자신의 힘을 보인 적은 없었지만, 노하는 그를 볼 때마다 마음속에서 피어오르는 색다른 감각을 억누를 수가 없었다. 지금까지 사제라는 존재를 크게 생각하지 않았던 자신이었지만, 유하를 본 이후로 그 생각이 바뀌었다. 아무런 능력도 보여 주지 않았음에도 불구하고 유하는 가히 압도적이라고 할 만큼 자신의 존재를 드러냈다. 힘으로 자신을 드러내는 것이 아닌 내면에 품고 있는 그만의 기질, 그것만으로. 그것이 자신이 의도하든 의도하지 않았든 간에 그것은 지극히 자연스럽게 주위에 영향을 끼치고 있었다. 자신보다 100살이나 어림에도 불구하고 결코 얕볼 수 없는 유하. 청의 사제라는 지위를 가진 그와 처음 만난 이후로 노하는 은의 일족에 대한 자신의 생각을 조금 달리해야 한다는 것을 깨달았다. 비록 한 명이긴 하지만, 그는 자신의 일을 틀어지게 할 만큼의 힘을 가지고 있었다.

'그런 힘을 겨우 비전서라는 쓸데없는 글자들을 해독하기 위해 퍼붓다니, 그 이를 데 없는 한심함이란……'

하지만 그들이 지금까지 한결같음을 유지하고 있기에 자신의 생각을 점점 더 구체화시킬 수 있었는지도 모르지만.

"지금 밖으로 나갈 테니 준비해라."

"네."

조금 전 바사기와 유하가 집무실 앞에 서 있을 때만 해도 모습조차 보이지 않던 노하의 호위들은 어느새 모습을 드러낸 채 그에게 고개를 숙이며 대답하고 있었다. 네 명이 동시에 모습을 드러냈음에도 소리 하나 울리지 않는 몸놀림으로 보아 꽤나 높은 능력을 지닌 자들인 것 같았다. 노하는 머리 속에서 피어오르던 과거의 기억에서 연유한 상념들을 지워버리고, 자신을 향한 절대적인 복종의 몸짓을 보이고 있는 호위들에게 말을 건넸다.

"아, 그리고 지금 기는 궁 안에 있나?"

"해가 뜨자마자 밖으로 나가셨습니다."

"......"

한 호위의 대답에 노하는 잠시 시선을 아래로 내리며 생각에 잠겼다. 호위들은 그런 노하의 앞에 미동도 없이 고개를 숙이고 선 채 다음에 이어질 그의 명령만을 기다렸다. 아무런 표정도 떠올라 있지 않은 네 개의 얼굴은 그 때문에 마치 쌍둥이처럼 느껴졌다.

"좋다. 나가자."

네 명의 호위는 또다시 깊게 허리를 숙였다.

노하는 매끄럽게 빛나는 검은색 청의를 입은 채 보폭을 크게 하며 나아갔다. 그가 걸음을 옮길 때마다 주위에 있던 사비들이나 자신의 위치를 지키고 있던 호위들은 경외감과 절대자에 대한 예의를 표하며 깊이 허리를 숙였다. 그리고 그런 그들의 인사를 받으며 거침없이 나아가는 노하는 그가 지닌 특유의 비웃는 듯한 웃음을 머금었을 뿐, 더 이상의 표정 변화는 보여주지 않았다.

높이 솟아 있던 건물의 상층에서 아래로 내려가자 주위의 풍경이 점점 제 높이대로 자리를 잡아갔다. 장난감처럼 작게만 보이던 나무들과 건물들이 본래의 모습을 되찾으며 서희의 시야에 들어왔다. 조금 전의 일. 자신의 착각 아닌 착각과 왠지 모르게 가라앉은 분위기를 연출하는 바사기 때문에 둘은 조용히 걸음만을 옮기고 있었다. 원래대로라면 그렇게 많은 말을 나누지는 않아도 가볍게 대화를 주고받기는 했을 텐데, 지금 둘 사이에는 완벽한 침묵의 강이 흐르고 있었다.

'답답해. 이런 곳, 다시는 오고 싶지 않아.'

적어도 은의 영토에서는 이런 기분이 들지는 않았었다. 자신이 가진 지위에서 연유한 것이라고는 해도 뚜렷하게 자신이 그곳에 존재해야 할 가치를 느끼고 있었으니까. 하지만 이곳에서는 무언가가 다르다. 자신이 사제이기 때문에 이곳에 사신으로 오기는 했지만, 자신의 역할이 무엇인지, 대체 무엇 때문에 이곳에 머물러야 하는지 알 수가 없었다. 그리고 은의 영토에서는 하루하루가 너무나도 빨리 지나갔었지만, 지금은 시간이 멈추기라도 한 것처럼 느릿하게 흘러가고 있는 것 같았다.

'……?'

그렇게 말없이 걸음을 옮기던 서희는 갑자기 자신의 앞에서 멈춰선 바사기를 미처 보지 못하고 그에게 부딪힐 뻔했다. 하지만 막 그에게 닿으려던 순간, 바사기보다 훨씬 더 앞에 모습을 드러낸, 그다지 만나고 싶지 않은 누군가의 존재 덕분에 걸음을 멈출 수 있었다.

검은색 청의를 걸치고 있는 노하와 그의 뒤를 따르는 청색 무복 차림의 남자 넷이 서희의 시야에 끼여들어 왔다.

'오늘은 마주치지 않기를 바랐는데…….'

그쪽에서도 서희의 존재를 알아챘는지 조금 전까지 노하의 얼굴에 떠올라 있던 미소가 한층 더 깊어졌다. 물론 순수한 웃음이 아닌 기분 나쁜 냉소를 담은 웃음이.

"궁은 잘 돌아봤는지 모르겠군."

어제의 그 짜증날 정도로 비꼬는 말을 해대던 자와 동일 인물이라고는 생각할 수 없을 정도로 매끄럽게 울려퍼지는 목소리.

"네, 아직 다 돌아보지는 않았습니다만……."

검은색 청의는 소매 부분에만 금색의 실로 수가 놓여져 있는 깔끔한 옷이었지만, 그가 걸치고 있자 그것은 더 이상 깔끔하기만 한 옷이 아니었다.

'쳇, 옷발은 더럽게 잘 받네.'

"이 바사기라는 사비가 안내를 잘 해주어서 더욱 그렇습니다."

갑자기 노하는 피식, 하고 웃었다. 서희는 그런 그의 태도 변화 때문에 자신이 어떤 실수라도 한 것은 아닌가 하고 자신이 한 말을 되씹어보았다. 하지만 단지 간단한 대답만을 했을 뿐, 그의 신경을 거스를 만한 말은 없었다.

'뭐야, 뭐가 불만이야?!'

그답지 않게 한동안 피식거리는 비웃음을 떠올리던 노하는 웃음을 멈추고 깊이 가라앉은 시선을 서희에게 던졌다.

"아, 그저 우스운 기억이 떠올랐을 뿐이니 놀랄 필요는 없네. 그리고 부디 금의 영토의 여러 곳을 둘러보기를 바라네. 내가 그대에게 요구하는 것은 단지 그것뿐이니까."

은의 일족과 금의 일족과의 사신 교환이 자신이 생각하던 것과는 한참 다르다는 사실을 깨닫고 있었지만, 확실하게 노하의 입에서 그런 말을 듣자 서희는 조금이지만 안도했다. 적어도 자신이 실수할 만한 빌미를 제공하지는 않을 테니까.

'하지만 저 얼굴… 분명 뭔가 있어. 기분 나쁜 예감이 자꾸 들어.'

자신의 예감을 믿는 것은 아니었지만 이곳에 온 이후로, 아니, 유하의 몸을 얻게 된 이후로 자신의 감각이 엄청나게 예민해졌다는 것을 깨닫고 있었다.

"그럼, 여러 곳을 둘러보기를. 나는 이만 자리를 뜨도록 하지."

"네, 그러면 이만."

서희는 바사기의 등을 가볍게 쳐서 그가 다시 걸음을 옮길 것을 재촉했다. 잠시 머뭇거리던 기색을 보이던 그는 정중히 노하에게 고개를 숙여 보이고는 다시 발을 내디뎠다.

*　　　　*　　　　*

"하루 종일 수고했네."

"아닙니다. 마땅히 제가 해야 할 일을 했을 뿐입니다."

몇 시간에 걸친 궁의 탐색을 끝마치고 다시 자신이 머물고 있던 방으로 돌아온 서희는 바사기에게 감사의 말을 건넸다. 그것은 예의상의 빈말뿐인 감사가 아니라 서희의 진심을 담은 것이었다. 바사기는 말상대를 해주었을 뿐만 아니라, 자신이 묻는 질문에는 그 내용이 어떻든 간에 의심의 기색도 없이 순순히 대답해 주었기 때문에 궁금하게 여기던 몇 가지의 사실을 알아낼 수가 있었다.

"필요한 것이 있으면 바로 불러주시기 바랍니다."

확실히 처음 만났을 때보다 말수가 적어지기는 했지만, 바사기는 여전히 서희에게 말을 건넸다. 조금 전까지 보여주었던 가라앉은 듯한 태도는 이곳에 돌아온 순간 거짓말처럼 사라지고 지금의 그는 약간 멍해 보이는 표정을 떠올리고 있는 평소의 그가 되어 있었다.

"그대도 잠시 쉬도록 하게. 오늘은 꽤 피곤할 듯하니."

"예."

바사기는 입가에 엷은 미소를 떠올리며 답했다.

'뭐, 여러 가지로 많은 일들과 마주치는 것 같지만, 아직까지 그렇게 큰 영향은 없는 걸 보니 내 기우였던 걸까.'

문이 닫히고 나서 다시 완벽한 혼자만의 공간으로 되돌아온 서희는 고개를 갸웃거리며 편안하게 등을 기대고 쉴 수 있는 자리를 찾았다.

"저… 유하님, 들어가도 되겠습니까?"

두터운 방석이 깔린 길다란 의자에 기대앉은 채 막 잠에 빠져들려던 서희는 자신에게 허락을 요구하는 조심스러운 음성을 듣고 문 쪽으로 시선을 돌렸다.

'누구야. 막 잠들려고 했었는데… 여산인가?'

나이 든 자만이 가질 수 있는 무게감이 담긴 익숙한 목소리라는 것을 깨닫고 서희는 속으로 투덜거리면서도 대답을 해주었다.

"들어오게."

희미한 마찰음과 함께 문이 열리고 여산이 모습을 드러냈다. 언제나처럼 편안한 인상에 여유로운 표정을 떠올리고 있는 그의 얼굴을 마주 대하자, 서희는 마음속에서 피어오르던 불만이 한번에 날아가 버리는 듯한 느낌이 들었다.

'우리 아빠랑은 전혀 안 닮았지만, 그래도 아버지 같은 분위기야.'

"무슨 일이 생긴 것은 아니겠지?"

항상 다른 누군가를 향해 자신이 던지는 질문이 바로 이것이라는 것은 서희도 잘 알고 있었지만, 그 이외에 다른 할말이 없었기 때문에 또다시 그렇게 묻고 말았다.

"예, 그저 익숙한 사비들도 없는데 불편하지는 않으신지 여쭈려고 왔습니다."

"아, 괜찮네. 생각보다 훨씬."

짧게 답하고 나서 서희는 여산에게 자리를 권했다.

"그러시다면 다행이지만, 그들답지 않게 사비들을 직접 선별해서 배치하다니 조금 이상하기는 하군요."

여산의 말에 서희는 그저 고개만을 끄덕여 보였다.

"그나저나 그대는 편안히 지내고 있나?"

"네, 저야 물론 이곳에 꽤 익숙해져 있기 때문에 괜찮습니다. 아… 그리고 혹시라도 먼 곳으로 나가실 때는 저희 쪽에서 데려온 호위들이 함께 갈 테니, 그렇게 알고 계십시오."

"알았네. 다른 곳으로 나갈 생각은 없지만 알아두지."

'목소리까지 어쩌면 저렇게 전형적인 아버지상의 목소리일까.'

서희는 여산으로 인해 떠오른 원래 세상의 기억을, 정확하게는 부모님에 대한 그리움을 애써 흐려버리려 애쓰며 의자에 더욱 깊이 몸을 묻었다.

'아, 이렇게 궁상떨면 안 되는데…… 다른 말이라도 해야지.'

"다른 일행들은 어떻게 지내고 있지?"

"저와 다른 호위 역으로 온 자들은 방에서 대기하면서 유하님의 명령을 기다리고 있고, 사비들은 완전히 자유롭지는 못하지만 자신들에게 허용된 범위 안에서 이곳저곳을 돌아다니며 구경하고 있습니다. 이곳이 금의 영토만 아니었다면 훨씬 표정은 밝았을 테지만 말입니다."

'아, 그렇구나. 사비들도 마음이 불편하겠지. 나도 이 정도인데. 이곳으로 향할 때부터 얼굴 표정에 그 기색이 다 드러나 있긴 했지만.'

"그래도 모처럼의 휴식이니, 모두들 잘 쉬었으면 좋겠네. 그 동안은 항상 신경을 곤두세우고 있어야 했을 테니까."

서희가 그렇게 말하자 여산은 아버지가 자식을 대하며 흐뭇한 미소를 지을 때와 흡사하게 인자한 미소를 머금었다.

"유하님께서 그렇게 말씀하셨다는 것을 알면 분명 기뻐할 겁니다. 겉으로는 굉장히 어려워하고 있지만, 자신들이 사제를 모신다는 자부심은 다른 어느 누구보다도 큰 아이들이니까요."

'그, 그런가……'

평소에 서희가 느낀 바로는 지나치게 자신을 어려워하고 부담을 갖고 있다는 느낌이었는데, 그것만은 아니었던 모양이다.

"그리고 혹시 금의 일족들에게서 별다른 기색을 느끼지 못했나?"

여산은 잠시 생각에 잠긴 듯 약간 고개를 수그렸다.

"워낙 자신들의 생각을 드러내지 않는 자들이라 잘은 모르겠습니다. 꽤 오랫동안 이곳에 와봤지만, 아직까지 얼굴이나 태도만으로 그들의 생각을 읽어내는 것은 무리인 듯합니다."

"그렇군."

"유하님께서 무언가를 느끼신 듯하니, 저도 주의 깊게 살펴보겠습니다."

'뭐, 별로 그런 건 아니지만 주의해서 나쁠 건 없겠지.'

서희는 다시 고개를 끄덕여 보였다.

느리기는 했지만 시간은 점점 흘러갔다. 처음의 며칠을 제외하고, 서희는 며칠 동안의 시간을 거의 자신에게 배정된 방 안에서만 지냈다. 답답함 때문에 밖으로 나가고 싶다는 생각이 계속 들었지만 서희는 억지로 그것을 참았다.

'이제 내일 하루만 더 있으면 돌아가는구나. 시간이 이렇게 느리게 흘러가는 게 고문일 줄은 몰랐어.'

한숨을 크게 내쉬며 서희는 며칠 전 우연히 생각나서 펼쳐 보았던 노하로부터의 선물을 바라보았다. 검은색의 매끈한 나무 상자에 담겨 있던 새하얀 그것. 처음 그것을 받아 들고 그 공포의 악몽이 떠올라서 비명을 지를 뻔했던 생각이 나자 서희는 피식, 하고 웃음 지었다. 그저 그 꿈과 연계되지만 않았다면 약간의 꺼림칙함을 느꼈을 뿐, 별다른 감정은 느끼지 않았을지도 모르지만.

'대체 누구 걸로 만들었는지는 모르지만 악취미야.'

서희가 그렇게 속으로 중얼거리는 데에도 다 이유가 있었다. 노하로부터 전해 받은 예물이라는 것은 바로 뿔로 만든 조각이었던 것이다. 그냥 작은 나무 상자에 들어 있던 것이라 별 생각 없이 그것을 열었는데, 그 안에서 튀어나온 것은 노하의 집무실 문에서 보았던 불꽃의 새—아직 이름을 확인하지는 못했지만—를 조각한 것이었다. 처음에는 새하얗고 매끄럽지만 꽤 가벼운 무게를 가진 그것을 대체 무엇으로 만들었을까, 라는 고민이 머리 속을 가득 채웠지만, 얼마 지나지 않아 손에서 느껴지는 그 감촉이 이곳에 살고 있는 자라면 누구나 가지고 있는 신체의 어느 일부분과 비슷하다는 것을 알아차렸다.

'하지만 예술적 가치로 따진다면 상당할 거라는 건 문외한인 나도 알 수 있을 정도야. 세상에! 이렇게 정교한 걸 어떻게 만들었을까. 원래 작은 게 더 만들기 힘든데.'

서희는 손바닥 위에 올려놓고 만지작거리던 그것을 주의 깊게 바라보며 새삼스럽게 그 정교한 아름다움에 감탄했다. 하지만 그 정교한 아름다움에 혀를 내두르면서도 마음 한구석에서는 그것이 대체 누구의 뿔로 만든 것인지에 대한 막연한 거리낌이 자리잡고 있었다. 물론 은의 일족이나 금의 일족을 제외하고 뿔이 있는 것, 일각수라고 생각할 수도 있지만, 같은 흰색이라도 일각수의 뿔과 도깨비들의 뿔 색깔은 엄연히 달랐다. 그리고 그 촉감도.

'왠지 모르지만 그 꿈이 그냥 꿈만은 아니었다는 걸 알겠어. 노

하의 얼굴도 그렇고, 이것도 그렇고. 꿈은 반대라지만······.'

서희는 만지작거리고 있던 조각을 다시 상자에 넣어 원래대로 해두었다. 그리고 나서 서희는 또다시 한숨을 내쉬었다.

'오늘 저녁에도 함께 식사를 하자고 했었지.'

그들과 저녁을 함께한 것은 두 번 정도로, 그때마다 서희는 먹던 음식이 얹혀버릴 것 같은 기분에 사로잡혔다. 대체 무엇 때문에 그러는지는 모르지만, 노하와 기는 척척 입을 맞추어 서희의 신경을 거스르는 말을 내뱉었다. 자신이 완전한 유하였다면 분명 잘 대처해 나가든지, 속으로 끓어오르는 화를 억누르고 있든지 둘 중의 하나였겠지만 약간의 방관자적인 태도를 취하고 있는 서희에게도 신경을 거스를 정도의 말인 것만은 분명했다.

'소화제라도 있었으면 좋겠다.'

서희는 또다시 한숨을 내뱉었다.

*   *   *

"부디 마음에 들었으면 좋겠군."

말만이라면 무척이나 예의 바른 자가 격식을 차려 말한 듯한 기분이 들었을지도 모르지만, 그 말을 내뱉은 자의 얼굴에는 그런 겸양이라고는 눈을 씻고 찾아봐도 보이질 않았다.

"아······."

그리고 얼마 지나지 않아 서희는 그러고 싶지는 않았지만 마음 속에서 저절로 우러나온 탄성을 삼킬 수가 없었다.

'멋지다. 세상에! 저거, 분명히 물이지?'

서희는 하늘에 떠오른 물로 이루어진 새의 모습을 보면서 3차원 입체 영상이 아닌가, 라는 의심을 했다. 하지만 그것에서는 기계적인 작용으로 인해 만들어진 모습이라면 결코 떨어지지 않을 물방울들이 조금씩 비처럼 흩뿌려지고 있었다.

'그런데 대체 저 물은 어디서 나온 거지?'

주위의 어느 곳을 둘러보아도 물이 나왔을 만한 장소는 눈에 띄지 않았다. 하지만 하늘 위를 수놓고 있는 것은 분명 밤하늘의 빛깔을 그대로 투영할 정도로 맑은 물로 이루어진 새였다. 분명 노하의 집무실 문에 새겨져 있던 불꽃의 새, 주작과 닮은 새의 모습.

"이것은……."

"아, 보잘것없긴 하지만, 내 밑에 있는 감시자 중의 한 명이 그대를 위해 특별히 준비한 것이지."

'하…….'

목소리에 담긴 은근한 업신여김의 빛을 읽어내고 서희는 속으로 황당함을 느끼고 있었다.

'설마, 지금 힘 자랑하는 거야?'

속으로 한껏 인상을 구기며 투덜거리고 있던 서희는 입꼬리를 들어올리며 특유의 웃음을 짓는 노하의 얼굴을 보자 더욱 마음이 뒤틀리는 것 같았다.

'뭐야, 하나부터 열까지 맘에 안 들어. 괜히 시비나 걸고… 이상한 선물이나 주고. 정말 유치하다, 유치해.'

하지만 노하의 말대로 정말 하늘에 떠오른 저 새의 형상을 만들어낸 것이 단 한 사람의 힘에 의한 것이라면, 그것은 정말 경악할 만한 일이었다. 분명 서희가 알기로 은의 일족들 중에 저만한 힘을 낼 수 있는 것은 수 정도가 아니면 힘들 것이다. 그런 힘을 금의 일족들은 수가 아닌 보통의 감시자가 낼 수 있다고 하는 것이다.

'비전서를 버린 대가로 이만한 힘을 얻었다고? 하지만 이건 힘의 격차가 심해도 너무 심하잖아.'

무엇 때문인지는 정확히 꼬집어 말할 수 없었지만, 서희는 기분이 가라앉아 버린 듯한 기분이 들었다.

"와!"

서희와 마찬가지로 3층짜리 건물의 최상층에 함께 올라와 있던 일행들이 짧은 감탄성을 내뱉었다. 그 소리에 서희는 반대쪽을 향하고 있던 고개를 다시 기괴한 쇼가 펼쳐지고 있는 하늘로 돌렸다.

이번에는 물의 새와 함께 타오르는 불덩이로 이루어진 새가 하늘에 떠올라 부드럽게 날갯짓을 했다. 꽤 떨어진 거리였음에도 불구하고 새가 가진 열기는 꽤 상당해서 서희는 자신도 모르게 한 발 뒤로 물러섰다.

"어떤가? 상당히 어울리는 그림이 아닌가?"

"멋지군요."

서희는 솔직한 감상을 이야기했다.

"그렇다면 이제 조금 더 재미있는 것을 보여주지."

무척 자신만만한 목소리로 말하며 노하는 한 손을 들어올려 서희의 눈에는 보이지 않는 누군가에게 신호를 보냈다. 여전히 하늘 위에 떠오른 물의 새와 불의 새는 활발히 날갯짓을 하면서 움직이고 있었지만, 그것을 조종하고 있을 누군가의 모습은 건물 어느 곳을 둘러보아도 눈에 띄지 않았다.

'꼭 봐둘 필요는 없지만.'

"잘 봐두게."

노하의 말을 흘려들으며 막 의문을 떠올린 순간, 현란한 붉은색과 투명한 푸른색이 맞부딪쳤다. 물과 불이 닿았기 때문인지 귀에 거슬릴 정도로 커다랗게 치익거리는 소리가 울려퍼졌다.

"······!"

하늘 위에서 특이한 쇼를 연출하고 있던 아름다운 두 새는 순식간에 서로의 숨통을 찾아 엄청난 힘을 내뿜으며 공격을 감행하는 괴조로 돌변했다. 처음에는 투명한 푸른색으로 이루어진 물의 새가 특유의 성질로 불새를 누르는 듯이 보였지만, 그 상황은 얼마 지나지 않아 반대로 돌변했다. 서희는 왠지 그 물의 새에게 마음이 끌려서 안타까움에 두 손을 굳게 쥐었다.

'지면 안 돼.'

서희의 마음속에서 울려퍼진 응원을 들었는지 물의 새는 붉게 타오르는 불의 새에게 억눌리고 있던 몸을 들어올려 다시 한 번 날개를 펼치고 더 높은 곳으로 날아올랐다. 하지만 불의 새는 그것을 가만히 보고 있지만은 않았다. 그 넘실거리는 불꽃의 깃털을 몇 개 떨어뜨리며 물의 새를 쫓아간 불의 새는 순식간에 불꽃으로 이루어진 발톱으로 물의 새의 날개를 내리눌렀다.

푸드덕! 하고 세차게 날갯짓하는 소리가 들려왔다. 마치 실제의 새에게서나 들릴 법한 그런 소리가. 불의 새는 꼼짝없이 자신의 발에 붙잡힌 물의 새를 세차게 부리로 쪼아댔다. 단지 물과 불로 만들어낸 형상일 뿐이었지만, 서희는 그것을 보면서 새의 비명 소리가 들려오는 듯한 착각에 빠졌다. 그리고 얼마 지나지 않아 불의 새는 물의 새의 목 줄기를 물어뜯었다. 넘실거리는 새빨간 불꽃의 파도가 순식간에 투명한 물을 집어삼켰다. 맑고 투명하게 밤하늘을 투영시키고 있던 물의 새는 불꽃의 열기에 파묻혀 금세 수증기가 되어 하늘 위로 올라가 버렸다.

'졌잖아……'

자신이 응원하고 있던 물의 새가 너무나도 허무하게 소멸해 버리자 서희는 허탈함이 전신을 엄습하는 것 같은 느낌에 사로잡혔다.

"어떤가?"

여전히 특유의 비웃음을 담은 미소를 지으며 말을 거는 노하를 서희는 말없이 응시했다. 대체 그가 자신에게 무슨 의미를 담아 이것을 보여주었는지, 분명 처음에 생각했던 것만큼 단순한 힘 자랑만이 포함된 것은 아닐 것이다.

"역시 금의 일족들의 힘은 대단하군요."

서희는 분명 곱디고운 칭찬으로는 들리지 않을 듯한 어조로 답했다. 그리고 노하도 그것을 느꼈는지 깊게 가라앉은 눈동자를 서희에게로 돌렸다.

"이제 그대의 대답을 듣고 싶은데? 지난 시간 동안 충분히 생각했으리라 여기네만."

잊고 있던 사실을 노하는 갑작스럽게 들춰냈다. 그것도 서희의 마음이 조금 전의 사건으로 인해 가라앉아 버린 지금.

"더 이상 미루지는 않겠습니다."

서희는 여전히 노하가 한 질문이 무엇이었는지는 알지 못했지만 조금 전에 굳어진 마음처럼 그에 합당한 대답을 꺼냈다.

"거절하겠습니다."

그것이 어떤 질문에 대한 대답인지, 그리고 그 대답이 좋은 결과를 낳을지, 그렇지 않다면 나쁜 결과를 낳을지도 알지 못했지만, 지금은 무엇이든 간에 다 부정하고 싶은 기분이었다.

"그렇군."

노하는 마치 서희가 할 대답을 알고 있던 것처럼 별다른 기색을 보이지는 않았다. 그저 몇 번 고개를 끄덕였을 뿐. 여전히 승자의 광휘를 하늘 위에서 뽐내며 세찬 날갯짓을 하고 있는 불꽃의 새는 처음과 같이 아름답게 느껴지지 않았다.

'약육강식 같은 거… 맘에 안 들어.'

서희는 불꽃의 새의 빛깔이 꼭 방금 수증기가 되어 사라져 버린 물의 새의 피를 뒤집어쓴 것 같다는 느낌이 강하게 들어서 속으로 작게 중얼거리고 있었다.

밤하늘은 여전히 너무나도 검고 아름다웠다.

또다시 하루가 지나고, 드디어 금의 영토를 떠나는 순간이 찾아왔다. 은의 영토, 즉 시류의 궁전에 비하면 마음이 전혀 편안하지 않은 장소를 떠나게 되었다는 이유 하나만으로도 서희는 날아갈 듯한 기분이 되었다.

'어쩌면 나는 단순한지도 몰라.'

서희는 빙그레 웃으며 떠날 채비를 서둘렀다.

'그래도 아무 일 없이 돌아갈 수 있게 돼서 다행이다. 이것도 그나마 좋은 경험이 되겠지.'

"유하님."

서희는 자신을 부르는 여산에게 짧게 답하며 고개를 돌렸다.

"곧 그리로 가도록 하지."

다른 일행들의 준비가 완전히 끝났는지 확인해 가면서 걸음을 옮기고 있는 서희의 눈에는 먼 곳에서 특유의 냉소적인 미소를 떠올린 채 자신을 주시하고 있는 노하의 모습이 비춰지지 않았다.

제13장

취록색의 무지개

드디어 끝났다, 라는 안도감이 전신을 감싸고 있었다. 무엇에 대한 안도인지는 정확하게 말할 수 없지만, 어쨌든 끝났다는 느낌.

"모두들 수고했다."

서희는 막 출발하기 위해 일각수에 오른 일행들에게 한마디의 말을 건넸다. 정말 지루하고도 느릿하게 흘러가던 시간이 이제야 제 궤도를 찾게 되었다는 느낌이 강하게 온몸에 와닿았다.

'뭐, 앞으로 10년간은 다시 볼일이 없을 테니까.'

고개를 돌렸을 때 두 눈에 가득 들어온 수십 채의 건물 중에서도 가장 눈에 띄는 3층짜리 높은 건물은 처음 보았을 때와 마찬가지로 당당하고 화려한 위용을 드러내며 그렇게 자리를 지키고 서 있었다. 마치 이해하기 어렵고 견고한 금의 일족들의 태도처럼.

"자, 이제 출발하도록 하지."

검은색의 일각수의 등에 올라탄 후 서희는 말했다. 그러자 선두에 서 있던 여산이 일각수를 움직였다. 그의 움직임이 시작됨과 동시에 다른 일행들도 서서히 보조를 맞추어 행렬을 이루었다. 처음 이곳에 도착했을 때와 달리 화려한 배웅을 해주지는 않았지만, 서희는 그것이 오히려 더욱 마음 편하게 느껴졌다.

어제 저녁 때 충분히 금의 일족들이 해준 지나칠 정도의 환송 행사에 질려버렸으니까. 그저 온몸을 통과하고 지나가는 바람에 몸을 내맡긴 채 일각수의 등으로 펴져 오는 작은 진동만을 느끼면서 서희는 계속 생각에 잠겨 있었다. 지금까지 일어났던 일들을 차례차례 정리해 가면서, 이제 조금은 이곳의 생활에 익숙해졌고, 여러 상황에 대한 대처 능력도 신장되었다는 것을 깨닫고 있었다.

역시 인간이란 주어진 환경에 적응해서 쉽게 행동이며 사고를 맞춰가는 모양이다. 아직 두 달의 시간도 채 지나지 않은 동안 자신은 어느덧 은의 일족의 생활 방식에 익숙해져 있었다. 그리고 마음 한구석에서부터 자신이 은의 일족에 대한 호의를 깊게 품고 있다는 사실을 어렴풋이나마 느끼고 있었다. 그것이 과연 자신의 의지에서 연유한 것인지, 그렇지 않으면 원래부터 몸에 깊숙이 새겨져 있던 것인지는 모르지만, 그것은 자연스럽게 와닿는 느낌이었다.

그렇게 한참 동안을 아무런 거리낌도 없이 모든 것을 일각수의 움직임에 맡긴 채 일행의 움직임에 묻혀 있던 서희는 갑작스레 일행의 분위기가 날카로워진 것을 깨닫고 정신을 차렸다. 지금의 분위기는 마치 감시자들에게 인간인 자신의 모습이 발각되었던 그때와 같이 적의에 가득 찬 것이었다.

"유하님을 호위해라."

선두에 있던 여산의 낮은 울림과 함께 주위에서 함께 움직이고 있던 사비들이 빠져 나가고, 다수의 호위들이 빽빽하게 서희의 주위에 늘어섰다. 평소에 그들이 얼마만큼 철저하게 훈련하고 있는지를 여실히 드러내주는 움직임이었다.

"잠시 이곳에 멈추겠습니다."

언제 다가왔는지 여산이 빠른 기마술로 스치듯이 서희에게 다가와 말을 건네고는 남은 호위들과 함께 되돌아온 길을 향해 달려나갔다.

'설마, 금의 일족들이 자객을 보낸 건 아니겠지? 설마, 그런 행동을 할 리는……'

잘못된 생각인 것은 알고 있었지만, 만에 하나 그럴 가능성이 있다는 것을 배제할 수는 없었다.

순식간에 여산과 호위들의 모습은 작은 점이 되어 사라졌다. 남은 일행들은 잠시 동안의 침묵 속에 잠겨들었다. 잠시 후, 한쪽에 물러서 있던 사비들 사이에서 작은 웅성거림이 피어올라 침묵을 지웠다. 희미한 불안의 여파를 그대로 담고 있는 그 웅성거림은 서희의 가슴속에도 옅은 불안이 피어오르게 만들었다.

"추적자인가."

서희가 중얼거림처럼 작게 말하자, 둥글게 원을 그리며 서희를 감싸고 있던 호위들의 시선이 모여들었다.

"한 명뿐이긴 했지만, 분명 그런 기운을 느꼈습니다."

"금의 일족들이 그런 경솔한 행동을 할 리는 없겠지만."

다시 서희가 중얼거리는 듯한 목소리로 말하자, 누군가의 목소리가 답했다.

"하지만 금의 일족을 믿을 수 없다는 사실은 무엇보다 확실합니다."

서희는 고개를 끄덕이며, 다시 시선을 여산이 달려나간 방향으로 돌렸다. 눈에 보이지 않는 먼 곳을 향하고 있자니 상상 속에서 여산이 있는 곳의 광경이 떠올랐다. 그리고 여산과 다른 호위들의 틈에 둘러싸인 누군가의 모습이 어렴풋이 떠올랐다. 그 모습은 멍한 기색을 담고 있는 누군가의 얼굴.

"누군가와 함께 오는 것 같습니다."

서희는 머리 속으로 그려나가고 있던 상상을 깨끗하게 지워버리며 시선을 돌렸다. 들려온 말대로 아직 작은 점으로밖에 보이지 않지만, 여산을 비롯한 호위들임이 분명한 움직임이 시야에 들어왔다.

"저자는……."

서희가 해야 할말을 누군가 대신해 주었다. 점점 커져 가는 얼굴들 속에는 여산과는 다른 의미에서 익숙해진 얼굴이 포함되어 있었다.

"바사기."

그리고 곤란한 표정을 짓고 있는 여산과 시선이 마주쳤다.

"유하님, 함께 가고 싶습니다. 받아주시겠습니까?"

정중하게 고개를 숙이는 인사가 끝나자마자 바사기는 전혀 예상하고 있지 못했던 말을 꺼냈다. 평소에 그가 보여준 태도라고는 상상할 수 없을 정도로 직설적인 화법으로 바사기는 입을 열고 서희를 응시했다. 지금 만큼은 그의 얼굴에 떠오른 멍함이 나른하게 느껴지지 않았다. 그리고 그의 말이 떨어지자마자 유하를 호위하기 위해 주위에 모여 있던 은의 일족들은 동시에 공격을 취하기라도 할 것처럼 험악한 분위기를 만들어냈다.

"그대는 노하님에게 속한 사비가 아닌가."

방금 전에 들은 대사가 마치 고백을 받고 있는 듯한 상황이라는 것을 상기하며 서희는 느긋한 어조로 말을 꺼냈다. 서희를 제외한 다른 일행들은 모두 기분 나쁨이 여실하게 드러난 얼굴을 하고 있었다. 사비에 불과하다고는 해도 금의 일족임이 분명한 자가 사제에게 자신을 거두어달라고 말하고 있는데, 그것을 곧이곧대로 받아들일 자는 아무도 없을 것이다.

"허락이라면 받았습니다."

"그대가 순수한 자신의 의지로 왔다는 것을 어떻게 증명할 셈인가?"

바사기는 잠시 아무런 말도 하지 않고 서희의 눈을 바라보았다. 정면으로 마주친 그 눈에서 서희는 한 점의 사심도 읽을 수 없었다. 맑게 가라앉은 잔잔한 물결과도 같은 눈동자가 그저 자신을 바라보고 있을 뿐.

"증명할 만한 것은 아무것도 없습니다."

바사기는 아무런 변명도 하지 않고 있는 그대로의 자신을 내보이려 하고 있었다.

"믿어주시는 것은 유하님의 의지입니다. 그 판단에 제가 끼여들 여지는 없습니다."

지금의 이것이 과연 바사기가 하고 있는 말인지 의심이 갈 정도로 솔직하고 순수한 태도에 오히려 서희는 혼란을 느꼈다.

"유하님."

조용히 옆에서 지켜보고 있던 여산이 서희를 불렀다. 대답을 재촉하듯이.

"그대를 믿으라고 자신있게 말할 수 있나."

"아니오."

지나치게 솔직한 그의 대답을 듣고 서희는 저절로 떠오르는 미소를 막을 수가 없었다. 왠지 일이 재미있게 되어간다는 느낌. 어떤 대답을 하는 것이 좋을까. 서희는 잠시 망설였다. 아무도 자신의 결정을 번복하게 만들지는 못한다. 처음부터 끝까지 오직 자신만이 내릴 수 있는, 그리고 내려야 하는 결정.

서희는 스치고 지나가는 금의 일족과 은의 일족의 관계라든지, 시류님의 얼굴은 다 지워버렸다.

'내가 하는 선택이니까.'

"그럼, 함께 가도록 하지."

밑져야 본전이라는 생각으로 내뱉은 그 말에 바사기의 얼굴에는 기쁨의 미소가, 은의 일족들의 얼굴에는 낭패감으로 대변될 수 있는 당혹감이 어렸다.

"감사합니다."

바사기는 마치 수에게 최대의 예를 표하듯이 극이 정중한 태도로 고개를 숙였다. 아무런 것도 내세울 것이 없는 자신을 받아들여준 것에 대한 최대의 예의일까? 그리고 고개를 들어올린 바사기의 얼굴에는 다시 본래의 모자라 보이는 멍함이 가득 채워져 있었다.

일행은 다시 열을 맞추어 재정비를 하고 출발했다. 바사기는 그렇게 하라고 누가 말하지도 않았는데, 열의 가장 뒤에서 조용히 일각수를 몰았다. 작게 사비들이 불평하는 소리가 들려왔지만 서희는 그것을 가볍게 넘겨버렸다. 한번쯤은 자신의 의지로 무언가를 선택하고 책임지고 싶었다. 알게 모르게 주어진 사제로서의 자신의 행동이 아닌, 순수한 자신의 선택으로. 결국에는 이것도 사제인 유하의 행동으로 보여질 테지만.

'적어도 나 자신은 알고 있으니까.'

막 금의 일족의 땅에서 벗어나 은의 일족의 영토로 접어들었을 때, 서희는 조용히 여산을 불러세웠다.

"무슨 일이십니까?"

차분한 어조로 묻는 그에게 서희는 미소를 띤 얼굴로 답했다.

"이대로 내 처소로 가겠네. 시류님의 궁에서 너무 오랫동안 머무른 것 같아서."

여산은 서희의 말이 무척이나 뜻밖이었는지 그로서는 드물게도 대답을 할 기회를 놓쳐 버리고 말았다. 입술을 움직이다가 멈춘 그 동작을 통해, 서희는 그가 놀랐다는 것을 알아챌 수 있었다.

"그대는 내 말을 시류님께 전해드리게. 그러면 분명 이해하실 테니까."

시류의 궁에 머물게 되고 나서 한 달이 지난 후부터 서희는 돌아가야겠다는 생각을 계속해 왔다. 아무리 지금의 자신이 가진 지위가 시류님에게 속한 청의 사제라고는 하지만, 원래 자신이 머물 장소는 그곳이 아니다. 한적하고 고요한 숲속에 자리하고 있는 안도감을 주는 공간, 유일하게 자신의 행동을 의심받지 않아도 되고 보다 마음 편해질 수 있는 곳. 그곳이 자신이 머물 장소였다.

"하지만 유하님, 인사 정도는 하고 돌아가시는 편이 좋지 않겠습니까?"

여산은 서희가 혹시라도 기분 나빠하지 않을지 걱정하면서 조심스러운 어조로 물어왔다. 그런 그의 얼굴을 조금 전보다 한층 짙어진 미소를 띤 얼굴로 바라보면서 서희는 고개를 저었다.

"내가 궁으로 돌아가면 시류님이 그대로 날 놓아줄 것 같은가."

"그렇지만……."

"내 성격은 시류님이 가장 잘 아실 테니 걱정 말게."

여산은 완전히 수긍한 것 같지는 않았지만, 고개를 끄덕이며 답했다.

"사비들과 다른 호위들은 궁으로 돌려보내고 그대와 나, 그리고 저 금의 일족만 함께 가는 것이 좋겠군."

여산은 일행의 맨 뒤에서 일각수에 올라탄 채 보조를 맞추고 있는 바사기에게로 시선을 돌렸다. 무엇을 생각하고 있는지 그의 얼굴에는 깊은 사색의 빛이 떠올라 있었다. 얼굴을 채색하고 있는 멍한 표정에는 그다지 어울리지 않았지만.

"저 금의 일족을 믿으십니까?"

"글쎄, 그렇다고도 할 수 있겠지."

여산은 또다시 무슨 말인가를 하고 싶어하는 듯한 표정을 지었지만 결국은 아무 말도 하지 않았다.

"그럼, 길을 서두르지. 돌아가는 길은 속도를 높여도 좋을 것 같으니까."

"알겠습니다."

고개를 돌리자 주위의 풍경이 서서히 속력을 더해가며 옆을 지나치고 있었다.

*　　　*　　　*

마치 고향에 돌아온 듯한 느낌. 피부에 와닿는 감촉 하나하나가, 바람에 배어 있는 향기가, 두 눈에 가득 차오르는 익숙한 풍경이 서희에게 아련한 그리움을 느끼게 만들고 있었다. 마치 진실한 고향에 발을 들여놓은 것처럼 마음 한구석이 아릿해지는 느낌. 그것은 오랫동안 떨어져 있던 가족을 만났을 때처럼 감격적이고 기쁜 그런 감각이었다.

'미르와 시라는 잘 지내고 있을까. 갑자기 내가 돌아가면 무척이나 놀라겠지?'

서희는 의젓하고 조용한 시라와 감정의 기복이 격심해서 표정의 변화가 너무나 뚜렷했던 미르를 떠올렸다. 얼핏 보면 쌍둥이가 아닐까, 라는 생각이 들 정도로 닮은 두 자매는 서희와 유하가 필연적인 우연에 의해서 서로를 만나게 되기 전까지는 유하의 가장 가까운 곳에 머물고 있었다. 서희는 길게 이어진 오솔길에 접어들자마자 입술이 저절로 길어지는 것을 느낄 수 있었다. 다른 이들에게는 부드러운 미소로 비칠 그런 미미한 움직임이.

'왠지 모르게 그리워지는데?'

처음엔 너무나도 귀찮은 존재처럼 여겨지던 그녀들이 어느 순간인가 가장 편안한 공기를 만들어주는 존재로 탈바꿈해 있었다.

"유하님, 지금이라도 다시 시류님께 인사를 드리러 가는 편이 좋지 않겠습니까?"

일행과 헤어지고 나서 한참 동안 아무런 말도 하지 않고 있던 여산은 점점 유하의 처소에 가까워지자 조바심이 생기는지 다시 한 번 서희에게 의사를 바꿀 것을 청했다. 하지만 그것은 쇠귀에 경 읽기에 지나지 않았다. 한번 정한 이상 서희는 자신의 결정 사항을 바꿀 생각은 추호도 하고 있지 않았다.

"이제 조금 있으면 내 처소에 도착할 테니, 여산, 그대도 충분히 휴식을 취하고 돌아가도록 하게. 그렇게 한다고 해서 시류님이 불호령을 내리실 리도 없으니 말이야."

"유하님."

무엇이 그렇게 원망스러운지 여산은 다시 한 번 서희를 부르고
는 깊은 한숨을 내뱉었다.

"바사기, 그대의 소감은 어떤가. 금의 일족의 땅을 떠난 것은 분
명 처음이겠지?"

"아… 네."

물끄러미 대화를 나누고 있던 서희와 여산의 모습을 바라보며
적당한 거리를 두고 뒤에서 따라오던 바사기는 갑작스럽게 자신
에게 건넨 말이 의외였는지 또다시 더듬거리며 대답했다.

"눈에 띄는 절경은 없는 듯하지만, 조화로운 아름다움을 가진
곳 같습니다."

미소를 떠올리고 있던 서희 대신 바사기의 말에 대답한 것은
그답지 않게 얼굴에 불만스러움을 떠올리고 있던 여산이었다.

"금의 일족인 그대가 그렇게 느꼈다니 다행이로군."

별다른 의미가 담긴 말은 아니었지만, 여산의 어조에는 분명 희
미하긴 했지만 적대감이 담겨 있었다. 그리고 그것을 깨닫지 못한
이는 아무도 없었다.

'역시, 뿌리 깊은 적대감이 남아 있는 모양이구나. 그렇지 않다
면 저렇게 차분하고 온화한 여산까지 인상을 찌푸릴 리가 없지.'

아무리 생각해 봐도 감정의 문제는 무척이나 손대기 힘든 것
같았다. 아무리 바꾸어 나가려고 해도 이토록 큰 문제인 경우, 그
리고 뿌리부터 너무나 깊어서 채 파악할 수조차 없는 경우에는
더 더욱. 아무리 지금의 자신이 사제라고 해도 바꿀 수 없는 근본
적인 문제.

"예전부터 유하님이 사시는 곳이 어떤 곳인지 한번쯤 보고 싶었습니다."

여산의 차가운 눈초리 때문에 한참을 망설이다가 바사기는 겨우 말을 꺼냈다. 이제 자신의 주위에는 모두 은의 일족들만으로 가득 채워질 텐데, 벌써부터 주눅이 들어 있다가는 아무것도 할 수 없게 될 것이다.

"그렇게 넓은 곳은 아니지만, 적어도 아늑한 곳이라는 것만은 확실하지."

'조금, 아니, 많이 화려하긴 하지만.'

"아, 저곳이로군요."

바사기의 말대로 오솔길의 끄트머리에 정교함을 자랑하는 유하의 처소가 작게나마 모습을 드러내고 있었다.

"시류님도 너무하시지. 벌써 한 달이 지났는데도 유하님을 돌려보내지 않으시다니……."

낮은 한숨과 뒤섞인 미르의 투덜거림이 귀를 간지럽혔지만, 시라는 그저 가볍게 손을 들어 동생의 머리를 쓰다듬어주었을 뿐, 아무런 말도 하지 않았다. 미르는 잊고 있는 것 같았지만, 지난번에 시류님이 직접 이곳에 오셨던 것은 바로 10년에 한번 있는 금의 일족과의 사제 교환 때문이라는 것을 시라는 기억하고 있었다. 바로 몇 달 전처럼 생생하게 남아 있는 10년 전의 그때도, 시류님이 직접 이곳으로 와서 유하님을 데려갔던 적이 있었다. 그 전의 자신은 그런 기본적인 사실조차 모르고 있었지만.

"유하님이 안 계시니까 집 안이 텅 빈 것 같아. 아무리 맛있는 음식을 만들어도, 그것을 드실 분이 계시지 않는다는 건 정말 슬픈 일이야, 언니."

미르는 특별히 언니 시라를 향해서 말을 건네고 있지는 않았다. 그녀가 듣고 있든 그렇지 않든 간에 자신의 마음을 털어놓고 싶을 뿐이었다.

"그래도 유하님이 돌아오실 곳은 항상 이곳이라는 걸 알고 있으니까 위안이 되긴 하지만……."

그렇게 중얼거리며 미르는 자리에서 일어나 창문을 열었다. 그러자 아침에서 막 정오로 넘어가며 덮여진 희미한 열기를 띤 공기가 방 안에 가득 들어찼다. 그와 함께 싱그러운 풀의 향기를 머금은 바람이 그녀들의 곁을 스치듯 지나갔다.

"오늘은 왠지 모르게 가슴이 설레는 것 같아. 좋은 일이 생겼으면 좋겠어."

미르는 혼잣말처럼 작게 중얼거렸다.

"언니, 산책이라도 하는 게 어때?"

한참 동안 창틀에 몸을 기댄 채 밖을 내다보고 있던 미르는 좋은 생각을 떠올렸다는 듯이 밝게 웃으며 시라를 응시했다. 잘 말린 찻잎을 흰 도자기 병에 담고 있던 시라는 들뜬 기분을 여실히 드러내고 있는 동생에게 희미한 미소로 답하며 고개를 끄덕여주었다.

"잠깐만. 이것 좀 마저 정리하고 함께 나가자."

시라는 차분히 움직이고 있던 손에 속도를 가하며 남은 찻잎을 병에 담고 탁자 위에 늘어놓았던 것들을 정리했다.

"자, 그럼 나갈까?"

단조롭게 이어지는 일상은 마을과 떨어진 곳에서 단절된 생활을 하고 있는 자매에게 있어선 더욱 느리게 지나가고 있다 해도 과언이 아니었다. 더군다나 자신들이 모시고 있는 유하가 없는 지금, 단조로움은 나날이 깊이를 더해갔다.

이렇다 할 변화도 느껴지지 않는 주위의 풍경을 바라보며 자매는 느릿하게 발걸음을 옮겼다. 주의 깊게 귀를 기울이지 않으면 들리지 않을 정도로 작은 자매의 발소리를 제외하고는 가끔가다 들려오는 새소리만이 지나칠 정도의 적막감을 덜어주고 있을 뿐, 주위에서는 이렇다 할 어떤 소리도 들려오지 않고 있었다.

"오늘 저녁에는 전채 요리라도 할까 봐. 그 동안 너무 손을 놀리고 있었어."

막 그렇게 미르가 중얼거렸을 때였다. 어디선가 희미한 소리가 들려와서 두 자매는 동시에 걸음을 멈추고 주위를 둘러보았다. 바람 소리도, 그렇다고 산새 소리는 더 더욱 아닌 소리가 계속해서 들려오고 있었다. 아직 희미하기는 했지만, 그것은 분명히 땅을 박차는 진동음이었다.

"언니."

자매는 누가 먼저랄 것도 없이 건물의 뒤쪽에 나 있던 작은 길에서 달리다시피 벗어나 이 집 안으로 들어설 수 있는 유일한 문으로 향했다.

"유하님······."

시라의 작은 중얼거림은 금세 세 마리의 일각수에서 울려퍼지는 진동음에 의해 파묻혀 버렸다. 멀리서도 알아볼 수 있을 만큼 눈에 띄는 은청색 머리카락이 조금씩 바람에 흩날리는 모습이 눈에 들어올 즈음, 반대편에서도 자매의 모습을 알아차린 것 같았다.

"돌아오셨어!"

떠날 때와 마찬가지로 무척 조촐한 일행만으로 유하는 다시 자신의 처소로 되돌아오고 있었다.

그리고 가슴속에서 벅차오르는 기쁨을 애써 억누르며 문 앞에 서 있던 두 자매의 눈에 환한 미소를 떠올린 유하의 얼굴이 가득 차올랐다.

"유하님, 어서 오세요."

너무 반가운 나머지 아무 말도 내뱉지 못하는 미르를 대신해 시라가 입을 열었다. 하지만 그녀의 목소리 역시 미약한 흔들림을 보이고 있었다. 아무리 차분하고 조용한 시라라고는 해도 유하만은 그녀에게 예외의 존재이다. 감정의 뿌리에서부터 모든 것을 뒤흔들어 버릴 정도로.

"조금 늦었다. 그 동안 잘 지냈느냐."

"예."

일각수에서 내려 땅 위에 발을 디디고 서자 미약한 어지러움이 밀려 들어왔다. 너무 오랫동안 진동을 느끼면서 온 탓이었다.

"자, 모두들 안으로 들어가도록 하지."

서희가 말을 꺼내자, 그제야 미르와 시라는 유하의 등뒤에 서 있던 두 명의 모습을 알아챘다. 한 명은 분명 지긋한 나이의 감시자로 보였고, 다른 한 명은… 뿔의 생김새가 달랐다. 그것보다 그에게서 은연중에 풍겨나오는 감각이 그녀들에게 불쾌감과 함께 그의 정체를 알려주었다.

"이자는……."

"아, 소개가 늦었군. 바사기라고 하지."

"유하님, 이자는 금의 일족이 아닙니까?"

시라의 어조에는 서희의 태평함을 나무라는 듯한 태도가 담겨 있었다.

'진짜 금방 눈치 채네.'

서희는 자신으로서는 아주 미미한 차이밖에 알 수 없었는데, 너무나도 쉽게 상대방의 정체를 알아내는 시라를 보고 놀랐다.

두 자매의 얼굴에 담긴 적의를 알아채고 바사기는 겸연쩍은 얼굴로 고개를 숙였다. 용기를 내서 따라왔다고는 하지만 두 일족 사이의 갭은 분명 말로는 풀어버릴 수 없을 만큼 깊었다.

"같은 사비이니만큼 일족을 떠나서 통하는 면도 많을 거라고 생각한다."

"어째서 금의 일족과 함께 오신 건가요?"

조금 전까지만 해도 다시 돌아온 유하를 반기던 분위기였는데 그것은 금세 사라져 버렸고, 지금은 금방이라도 깨져 버릴 듯한 살얼음 같은 긴장된 분위기가 퍼져 가고 있었다.

아무 말도 하지 않고 있었지만, 미르는 마치 금방이라도 물어뜯을 것처럼 살벌한 표정을 짓고 있었다. 그녀의 얼굴에는 결코 어울리지 않는 표정이었지만, 지금 만큼은 무척이나 살벌한 빛을 떠올리고 있는 그녀의 표정은 매서워 보였다. 그리고 서희의 뒤에 선 채 가만히 상황을 지켜보고 있던 여산은 왠지 모르게 흐뭇한 듯한 표정을 떠올리고 있었다. 서희가 보았다면 분명 한마디 던졌을 듯한 얼굴이었지만, 다행히 그는 서희의 뒤에 있었기 때문에 눈치 채이지 않을 수 있었다.

"우선 안으로 들어가도록 하자. 나를 계속 이곳에 세워둘 셈이냐?"

그제야 자매는 아차, 하는 표정이 되어 재빨리 몸을 움직였다. 미르는 일각수를 안쪽으로 끌고 들어가 풀을 뜯도록 놓아주었고, 시라는 여산에게도 인사를 건네면서 앞서서 길을 걸어나갔다. 하지만 '일부러'라고 할 정도로 바사기를 무시하는 행동은 여전했다. 평소에는 지나치게 어른스러운 분위기를 풍기고 있던 그녀만을 보아왔던 서회였기에 지금과 같은 시라의 행동은 무척이나 의외였다.

'이거… 좀 예상외의 일들이 많네.'

서회는 길을 걸으면서 가끔가다 뒤를 돌아보며 바사기가 잘 따라오고 있는지 확인했다.

"다른 점이 많겠지만, 금방 적응할 수 있을 테지."

흘리는 말처럼 일부러 말을 꺼내자, 예상했던 것처럼 금방 두 개의 반응으로 갈려졌다. 바사기는 은근히 기쁨을 드러냈고, 여산을 비롯해 미르 자매는 금방 얼굴을 찌푸렸다. 아무리 유하의 결정이라고는 해도 은의 일족들에게는 금의 일족에 대한 본능적인 거부감이 존재했다.

'같은 화려함이라도 이곳이 훨씬 더 포근한 건 왜일까.'

집 안으로 들어서자마자 은근히 밀려오는 온화한 포근함이 마치 잘 돌아왔노라고 인사하는 것처럼 서회의 온몸에 퍼져 갔다. 마음의 고향과 육체의 고향은 엄연히 다름에도 불구하고, 그런 차이를 뛰어넘어 익숙하게 느껴지는 것은 돌아가야 할 곳이라는 공통점이 있기 때문인지도 모른다.

'그래도 이런 장소가 있다는 건 다행스러운 일이야. 적어도 낯선 땅에서 편안히 숨을 내쉴 수 있는 단 하나뿐인 자리니까.'

"차를 준비하겠습니다."

응접실의 용도로 이용되는 병풍으로 둘러쳐진 아담한 방 안에 들어서자, 시라는 정중하게 말을 건네고는 문을 닫았다. 싸늘한 시선을 바사기 쪽으로 던지는 것을 잊지 않으며.

"자, 앉도록 하자."

서희는 먼저 고풍스러운 의자에 몸을 실었다. 그리고 나서 여산이 절제된 움직임을 보여주며 자리에 앉았다. 방에 있는 것이라고는 한 개의 탁자와 의자 네 개, 그리고 주위에 운치있게 늘어서 있는 산수화가 그려져 있는 병풍, 그리고 섬세한 난초가 그려져 있는 두어 개의 족자가 벽에 드리워져 있는 것이 전부였다. 하지만 그 몇 개의 장식만으로도 방 안의 분위기는 무척이나 달라 보였다.

"아, 저도."

사비라는 사실 때문인지, 그렇지 않으면 은의 일족들 사이에 던져져서 가시 방석에 앉은 듯한 기분 때문인지 바사기는 서희가 앉는 모습을 바라보다가 몸을 돌려 밖으로 빠져 나가려 했다.

"아, 그대도 이곳에 앉도록 해. 적어도 이곳에서 그대는 손님이니까."

"하지만……."

"괜찮으니 걱정 말고."

이러지도 저러지도 못하고 얼굴 가득 망설임의 빛을 띠고 있던 바사기는 결국 낮은 한숨을 내뱉으며 서희의 옆자리에 앉았다.

"감사합니다, 유하님."

"괜찮네. 금의 영토에서 그대 덕분에 많은 도움을 받았으니까."

"그것은… 당연한 일이었습니다."

무엇을 말해야 할지 제대로 알지 못한다는 듯한 표정으로 말을 꺼내는 바사기를 향해 서희는 고개를 저었다.

"아니야. 당연한 일이었다고는 해도, 나는 그대의 친절 덕분에 훨씬 수월하게 지낼 수 있었으니까."

서희가 극구 칭찬의 말을 거듭하자, 바사기는 어쩔 줄 몰라 했다. 그리고 아주 약간이긴 했지만 여산의 얼굴이 풀린 것 같기도 했다. 금의 영토에서 지내던 열흘 동안은 자신 역시 유하를 제대로 만날 수가 없었기에 유하가 편안하게 지낼 수 있도록 도움을 주었다면 약간의 호감이 생기는 것도 당연한 일일 것이다. 더군다나 평소에 다른 이에게 별다른 관심을 보이지 않던 유하가 이토록이나 많은 말을 걸고, 게다가 은의 영토에 오는 것까지 허락한 인물이었기에 그런지도 몰랐지만.

"이곳에 온 소감은 어떤가."

서희는 바사기를 물끄러미 바라보며 물었다.

"아, 유하님께 어울리는 곳이라는 느낌이 들었습니다. 무척 한적하고 고아한 곳이로군요."

'한적하고 고아하다. 그렇기는 하지. 지나치게 조용한 것이 흠이긴 하지만.'

"그렇게 느꼈다니 다행이로군."

서희는 잠시 여산의 등뒤로 보이는 병풍을 응시했다. 폭포에서 쏟아져 내리는 물줄기와 짙푸른 녹음으로 가득 찬 숲의 그림자. 풍경화라기보다는 예술 사진을 보는 듯한 느낌이었다.

"그대도 수고했네. 한두 번도 아니고 매번 수고를 하고 있으니……"

"아닙니다."

여산은 담담한 목소리로 답했다. 연륜을 가진 자로서의 무게 있는 태도로. 오늘따라 말을 많이 하는 것 같았지만, 윗사람으로서의 위엄(?)을 보여주기 위해서, 그리고 지금까지의 유하가 가지고 있던 접근하기 어려운 인상을 지우기 위해서라도 서희는 일부러 말을 하고 있었다.

여전히 나이 많은 아저씨에게 반말을 하는 것에는 마음속에서부터 꺼림칙한 기분이 들었지만, 어쩔 수 없었다.

"다향입니다."

연녹색의 찻물이 담긴 찻잔을 각자의 앞에 조심스럽게 놓으며 미르는 말했다. 평소의 그녀라면 약간의 귀염성이 담긴 어조로 말했겠지만, 지금은 예의로 가득 찬 목소리였다. 분명 이 안에 있는 누군가에 대한 불만 때문이겠지만.

"고맙다, 미르."

서희는 찻잔에서 풍겨나오는 은은한 녹차의 향을 음미하며 그녀에게 미소를 지어주었다. 한 달이 넘는 시간 동안 자신을 어렵게 대하는 사비들의 틈에서 지내왔기 때문인지, 거리낌없이 자신들의 생각을 말하는 미르와 시라가 너무나 친근한 느낌으로 다가왔다. 뾰루퉁한 얼굴이던 미르는 그 말을 듣자마자 언제 그랬냐는 듯 환하게 웃음 지었다.

'네 성격은 이제 다 꿰뚫어보고 있어.'

"오랜만에 돌아왔으니 맛있는 식사 부탁한다."

"네, 유하님. 기대하셔도 좋아요."

말 몇 마디에 금세 들떠버린 미르는 자신이 무엇 때문에 화를 내고 있었는지도 잊어버린 채 웃음 지었다. 다른 누구도 아닌 유하님이 자신의 음식을 기다리고 있다지 않은가.

저녁 식사가 끝나고 나자 유하는 휴식을 취하기 위해 자신의 방으로 돌아갔고, 여산 역시 자신에게 주어진 방으로 들어갔다. 하지만 바사기는 마음 편히 방에 앉아서 쉴 수만은 없었기에 익숙지 않은 건물 안을 돌아다니다가 겨우 목적지를 발견했다. 그곳은 사비들이 음식을 비롯하여 자신이 모시는 주인을 위해 무언가를 만들 때 재료를 준비하고 보관해 두는 곳이었다. 문 틈으로 새어 나오는 밝은 불빛을 조용히 바라보던 바사기는 이윽고 그 불빛이 퍼져 나오는 곳을 향해 발걸음을 돌렸다.

"저… 제가 도울 일은 없겠습니까?"

두 자매의 눈치를 보며 바사기는 조심스럽게 말을 꺼냈다. 하지만 돌아온 것은 싸늘하게 가라앉은 날카로운 시선뿐. 두 자매는 확연한 경멸감을 얼굴에 떠올린 채 일부러라고 말해도 이상하지 않을 정도로 바사기를 무시했다.

"언니, 이거 유하님께서 좋아하는 재료니까 앞으로 세 끼에 한 번은 꼭 넣어서 요리를 만들어야겠어."

"그래, 분명 기뻐하실 거야."

바보가 아닌 이상 그 역시 자신의 처지를 잘 알고 있었다. 두 일족간의 관계가 이렇게 된 지도 벌써 수백 년의 세월이 흘렀다. 아니, 그보다 더 오래되었을지도 모른다. 처음 순간 비전서를 얻고 평화를 추구하며 살아가느냐, 그렇지 않으면 비전서를 포기한 채 힘을 얻느냐의 선택에서 자신의 선조들은 힘을 선택했다. 있어도 그만, 없어도 그만인 기록에 지나지 않는 비전서를 택하기보다는, 눈에 보이는 확실하고 강인한 힘을 선조들은 원한 것이다. 그리고 지금에 이르러서도 그 선택에 후회는 없다고 대다수의 일족들은 생각하고 있다. 간혹 가다 자신과 같은 이단자들이 생겨나서 금의 일족도 은의 일족도 되지 못한 채 경계에서 맴돌 뿐, 그 오래된 시작의 때와 맞물려 지금 두 일족의 관계는 서로의 존재를 용납

하지 못하는 단계에까지 이르렀다. 어느쪽이 옳은지는 알 수 없지만 각자의 선택, 그리고 각자의 사고를 기준으로 서로를 판단하는 이상 반목하는 관계에서 벗어날 수는 없을 것이다.

"저… 아무 일이라도 좋으니 하도록 해주십시오. 어떻게 여기시든 간에 저는 유하님의 사비가 되기 위해 일족의 땅에서 떠나왔습니다."

고개를 숙이는 한이 있더라도 이곳에서 자신의 존재를 납득할 수 있는 위치까지는 올려놓고 싶다는 것이 바사기의 바램이었다. 비굴할 정도로 간절한 자신의 생각을 담아 말을 건네자, 그제야 자매의 시선이 그에게로 돌아왔다. 여전히 두 눈에 담긴 차가운 빛은 사라지지 않은 채였지만, 바사기는 그 정도라도 만족했다.

"유하님의 신분이 청의 사제라는 것은 당연히 알고 있겠지요. 그렇다면 그분을 모시기 위해서 얼마나 많은 노력을 해야 하는지도 알고 있는 건가요? 저희들은 40년 동안 유하님을 모셔왔고, 그이전에 유하님으로부터 선택받아 사비가 된 것입니다. 아무리 당신이 일족의 곁을 떠날 결심까지 이곳으로 왔다고 하지만, 그리고 유하님의 허락을 얻었다고는 하지만, 그것을 가지고 당신을 인정하고 받아들일 수는 없습니다."

시라는 더 이상의 말은 듣고 싶지 않다는 듯이 딱 부러지게 이야기했다. 하지만 바사기도 그런 이유만을 가지고 물러설 생각은 조금도 하고 있지 않았다. 확고한 결심을 하고 있기 때문인지는 모르지만, 지금 바사기는 금의 일족의 땅에서 그가 보여주었던 멍함이 담긴 표정은 완전히 지워버린 채 다시 두 자매를 응시하고 있었다.

"단순히 제가 금의 일족이라는 이유 때문입니까?"

"물론이죠."

당연한 것을 왜 묻느냐는 듯이 미르가 톡하고 쏘아붙였다. 그러자 시라가 가만히 한 손을 들어서 그녀의 행동을 제지했다.

"그런 이유를 떠나서라도 유하님의 안전을 위해서입니다. 분명 유하님은 뛰어난 힘을 가진 사제이시지만, 그렇다고 해서 완벽하게 안전한 상태는 아닙니다. 게다가 지난 세월 동안 유하님의 곁에 있을 수 있었던 것은 우리들뿐이었는데, 이제 와서 그것을 바꾸실 거라고는 생각할 수 없으니까요. 유하님의 성격은 우리가 가장 잘 알고 있습니다."

"하지만……."

"지금은 당신을 우리의 손님이라고 생각하겠어요. 더 이상은 어떤 말도 하지 말아주세요."

차갑게 말을 내뱉고 나서 시라는 고개를 돌려버렸다.

자신에 비해 확실히 어린 나이임에도 불구하고 그녀들은 단 한마디도 지지 않았다. 동생 쪽은 그저 다분히 감정적인 태도만을 보이고 있었지만, 언니 쪽은 바사기에게 반박할 수 없을 만한 이유를 들어가며 구석으로 몰고 갔다.

바사기는 더 이상 자신에게 아무런 반박의 말조차 하려 하지 않는 자매의 얼굴을 훑어보며 고개를 숙였다. 금의 일족에도 마찬가지로 존재하는 사비임에도 불구하고 그녀들은 당당했다. 사제인 유하를 모시고 있다는 사실 때문일까, 그렇지 않으면 금의 일족들처럼 힘으로 모든 것이 결정되는 곳이 아니기 때문일까. 온몸에서 힘이 다 빠져 나가 버린 듯한 느낌이 들었다.

은의 일족의 땅으로 와서 그들 속에 녹아드는 것이 수월하게 이루어질 것이라는 생각은 하지 않았지만, 이들이 가진 적대감은 자신이 평소에 상상하고 있던 것을 가볍게 초월하고 있었다. 하지만 그렇다고 해서 포기할 수는 없다. 여기서 물러서 버린다면 자신이 갈 곳은 없어져 버린다. 그리고 애써 이곳에 발을 들여놓게 되었는데, 아무것도 이루지 못한 채 끝낼 수는 없었다.

"그럼, 쉬십시오."

같은 사비의 입장임에도 불구하고, 그리고 자신보다 나이가 어린 자들을 대하고 있음에도 불구하고 바사기는 처음부터 끝까지 예의 바르게 행동했다. 처음 들어섰을 때와 마찬가지로 바사기는 조심스럽게 문을 닫았다. 그리고 그의 모습이 시야에서 완전히 사라지자 두 자매는 얼굴에 떠올리고 있던 차가운 표정을 말끔하게 지워버렸다. 겉으로는 아무렇지 않은 척하고 있었지만, 금의 일족의 힘이 어떤 것인지 알고 있었기에 두려운 마음이 없다고 하면 그것은 거짓말이었다.

"그래도 언니, 금의 일족치고는 조금 괜찮네. 다들 괴물인 줄 알았는데……."

"아직은 모르는 거야. 무언가를 감추고 있을지도 모르니까. 무슨 생각으로 은의 영토에 왔는지는 아무도 모르니까."

"그건 그래."

미르는 고개를 끄덕이며 조금 전부터 다듬고 있던 황갈색의 굵은 뿌리 열매 줄기를 내려놓았다.

"그런데 언니, 유하님은 무슨 생각으로 금의 일족을 이곳으로 데려오신 걸까. 조금은 의외야. 한편으로는 유하님답다는 생각이 들기도 하지만."

"글쎄, 유하님의 생각을 이해하려면 우린 아직 멀었으니까."

자매의 두런거리는 말소리는 계속해서 이어지고 있었다.

'아, 내 방이구나…….'

서희는 두터운 이불이 깔린 침상에 몸을 눕히며 깊게 숨을 들이마셨다. 시류의 궁에 마련되어 있던 자신의 방 역시 지내기는 편했지만, 역시 이곳은 우선 마음을 놓을 수 있는 장소라는 점이 달랐다. 그리고 무엇보다 문 앞에서 항상 대기하고 있는 사비들이 없다는 사실 하나만으로도 서희는 날아갈 듯한 해방감을 느꼈다. 침상 너머로 수없이 많은 책들이 빼곡이 들어찬 책장이 보였다. 아직 채 절반도 읽지 못한 책들.

그러고 보니 이곳에 있는 책들과 시류의 궁 안에 있는 유하의 방에 있던 책들은 종류가 달랐다. 이곳의 책들이 딱딱하고 보다 깊은 지식을 전달해 주기 위해 쓰여진 책들이라면, 그곳의 책들은 흥미 위주로 쓰여진 소설들이었다. 하지만 분명 그곳의 책들도 유하가 즐겨보던 것이라고 했었다.

'유하도 딱딱한 책들보다는 재미있는 내용의 책들이 좋았던 걸까?'

별 필요 없는 짐작이었지만, 서희는 다른 이들에게 하늘 위의 구름처럼 여겨지는 존재인 유하에게도 다른 이들과 마찬가지로 여러 가지를 즐기고 싶어하는 면이 있었는지도 모른다는 생각에 기분이 묘해졌다.

자신이 만약 이곳에서 사제인 유하로 태어났더라면, 과연 자신에게 처음부터 주어져 있던 이 상황을 견뎌낼 수 있었을까. 생의 대부분을 자신의 시간이 아닌 타인들을 위한 시간으로 채워나가야 한다는 사실이 커다란 무게로 자신을 덮쳐 왔을 때 과연 어떤 느낌이었을까. 그런데도 유하는 자신의 존재가 사라지고 나면 남아 있는 이들에게 영향이 끼칠 것을 염려하여 아무것도 모르는 자신에게 사제 유하의 몸을 주고 사라져 버린 것이다. 사람이란 겉으로는 아무리 남을 위한다고 말해도 결국에는 자신만을 위한다. 그것이 진실이고 당연한 것인데, 유하는 달랐다.

자신의 진심을 결코 드러내지 않으며 최고의 사제라는 찬사를 듣고 있던 유하는 분명 어느 누가 보아도 절로 탄성이 우러나올 만큼 멋진 사제였을 것이다. 외모뿐만이 아니라 모든 점에서. 하지만 껍데기는 같아도 자신은 그처럼 빛나는 유하처럼 될 수는 없다. 그리고 은의 일족들이 만들어낸 제도를 받아들일 수는 있었지만 이해할 수는 없었다.

'내 나름대로는 꽤 잘한 거라고 생각하지만…….'

거짓말처럼 자신에게 주어진 여러 상황들을 넘겨왔다는 사실을 떠올리자, 서희는 자신이 지금 마치 한 편의 영화를 보고 난 후가 아닐까, 라는 생각이 들었다. 처음 열에 들뜬 몸으로 이곳의 이 자리에서 눈을 떴을 때와 많은 것을 겪고 다시 되돌아온 이 자리는 너무나도 달랐다. 마치 두 번째의 인생을 살아가면서 그 이전의 삶 모두를 기억하고 있는 것처럼.

'나도 조금쯤은 청의 사제 유하다운 기품을 갖게 되었는지도 모르지. 그보다는 익숙해졌다고 하는 편이 옳겠지만.'

벌써 두 달에 가까운 시간이 지나 있었다. 자신이 이곳에 처음 발을 들여놓았을 때가 초가을이었으니, 이제는 겨울의 문턱에 들어섰다고 보아야 할 것이다. 겨울이라기엔 아직 추워지지도, 그렇다고 나무들의 빛깔이 달라지지도 않았지만, 시간이 흘러감과 동시에 계절도 변화하고 있었다. 내일부터는 약간의 여유를 가지고 생활할 수 있을 것이다. 자신이 사제라는 사실은 변하지 않겠지만,

적어도 무언가를 바라는 자는 없을 테니.

서희는 오랜만에 맛보는 평화로운 기분에 몸을 맡긴 채 서서히 무게감을 더해가는 눈꺼풀을 천천히 아래로 내렸다. 차갑게 식어 있던 이불에 온기가 퍼져 가는 것처럼, 그렇게 온몸으로 나른함이 번져 갔다.

제14장

그림자

　아침부터 쌀쌀맞은 표정을 떠올린 자매의 얼굴과 안절부절못하는 바사기를 보면서 자신이 어떤 말을 어떻게 꺼내야 그들 모두가 만족할 만한 대답이 될 수 있을지 서희는 심각하게 고민하고 있었다.

　'내 신분이 신분이니만큼 금의 일족을 옹호하는 말을 할 수도 없고, 그렇다고 기껏 받아들여 놓고 쫓아버릴 수도 없으니…….'

　탁자 위에 음식을 올려놓고 있는 미르만 해도 보통 때라면 묻지도 않은 말을 혼자서 해대며 웃음 짓고 있었을 테지만, 솔직한 그녀의 성격대로 얼굴 한가득 불만스러움을 떠올린 채 조용히 그릇들을 올려놓고 있었다. 음식의 향기는 무척이나 먹음직스럽게 코를 찔러왔지만, 이런 분위기 속에서는 먹어도 소화가 되지 않을 것 같았다.

　"맛있게 드십시오."

마치 식당에서 종업원들이 하는 멘트를 내뱉듯이 말을 꺼내고는 옆에서 차를 준비하고 있던 시라와 미르는 식당을 빠져 나가려고 했다. 옆에서 무언가를 도우려는 듯이 머뭇거리고 있던 바사기는 더욱 곤란한 얼굴이 되어버렸다.

'내가 구해줘야 하는 건가.'

"잠시만… 할말이 있다."

미라와 시르는 동시에 발걸음을 멈추고 고개를 돌렸다.

"자, 모두 자리에 앉도록 해라. 오랜만에 함께 식사를 하는 것도 좋겠지."

"하지만……."

미르는 망설임을 가득 담은 눈으로 서희를 한번 보고 시라를 한번 돌아보기를 몇 번이나 반복했다. 아무리 유하님이 그렇게 말했다고 해도 한자리에 앉는다는 것은 너무나도 부담스러운 일인 것이다.

"그럼."

시라는 서희가 괜한 말을 꺼낸 것은 아니라고 여겼는지 아무 말 없이 동생을 재촉해서 자리에 앉게 만들었다.

"바사기, 그대도 앉도록."

"아… 네."

힐끔거리는 미르의 눈초리를 받으며 바사기도 조용히 자리에 앉았다. 그런 모습을 보면서 서희는 사비들이 가진 투철한 직업 정신에 다시 한 번 경의를 표했다.

"자, 어떤 말부터 시작하는 것이 좋을까."

자신에게로 향해 있는 세 쌍의 시선을 느끼며 서희는 말문을 열었다. 마치 회의를 진행하는 진행자가 된 기분. 지금의 이 몇 마디로 두 일족간에 존재하는 깊은 적대감이 사라질 리는 없겠지만, 적어도 자신이 할 수 있을 만큼의 노력은 해야 한다고 생각했다. 아직 자신이 살아온 시간이나 경험이 그들에게 먹힐 만큼 충분하다고는 할 수 없었지만, 적어도 둘 사이에 존재하지 않았던 제삼자의 입장에서 이야기하는 것이니만큼 어느 한쪽에 치우치지 않을 수 있었기에 오히려 편할 수도 있는 일이었다.

"금의 일족과 은의 일족은 지금까지 확실히 서로 넘을 수 없는 벽을 쌓아왔지. 같은 외모를 가졌다는 것을 제외하면 행동이나 사고 방식이 모두 판이하게 다르다. 하지만 그것은 전체를 봤을 때 내려질 수 있는 결론이고, 그 개개인을 살펴보면 세세한 차이를 확인할 수 있다."

자매와 바사기는 주의 깊은 표정을 한 채 서희의 말에 집중하고 있었다. 그런 그들의 진지한 표정을 보자 서희는 가슴속에서 약간의 부담감이 피어오르는 것을 느낄 수 있었다.

'이거이거, 갑자기 이렇게 진지한 눈으로 바라보면 부담이 되서 버벅거릴 텐데……'

하지만 그렇다고 해서 꺼낸 말을 삼켜버리고 없었던 일로 할 수도 없는 일이었다.

"두 일족간의 벽을 한번에 지울 수는 없지만, 적어도 같은 일족을 대하는 눈으로 바라본다면 이해는 할 수 있지 않을까? 내가 말하고 싶은 것은 그것이다. 바사기는 분명 금의 일족이다. 하지만 그곳을 떠나온 이상, 그를 볼 때 적어도 다른 금의 일족과 똑같은 판단을 내려서는 안 되겠지."

그렇게 말하고 나서 서희는 미르와 시라의 얼굴을 바라보았다. 그녀들의 표정이 혹시라도 달라지지 않았을까, 라는 바램에서였다. 하지만 미르는 무언가 깊이 생각하는 듯한 얼굴이었고, 시라는 처음과 같은 표정을 떠올리고 있었다.

'뭐야, 효력이 전혀 없는 건가.'

"유하님, 제가 한 말씀드려도 되겠습니까?"

"그래, 좋도록 해라."

서희가 허락하자 시라는 살짝 숙이고 있던 고개를 들어올리고는 말을 꺼냈다.

"유하님의 말씀대로 저자가 금의 일족이라는 것을 떠나서 단지 유하님을 흠모하기 때문에 이곳에 왔을 수도 있습니다. 하지만 그것은 알 수 없는 일입니다. 그리고 만약 유하님께서 금의 일족이 아닌 저희 일족을 데려오셨다고 해도 저희는 쉽게 받아들이지 않았을 것입니다. 다른 점이라면 몰라도 저희는 지금까지 오랫동안 유하님을 모셔온 유일한 사비들입니다. 적어도 유하님의 곁에 있어온 만큼 이런 정도의 말은 해도 좋다고 생각합니다."

시라의 말을 잘 정리해 보면 금의 일족이라서가 아니라 자신들 이외의 사비는 더 이상 받아들일 수 없다는 뜻이 된다. 침착하게 말을 이어가는 시라가 어떤 생각으로 그런 말을 했는지 이해할 수 없는 것도 아니었다. 적어도 자신이 모르는 유하를 그녀들은 오랫동안 봐왔고, 또 사비라는 자신들의 자리처럼 최선을 다해 모셔왔을 것이 분명하기 때문이었다. 만약 자신이었다고 해도 지금까지 길을 잘 닦아놓았는데 누군가가 갑자기 그 사이에 끼여든다면 충분히 화를 냈을 것이다.

자신이 생각하지 않고 너무 제멋대로 일을 벌인 것은 아닐까 하는 생각이 들자, 괜히 그녀들에게 미안해졌다. 항상 조용히 여러 가지로 편의를 봐주고 있는 그녀들에게 무언가를 제대로 해주지는 못할망정 걱정만 끼치다니. 겉모습은 아니라도 실제로 따져 보면 그녀들이 자신보다 훨씬 언니들이 아닌가.

'후… 이것도 쉬운 일은 아니구나.'

"유하님께서 이자를 받아들이신 것에는 다 이유가 있을 것이라 생각하고 있습니다. 하지만 그 이유만으로 이자를 받아들이기에는 위험이 따릅니다. 언제 돌변하여 위협적인 존재가 될지는 알 수 없습니다. 지금까지 금의 일족은 저희 은의 일족에게 믿을 만한 행동을 단 한 번도 보여준 적이 없습니다."

서희는 작게 고개를 끄덕였다.

서희 자신도 직접 겪었던 일이 아닌가. 시류의 궁에 있을 때 갑작스럽게 공격해 온 그들 때문에 몇몇이 죽고 많은 이들이 부상을 당했었다. 그리고 그 속에는 자신이 호감을 가지고 있던 유원도 끼여 있었다. 하지만 대다수의 금의 일족들이 그러할지라도 금의 영토에서 바사기가 보여주었던 행동과 꾸밈없는 말투는 서희에게 충분히 금의 일족에 대한 인식을 바꾸게 만들었다. 그렇다고 모든 금의 일족들이, 그 노하를 포함해서 다 마음에 든다고는 할 수 없지만.

"일부분을 가지고 전체를 판단할 수는 없는 일이다."

'맞아. 그건 성급한 일반화의 오류였어. 확실히……'

시라는 갑작스런 유하의 태도 변화에 당혹해하고 있었다. 딱 부러지게 그렇다, 라고 말하는 것은 아니지만, 유하님이 저 금의 일족을 옹호하는 말을 내뱉다니. 그것은 단순한 놀라움이 아닌 충격이었다. 사비인 자신은 유하의 안전을 염려해서 그런 말을 한 것인데, 유하는 그런 자신의 말을 이해하면서도 찬성의 뜻을 보여주지 않고 있는 것이다. 그리고 그런 그녀의 얼굴에는 지금 자신이 느끼고 있는 감정이 미약하기는 하지만 조금씩 배어나오고 있었다.

"유하님, 유하님은 다른 어떤 이와도 다른 사제이십니다. 비록 유하님께서 이자를 받아들이신다고 해도 다른 이들이 이 사실을 인정하겠습니까? 유하님이 한적한 이곳에 거처를 만들고 살아가는 것을 말리는 자는 없었지만, 이것을 인정할 자는 어느 누구도 없을 것입니다. 시류님만 하셔도 절대 허락하지 않으실 겁니다."

시라는 가슴속에서 피어오르고 있는 희미한 감정을 억누르며 다시 말을 이었다.

"유하님의 곁에 금의 일족이 머문다는 사실 자체를 전 용납할 수가 없어요."

미르가 날카로운 목소리로 소리를 높여 외쳐댔다. 그녀답게 솔직하고 직선적인 어조였다.

'단순한 독점욕이라면 사양이야.'

서희는 미미하게 고개를 젓고 있었다. 어떤 식으로 해결해야 이 사태를 무마시킬 수 있을까. 괜히 이야기를 꺼내서 일을 벌인 것은 아닌지. 서희는 조금씩 후회의 감정이 밀려오는 것을 느꼈다.

그때였다.

"저도 한 말씀드릴 수 있을까요?"

지금까지 조용히 자리에 앉아서 다른 이들의 대화를 듣고만 있던 바사기가 갑자기 자리에서 몸을 일으켰다. 그런 그의 행동에 놀라서 모두의 시선이 집중되자, 그는 단호한 어조로 말을 내뱉었다.

"어떻게 하면 저를 믿어주시겠습니까. 제가 금의 일족이라는 사실 때문에 저를 신용할 수 없으시다면, 제가 가진 힘 때문에 거부감이 느껴진다면, 이 뿔이라도 잘라보이겠습니다."

어딘지 멍한 기색을 습관처럼 내보이고 있던 바사기가 한 말이라고는 꿈에도 생각할 수 없을 만한 어조이고 표정이었다. 서희는 딱딱하게 굳어진 그의 얼굴을 보면서 엄청난 당혹감을 느꼈다.

'역시 얌전한 사람이 제일 무섭다더니, 장난이 아니네, 이거.'

그리고 그런 바사기의 태도에 놀란 것은 서희만이 아닌 것 같았다. 계속 자신의 입장을 고수해 오고 있던 시라와 잠자코 사태를 지켜보고 있던 미르까지 놀란 얼굴이 되었다. 하지만 그것은 당연한 반응인지도 몰랐다. 다른 것도 아니고 도깨비들의 상징이자 힘을 사용하는 매개체가 되어주는 뿔을 잘라버리겠다는 말을 하다니. 그것은 보통 사람이 손을 자르겠다는 말을 하는 것과 같은 뜻이 아닌가.

"진심으로 하는 말인가?"

나지막한 목소리로 서희가 묻자, 바사기는 고개를 끄덕이며 답했다.

"유하님의 앞에서 거짓을 말할 생각은 없습니다."

바사기의 태도가 너무나도 진지했기 때문에 서희는 목구멍에서 막 빠져 나오려던 말이 저절로 삼켜지는 감각을 체험할 수 있었다. 다시 한 번 심호흡을 하고 나서 서희는 입을 열었다. 목구멍까지 치밀어 올랐던 말을 다시 끄집어내는 것은 생각만큼 쉽지 않았다.

"다시 자리에 앉도록 해. 아직 내 말은 끝나지 않았어."

하지만 바사기는 조용히 시선을 돌려 서희를 바라보았을 뿐, 대답을 하지도, 그렇다고 자리에 앉지도 않았다.

'뭐야, 대체 왜 그러는 거야. 갑자기 인상이나 구기고.'

"나는 그대를 신뢰하지 않는다고 말한 적이 없다."

서희는 다시 한 번 말했다. 유하가 가지고 있는 특유의 냉정하면서도 깊이 있는 음색으로. 하지만 뒤를 따르는 것은 차갑게 가라앉은 침묵뿐.

'불안해.'

금방이라도 무슨 일인가가 일어날 듯한 기분. 역시 얌전한 사람의 무서움은 흥분하거나 광분해서 이성을 잃었을 때 가장 크게 발휘되는 것 같았다. 평소에 그가 보여주었던 천진난만하다 못해 약간 덜떨어진 듯한 느낌을 주던 친숙함은 어디론가 사라지고, 지금의 그는 금의 일족의 수인 노하보다도 더 삭막한 느낌으로 변해가고 있었다.

"바사기!"

서희는 다시 목소리를 크게 해서 그의 이름을 불렀다. 하지만 여전히 대답은 돌아오지 않았다. 바사기로 인해 생겨난 갑작스러운 침묵은 불길함을 품고 점점 깊어져만 갔다. 그리고 일은 순식간에 일어났다. 다른 이들의 사고를 마비시킬 정도로 파격적인 말을 내뱉으며 몸을 일으키고 있던 바사기는 결연한 얼굴을 한 채 눈을 감았다. 그리고 얼마 지나지 않아 그의 머리 위에 자리하고 있던 한 쌍의 뿔에서 찬란한 황금빛이 뿜어져 나오기 시작했다. 언젠가 꿈에서 서희가 보았던 그 황금빛과는 느낌 자체가 달랐지만, 바사기의 뿔에서 내뿜어지고 있는 황금빛 역시 충분한 위압감을 전하고 있었다. 단 한 순간의 느낌이었지만, 금의 일족의 힘이란 건 정말 차원이 달랐다.

'뭐야, 이거?!'

문이 열린 곳은 단 한 곳도 없음에도 불구하고 식당 안에는 거센 바람이 휘몰아치기 시작했다. 그것을 보고 안색이 하얗게 변해버린 미르와 시라는 점점 몸을 움츠리며 한쪽 구석으로 몸을 움직였다. 그러나 서희는 몸이 굳어버린 건지, 그렇지 않으면 이 정도의 힘은 충분히 견딜 수 있는지는 모르지만, 처음 같은 자리를 그대로 지키고 있었다. 서희 자신은 지금 바사기가 보이고 있는 행동 때문에 당황스러워서 깨닫지 못하고 있었지만.

쌔액—

일개 사비의 힘이라고는 생각할 수 없을 정도로 강한 바람의 힘이 칼날 같은 소리를 내며 바사기의 주위로 모여들고 있었다. 하지만 이상하게도 찢어질 듯이 팽팽하게 방 안에 가득 들어찬 바람의 기운은 그 안에 있던 어떤 사물도 건드리지 않고 오직 바사기의 주위에서만 맹렬하게 소용돌이치고 있었다. 서희와 두 자매에게는 머리카락이 휘날릴 정도의 여파만이 밀려올 뿐이었다.

그것은 무척이나 이상하게 보이는 광경이었지만, 안에 있던 어느 누구도 눈앞에 펼쳐진 상황에 놀라고 있었기 때문인지 정확하게 지금의 상황을 판단하지 못했다.

'제발, 진정해. 진정하라구!'

서희는 속으로 간절히 빌면서 다음에 일어날 사태에 조금이라도 빨리 대처하기 위해 주의를 집중했다.

일순 무겁게 윙윙거리는 소리를 내고 있던 바람에서 소리가 사라졌다. 의아함을 품은 서희가 그것을 멍하니 바라보던 순간, 귀를 찢을 정도로 높고 날카로운 소리가 울려퍼지며 붉은색이 눈앞에 떠돌았다. 그리고 그 붉은색의 방울진 핏물이 떨어져 내리는 광경은 마치 슬로우 모션처럼 천천히 서희의 눈 안에 퍼져 나갔다.

"……!!"

또다시 쌔액— 하는 소리가 울려퍼지며 바사기의 팔에서 피가 흘러내렸다. 단 한 번 날카로운 소리와 함께 눈에 보이지 않는 무언가가 스쳤을 뿐인데도 후두둑거리며 보기에도 질릴 정도로 많은 양의 피가 흘러내리고 있었다. 처음에는 한 방울, 두 방울씩 방울져서 떨어져 내리던 그것이, 이제는 멈출 기미조차 보이지 않은 채 붉고 진한 혈향을 풍기며 바닥을 물들여 갔다. 바람 소리는 점점 더 높아졌고, 바사기의 몸은 점점 붉게 물들어갔다. 그리고 가장 심하게 요동치던 그의 머리카락 위에서 새하얗고 단단하며 극도로 예민한 신경의 집합체인 뿔 하나가 바닥으로 떨어져 내렸다. 격심한 바람 소리 때문에 아무것도 들리지 않아야 했지만 서희는 뿔이 바닥에 떨어져 내리는 소리가 천둥 소리보다 더 크게 들려왔다. 그 순간 심장이 통제를 벗어나 격하게 뛰어올랐다.

"그만!"

서희는 히스테릭하게 소리쳤다. 꽤 시간이 흘러서 이제는 잊었다고 생각했었는데, 처음 이곳에 왔을 때 감시자들에게 처참하게 당했던 그때의 기억이 바로 현재 그 일을 당하고 있는 것처럼 생생하게 떠올랐다. 피가 튀고 살이 찢기는 감각. 자신의 몸이 살아 숨쉬는 인간이 아닌, 그저 단순한 살덩어리로 취급되어 분해되는 끔찍한 감각이 전신의 감각을 일깨웠다.

분명 머리로는 눈앞에서 피를 흘리고 있는 것이 자신이 아닌 다른 존재라는 것을 인식하고 있었지만 몸은 그것을 거부했다. 바로 자신의 몸에 그런 상처가 생겨난 것처럼 과거의 통증이 되살아났다. 뜨겁고 뜨거운 열기와 온몸이 분해되는 듯한 끔찍한 통증.

마치 경련이 이는 것처럼 손발이 떨려왔다. 한쪽 구석에서 떨리는 몸을 추스르며 사태를 주시하고 있던 자매들의 얼굴은 바사기의 몸에서 떨어져 내리는 피와 방금 전에 바닥으로 떨어진 한 개의 뿔 때문에 거의 사색이 될 정도로 질려 있었다. 가장 중요하게 생각되는 뿔이 잘린 광경을 눈앞에서 직접 보게 된 충격은 막연한 짐작과는 비교도 할 수 없을 만큼 컸다. 중죄인들에게 뿔을 자르는 형벌을 내린다는 사실은 들어서 알고 있었지만, 그것을 직접 본 적도, 뿔이 잘린 일족을 본 일도 없는 두 자매에게 지금의 광경은 너무나도 충격적인 것이었다. 자신의 뿔이 잘린 것도 아닌데 온몸에서 소름이 돋아났다. 그리고 격한 공포감이 엄습했다. 뿔이 없으면 일족으로서의 존재감 자체를 상실하게 된다. 그때부터는 더 이상 은의 일족도 금의 일족도, 아무것도 아니었다. 살아 있다는 의미 자체가 사라져 버리기 때문에.

"언니……."

거의 들리지 않을 정도로 미약한 떨림으로 가득 찬 목소리로 미르는 언니를 불렀다. 하지만 애써 의연한 척하고 있을 뿐인 시라의 얼굴 역시 미르와 마찬가지로 파랗게 질려 있었다. 하지만 그녀는 언니답게 손을 내뻗어 사시나무 떨듯이 떨리고 있는 미르의 손을 꼭 쥐었다.

"괜찮아. 유하님이 있잖아."

떨림을 애써 감추며 시라는 말했다. 그녀들이 있는 곳에서는 유하의 뒷모습과 미친 듯이 바람을 부리고 있는 바사기의 정면밖에는 보이지 않았지만, 시라는 유하의 힘을 믿었다. 멈출 것 같지 않은 바사기의 행동을 정면에서 바라보며 불안감은 점점 커져 갔지만, 그와 반대로 자신들의 앞에 절대적인 신뢰감을 받을 수 있는 유일한 존재인 유하가 있었기에 그 두려움도 반감되고 있었다.

두 자매는 잡고 있던 손에 힘을 가했다.

몸 속의 어딘가에서 자신을 지탱해 주고 있던 이성의 실이 끊어져 버린 듯한 느낌. 지금 이 순간만큼은 눈앞에서 피를 흘리며 계속 날카로운 바람의 칼날로 자신의 몸을 가차없이 베어가고 있는 바사기의 존재도, 한쪽 구석에 몸을 웅크린 채 초식 동물이 육식 동물의 날카로운 이빨을 피해 숨어 있는 것처럼 숨을 죽이고 있는 두 자매도 떠오르지 않았다.

오직 머리 속에 가득 차 오른 것은 코를 타고 들어오는 비릿한 혈향을 없애버려야겠다는 생각, 그리고 귀에 거슬리는 바람 소리를 지워버리고 싶다는 생각뿐이었다. 그리고 온몸이 미약한 열기에 감싸인 채 달아올랐다. 온몸에 퍼져 있는 피부 세포 하나하나에서 무언가가 변화를 일으키고 있는 것 같았다. 온몸을 감싸고 있는 미약한 열기와는 반대로 금방이라도 폭발할 것처럼 끓어오르던 머리 속의 열기는 점점 사그라들었다. 그리고 대신 그 자리를 차지한 것은 냉철한 본능이었다.

그 순간 머리 위에서 은색의 빛이 퍼져 나오기 시작했다. 언젠가 자신의 시야가 아닌 타인의 시야로 응시했던 그것. 은은하게 퍼져 가는 달빛과도 같은 포근함. 전신에 퍼지는 희미한 안도감과 함께 저절로 몸이 움직였다. 그리고 천천히 바사기가 일으키고 있는 바람의 영향권 내로 걸어 들어갔다. 무엇이 어떻게 되리라는 생각은 애초부터 하고 있지 않았다. 단지, 눈앞에서 벌어지고 있는 모든 것을 원상태로 되돌려야 한다는 가슴 밑바닥에 깔린 바램이 은색의 빛을 통해 구체화되어 가는 것이었다.

폭발하듯 격렬하게 움직이던 금색의 빛과 온화한 은색의 빛이 서서히 맞물려갔다. 그리고 거짓말처럼 격한 소리와 함께 몰아치던 바람이 조금씩 사그라들었다. 그와 동시에 바사기의 얼굴을 가득 채우고 있던 고집스러운 표정도 조금씩 엷어지고 있었다. 하지만 서희는 자신이 그런 행동을 하고 있음에도 불구하고 그것을 확실하게 인식하지 못하고 있었다. 어딘가 먼 곳에서 그것을 바라보며 단지 방관자의 입장에서 지켜만 보고 있는 듯한 나른함이 기분 좋게 전신을 감싸안고 있을 뿐, 지금 자신이 바라보고 있는 것이 현실인지 꿈인지 구분조차 할 수 없었다.

마음속에서 울리는 단 하나의 바램대로 눈앞에서 현란하게 흩뿌려지고 있던 비릿한 향을 풍기는 붉은색의 물방울은 점점 사라져 갔다. 그렇지만 거세게 진동하고 있는 울림은 작아질 기미를 보이지 않았다. 마치 멀리서 북이 둥둥거리는 소리를 내며 울리는 것처럼 규칙적인 타악기의 진동은 끊이지 않고 이어졌다.

'무슨 소리지?'

아련하지만 생소하지 않은 울림을 담은 그 소리에 서희는 마음속에서부터 피어오르는 의문을 억누를 수가 없었다. 하지만 그 소리는 결코 듣기 싫은 소리가 아니었다. 그것은 오히려 아련한 그리움이 피어오르게 만드는 소리였다.

'……!!'

그리고 주의 깊게 귀를 기울여 진동의 정체를 파악해 내려고 하던 서희는 날카로운 초음파에 뇌를 파괴당하고 있는 듯한 격렬한 통증을 느꼈다. 무언가 조금씩 금이 가며 부서져 내리는 듯한 느낌. 육체의 고통과는 비교할 수 없었지만, 그 정신에 직접 미치는 날카로운 공격은 스스로의 힘으로 뇌를 꺼내서 던져 버리고 싶다는 충동을 느끼게 만들었다.

서희는 그 고통을 견디지 못하고 소리를 질러댔다. 하지만 그것은 생각일 뿐이었다. 목이 터져라 소리를 질러댔음에도 불구하고 아무런 소리도, 심지어 행동의 변화조차 마음대로 이루어지지 않았다. 마치 맨 처음의 상황으로 되돌아온 것처럼. 처음 이곳에 발을 들여놓고 유하와 몸을 바꾼 이후, 생소하고 낯선 느낌으로 세상을 바라볼 여유도 갖기 전, 온몸에 피어오른 고열과 함께 뜻대로 몸을 움직이지 못하게 되었던 그때처럼 몸은 의지를 배반했다. 화석처럼 점점 굳어지는 듯한 느낌이 온몸에 퍼져 갔다. 이제 자신의 의지로는 어떤 것도 바꿀 수 없었다.

둥둥둥!

하지만 모든 것이 정지해 가는 속에서도 먼 곳에서부터 들려오는 듯한 진동은 멈추지 않았다. 서희는 본능적으로 그 진동에 온몸의 신경을 집중시켰다. 자신을 갈기갈기 찢어버릴 듯이 거세게 머리 속을 헤집는 통증도 잊고 모든 것을 지워버린 채, 오직 그 원시적인 울림에만 매달렸다. 그리고 모든 고통이 일시에 사라졌다. 그 뒤를 따라 밀려 들어온 어둠이 지금만큼 반갑게 느껴진 적은 단 한 번도 없을 정도였다. 서희는 모든 것을 내던진 채, 그 고요하고 안정적인 어둠 속에 자신을 내맡겼다.

귓가에서 어떤 소리가 윙윙거리며 울리고 있는 것 같았지만 지금은 그 소리가 무엇인지 알아챌 여력이 없었다. 그저 온몸을 감싸오는 편안한 어둠 속에 녹아들고 싶다는 생각뿐.

"유하님!"
"유하님!"

미르와 시라는 동시에 유하의 이름을 부르며 달려나갔다. 순식간에 거짓말처럼 힘을 발휘하여 바사기의 힘을 잠재우고, 그의 온몸에 나 있던 상처를 치료해 주고 나서 유하는 천천히 무너지듯 주저앉았다. 그 모습이 마치 지금 눈을 감으면 다시는 그의 푸른 눈동자를 볼 수 없을 것 같다는 착각을 불러일으켰기 때문에, 두 자매는 필사적으로 유하의 이름을 부르고 또 불렀다.

"언니, 어떻게 된 거지? 아무리 갑자기 힘을 쓰셨다지만 유하님이 이렇게 쓰러진 적은 없었잖아."

금방이라도 울음이 터져 나올 듯한 목소리로 미르는 말을 꺼냈다. 하지만 시라라고 해서 그 이유를 알고 있을 리가 없었다. 그녀는 단지 미르보다 먼저 태어났을 뿐, 그리고 조금 더 깊은 사고를 할 뿐, 지금의 사태에 대한 올바른 해답을 가지고 있지는 않았다.

"어떻게 하지, 어쩌면 좋지? 유하님이… 유하님이 다시는 눈을 뜨지 않으시면 어쩌지?"

미르는 눈가에 맺힌 물기를 닦아내며 말했다. 자신이 의지할 수 있는 유일한 존재인 언니에게.

'침착하게 생각하자.'

미르와 마찬가지로 자신의 감정을 폭발시키며 소리지르고 울부짖고 싶었지만, 시라는 냉정해야 했다. 그렇게 하지 않으면 쓰러진 유하도, 그리고 그런 유하의 모습을 보며 눈물을 흘리며 안절부절 못하고 있는 미르의 상황도 더욱 나빠지기만 할 것이다.

"진정해, 미르. 큰 일은 없을 거야. 유하님은 단지 지치셨을 뿐이야. 어서 나와 함께 유하님을 방으로 모셔가자."

냉정하게 말을 꺼내는 시라를 물끄러미 올려다보며 미르는 간신히 눈물을 멈췄다. 시라는 자신의 말꼬리가 희미하게 떨리는 것을 느끼고 있었지만, 미르는 전혀 눈치 채지 못한 것 같았다. 이미 그녀들의 눈에는 바닥에 시체처럼 널부러져 있는 바사기는 들어오지 않았다. 그녀들의 관심사는 오직 자신들의 주인인 유하의 안전뿐이었다. 그리고 자신들이 해야 할 최우선적인 일이 무엇인지 깨달은 미르는 언니와 함께 유하의 몸을 부축해서 방으로 옮기기 시작했다. 축 늘어진 상태였지만 유하의 몸은 두 자매의 힘으로 옮기지 못할 정도로 무겁지는 않았다.

미르와 함께 조심스럽게 유하의 방으로 향하면서 시라는 생각을 정리했다. 대체 유하의 몸에 무슨 일이 일어나고 있는지. 보통 일반적인 사제의 수명이 300여 년 정도였다는 것을 생각하면 아직 200살을 조금 넘겼을 뿐인 유하가 그 죽음의 선에 다다랐을 리는 없다. 하지만 유하는 보통의 사제들과는 엄연히 다른 존재이다. 그가 가진 힘은 사제 이상의 것이었기에 그의 수명이 지금 끝난다고 해도 어떤 누구도 이의를 달지 않을 것이다. 게다가 사제의 힘은 쓰면 쓸수록 수명을 깎아먹는다. 지난번에도 유하는 한번 쓰러진 일이 있지 않은가.

확신할 수는 없지만 유하의 몸에 어떤 이상이 발생했다는 것은 틀림없는 사실일 것이다. 알려지지는 않았지만, 비전서를 해독할 때 쓰는 힘은 특히 치명적이라고 했다. 그리고 다른 이를 치유하는 힘 또한 자신의 생명을 전제로 하고 사용하는 것이다. 그 생각을 떠올리자, 시라는 스스로 무엇과도 바꿀 수 없는 뿔을 자르긴 했지만 바사기를 용서할 수 없을 것 같았다. 그가 그런 무모한 행동만 벌이지 않았더라도 유하가 이런 지경이 될 일은 없었을 것이다.

'금의 일족이란…….'

속으로 경멸을 담아 외쳤지만 시라는 자신의 뇌리에 지워지지 않을 만큼 깊게 새겨진 조금 전의 광경이 죽을 때까지 지워지지 않을 것이라는 사실을 잘 알고 있었다.

힘의 근원이자, 일족들의 상징인 뿔이 잘리는 광경. 비록 그것이

죽어야 마땅한 금의 일족이기는 했지만 그것은 충분히 공포스러운 기억이었다. 시라는 자신도 모르는 사이 세차게 고개를 내저었다.

"언니?"

그런 시라의 모습에 의아함을 느낀 미르는 언니를 불렀다.

"아무것도 아니야. 그저 잠시 어지러움증이 일어났을 뿐이니까."

"어떡하지. 언니까지……."

미르는 금세 걱정을 가득 담은 표정이 되었다.

"괜찮아. 내가 언제 한번이라도 몸을 상한 적이 있었니?"

잠시 기억 속을 되짚어가던 미르는 곧 고개를 내저었다.

"그래. 난 괜찮으니까, 유하님을 위해 무엇을 행할 것인가만 생각하자."

"응."

금세 수긍한 미르는 고개를 끄덕였다.

'하지만 정말 유하님이 두 번 다시 눈을 뜨지 않으시면 어쩌지? 지난번에도 쓰러진 이후로 몸을 회복하는데 상당한 시일이 걸렸었는데, 이번에는…….'

시라는 고개를 숙여 창백한 안색으로 죽은 듯이 눈을 감고 있는 유하를 응시했다. 평소에는 자신들로는 다가설 수조차 없을 만큼 높고도 먼 곳에 존재한다고 여겨지던 유하가, 지금은 이처럼이나 힘없고 약한 존재가 되어 자신들의 품 안에 쓰러져 있다니. 마치 자신이 작은 아이를 간호하는 어머니라도 된 듯한 느낌이었다.

시라는 이율배반적인 두 개의 감각이 교차하는 것을 느끼며 쓴웃음을 지었다. 하지만 일시적으로 그런 감각을 느꼈다고 해서 유하가 달라지는 것도, 그렇다고 자신들이 변화하는 것도 아니다.

현실은 현실, 느낌은 그저 느낌에 지나지 않는다.

'유하님, 부디……'

뒤에 이어지는 말은 마음보다 더 깊은 곳에서 소리없이 울려퍼져 갔다. 그것을 입 밖에 내뱉기라도 하면 유하에게 해를 끼칠 것 같다는 느낌에 시라는 마음속에서조차 울려퍼지지 않도록 작게 되뇌었다.

유하님이 사제가 아니었더라면 이런 일은 일어나지 않았을 것이라는 생각이 강하게 마음속에 퍼져 갔지만, 유하가 사제가 되지 않았더라면 자신들 역시 그와 만날 수 없었을 것이다.

시라는 잠시나마 불경스러운 생각을 떠올렸던 자신을 책망했다. 사제라는 자리는 무엇보다 일족을 위해 필요한 자리이다. 더군다나 유하가 존재하지 않았더라면 이번 대에는 단 한 명의 사제조차 존재하지 않는다는 불안감에 많은 일족들이 지배당하고 있었을 것이다. 그렇게 모든 것은 필연적으로 작은 연결 고리를 가진 채 이어지고, 또 이어지고 있었다. 평소에는 미처 깨닫지 못한 채 지나쳐 버렸을 세세한 사실들이 하나둘씩 떠올랐다 사라졌다.

유하의 방 앞에 도착하자, 미르가 조심스럽게 팔을 뻗어 문을 열었다. 평소에는 주의 깊게 소리가 나지 않도록 열고 닫았던 그 문이 지금은 자신들을 삼키려는 거대한 생명체가 되어 커다란 소리를 내며 입을 벌리고 있었다.

*　　　　　*　　　　　*

며칠이 지나도록 유하는 깨어날 기미를 보이지 않고 있었다. 얼굴빛은 제 빛깔을 되찾은 지 오래였지만, 이상하게도 깊은 잠에 빠져든 듯이 눈을 뜨지 않는 것이다. 몸에는 아무런 이상이 없었지만 미르와 시라는 눈을 뜨지 않는 유하를 보며 불안에 떨고 있었다. 이렇게 잠자듯이 눈을 감은 채 유하가 영원히 깨어나지 않을 것만 같다는 불안이 온몸을 감싸오고 있었기 때문에.

두 자매의 시선 아래에 몸을 눕힌 채 잠들어 있는 유하도, 그를 바라보고 있는 자매들도 존재감을 느낄 수 없을 정도로 작은 소리 하나 내지 않고 있었다. 그리고 바로 그때, 그 침묵을 깨뜨리며 문이 열리는 소리가 작게 울려퍼졌다. 그리고 곧 이어 들려오는 나무끼리의 마찰음. 돌아보지 않아도 문이 닫힌 후에 누가 들어섰는지 자매들은 알고 있었다. 그러나 그 얼굴을 바라보면서 화를 낼 기분도, 고개를 돌려 얼굴을 마주할 기분도 나지 않았다. 마치 굳어진 조각상처럼 두 자매는 미동도 없이 잠든 유하의 얼굴만을 바라보고 있었다.

"유하님은… 아직… 입니까?"

목소리만으로도 무척 힘겹게 말을 꺼냈다는 것을 알게 할 만큼 미약하고 고통이 담긴 목소리였다. 하지만 어느 누구도 바사기에게 시선을 돌리지 않았다. 그리고 돌아온 대답조차 없었다. 당장 사라지라는 말이어도 좋으니 바사기는 자신에게 말을 걸어주길 바랬다. 하지만 변한 것은 아무것도 없었다. 자매들은 여전히 고개조차 돌리지 않고 있었다.

'유하님……'

침상 위에 누워 있는 유하의 얼굴은 너무나도 편안해 보였다. 그저 잠들어 있다고 여겨질 만큼.

바사기는 깊게 한숨을 내쉬며 바닥에 주저앉았다. 미친 듯이 힘을 뿜어내고, 또 자해를 했던 그날부터 몸은 말이 아니었다. 유하의 치유력 덕분인지 그날 정신을 차리긴 했지만, 몸을 움직일 수는 없었다. 일시에 온몸에 있는 뼈들이 다 사라져 버린 듯이 손가락 하나 움직이는 것에도 많은 노력을 필요로 했다.

'뿔의 힘이 그 정도였던가.'

바사기는 만져 보지 않아도 사라졌음을 알 수 있는 오른쪽 뿔이 있던 자리에 신경을 집중해 보았다. 느껴지는 것은 아무것도 없다. 마치 그 부분에 존재하던 모든 신경이 사라진 것처럼 감각 자체가 마비되어 버렸다.

'유하님이 아니었더라면 분명 그 자리에서 죽었겠지.'

뿔이 잘린 그 순간에 바로 치유의 힘을 통해 상처가 아물었기 때문에 바사기는 자신이 살아날 수 있었다는 것을 알고 있었다. 분명 자신의 뿔이 단 하나였다면 뿔이 잘린 그 순간에 바로 죽었을 것이다. 그리고 재빨리 치료를 받는다고 해도 살아 있다는 것 자체에 고통을 느끼는 상태가 되었을 것이다.

지금은 일부의 감각이 마비되고 몸이 예전과 달라졌다는 것만 빼면 살아가는 데 지장은 없을 것이다. 더 이상 뿔의 힘을 예전처럼 사용하지는 못할 테지만. 갑작스러운 감정의 변화로 인하여 그런 일을 저질렀지만, 결과가 이렇게 되리라는 상상을 한 적은 없었다. 그저 금의 일족이기 때문에 자신이 이곳에 있을 수 없다는 사실이 뼈저리게 다가왔기 때문에 저절로 그렇게 되었는지도 몰랐다. 하지만 자신 때문에 유하가 지금과 같은 상태가 되었다는 사실은 부정할 수 없는 진실이었다.

알고 있는데. 사제라는 지위에 오른 자들의 수명이 보통 일족들의 3분의 2밖에 되지 않는다는 사실도, 그리고 유하는 지니고 있는 힘의 크기가 다르기 때문에 더욱 짧아질 것이라는 사실도. 그런데도 자신은 그에게 도움을 주지는 못할지언정 수명을 더욱 단축시킬 만한 행동을 하게 만들었다.

'애초부터 그저 현실에 맞물려 살아가야 했어.'

바사기는 비로소 자신이 은의 일족의 땅에 온 것을, 유하의 곁에 머물겠노라고 결심한 것을 후회하기 시작했다. 태어났던 그 순간부터 보통의 일족들과 다른 삶의 길이 주어졌던 그때부터, 그저 현실에 순응하며 살아갔더라면, 쓸데없이 자신에게 주어진 틀에서 벗어나겠다는 생각을 하지 않았더라면 살아가는 것은 더 편했을 것이다. 고민 따위 할 필요 없이 그저 시간의 흐름에 몸을 내맡긴 채 살아갈 수 있었을 것이다.

"으......."

바사기는 다리 사이에 고개를 파묻은 채 낮게 신음했다. 현실과 소망, 망상과 상상의 차이는 생각보다 큰 것이었다. 어쩌면 자신은 지금까지 모든 것을 쉽게만 생각했는지 모른다.

"유하님은......."

미르는 갑작스레 소리가 들려오자 흠칫하고 작게 몸을 떨며 고개를 돌렸다. 그러자 낮게 눈을 내리깐 채 입술을 움직이고 있는 시라의 모습이 눈에 들어왔다. 바사기 역시 얼굴 가득 놀라움을 떠올린 채 시라를 응시하고 있었다.

"유하님은 사물을 나누어서 보지 않는 분이세요. 모든 것을. 아마 당신을 받아들인 것도 금의 일족과 은의 일족을 떠나서 당신이 가진 장점을 받아들였기 때문일 거예요."

바사기는 시라가 대체 무슨 말을 하는 것인지 알 수 없었다. 그리고 그녀는 바로 며칠 전만 하더라도 싸늘한 어조로 자신을 내몰려고 하지 않았던가. 금의 일족은 믿을 수 없다는 말을 하면서.

"유하님은 고아였던 저희 둘만을 사비로 받아들이셨죠. 청의 수 시류님께서 만류하셨음에도 불구하고 이런 깊고 고요한 장소에 처소를 만드신 것도, 청의 사제라는 신분에 어울리지 않게 사비를 단 둘만 데리고 계신 것도 유하님은 당연하게 생각하셨어요. 겉으로는 차가워 보이지만, 그 이면에 담긴 마음이 얼마나 따스한지는 잘 알고 있죠. 누구보다……"

"언니……"

시라가 무슨 말을 하려고 하는지 알아챈 미르는 나지막하게 잠 긴 목소리로 언니를 불렀다.

"유하님이 하시는 행동에 의미가 담기지 않은 것은 없어요. 다른 이들이 그렇게 보지 않는다고 해도 우리들에게만큼은 적어도 그분은 수보다 더 높은 존재니까요."

그저 평이한 울림에 불과했지만, 시라의 목소리에는 그냥 흘려 넘길 수 없는 무언가가 담겨 있었다.

바사기는 시라의 얼굴을 바라볼 자신이 생기지 않았다. 쓸데없는 생각만을 가득 품은 채 현실에서 벗어나기 위해 발악만을 계속해 왔던 자신과 달리, 이 자매는 누구보다 더 현실 속에 잘 적응하고 살아온 것이다. 자신이 생각하고 있는 단 하나의 진실, 혹은 바램만을 위해서. 어떻게 보면 지나칠 정도로 현실에 순응하고 있는 것이 아닌가, 라는 생각이 들기도 했지만, 적어도 그녀들에게는 자신이 왜 이런 행동을 하는지, 왜 이곳에 존재하는지에 대한 뚜렷한 이유를 알고 있었다.

"죄송합니다."

바사기는 힘겹게 입을 열었다.

"곧 이곳을 떠나겠습니다."

자신의 존재로 인해 팽팽하게 잘 당겨져 있던 흐름이 끊어져 버린 것이라면 자신은 이제 사라져야 한다. 이곳을 떠난다면 갈 곳은 없다. 금의 영토에도 되돌아갈 수 없고, 계속 은의 영토를 떠돌 수도 없다. 하지만 이렇게 형편없이 망가져 버린 자신을 죽음으로 이르게 해줄 감시자들은 없을 것이다. 뿔을 잃은 자들은 아무런 대접도 받지 못한다. 마치 존재하지만 존재하지 않는 그림자처럼 잊혀진 존재가 되는 것이다.

'처음과 마찬가지로……'

바사기는 억지로 몸을 일으켰다. 아직 움직이는 것에는 무리가 있었지만 더 이상은 이곳에 머물 수는 없다. 밖으로 나가서 쓰러지는 한이 있더라도 이곳에 존재해서는 안 되는 것이다.

"누가 당신에게 이곳을 떠나라고 허락했지요?"

막 몸을 일으킨 바사기에게 시라가 말을 던졌다. 차갑지도 그렇다고 부드럽지도 않은 평범한 어조로.

"……?"

바사기는 느릿하게 고개를 돌려 시라를 바라보았다. 한치의 흔들림조차 가지고 있지 않은 당당한 눈동자를 가진 소녀의 눈동자가 바사기의 흐릿한 눈동자와 마주쳤다.

"당신에게 이곳에 들어설 수 있도록 허락을 한 것은 유하님입니다. 그리고 다시 당신에게 떠나라는 명령을 할 수 있는 것도 유하님뿐입니다."

그녀의 무엇이 자신에게 그토록 당당한 자세를 보일 수 있게 만들었을까. 그리고 그 당당함이 어울리게 만든 것일까.

바사기는 천천히 발을 떼어 유하가 누워 있는 침상으로 다가섰다. 금방이라도 눈을 뜨고 그 서늘하고 깊은 푸른색의 시선으로 자신을 바라볼 것만 같은 유하는 여전히 눈을 감은 채 깊은 잠의 자락 속에 잠겨 있었다.

"당신도 이곳에서 기다리도록 하세요. 유하님이 눈을 뜨실 때까지."

또다시 이어진 시라의 목소리는 작은 변화조차 없는 단조로운 울림이었지만, 바사기에게는 깊은 포용으로 자신을 감싸주는 오후의 햇살과 같은 따스함으로 다가서고 있었다. 이제 조금은, 아주 조금은 본래의 자신으로 되돌아갈 용기를 가질 수 있을 것 같았다.

이제 기다리는 자는 셋으로 늘어났다. 아무런 말도 하지 않으며 먹고 마시는 것도 잊은 채, 오로지 숨을 들이마시고 내쉬는 것이 전부인 양, 그리고 눈앞의 존재가 변화를 보이는 것만을 기다리며 셋은 그렇게 침묵했다.

무엇 때문에 깨어나지 않는 것일까. 어째서 눈을 뜨지 않는 것일까. 미르와 시라는 다른 이들에게 연락을 취할 생각도, 유하가 깨어나지 못하는 까닭을 알아볼 생각도 하지 않은 채 셋의 머리 속에 떠오른 공통적인 의문만을 되씹었다. 그리고 헤아릴 수 없을 만큼 길었던 시간의 끝에서 일어난 작은 뒤척임. 몸의 방향을 살짝 틀었을 뿐인 그 미미한 움직임에 셋은 놀라울 정도로 격렬하게 반응했다.

"유하님!!"

누구의 입에서 나온 말인지도 알지 못한 채, 셋은 동시에 유하의 얼굴을 향해 고개를 돌렸다. 하지만 작은 뒤척임만을 보였을 뿐 유하는 눈을 뜨지도, 그렇다고 정신을 차린 것도 아니었다.

"그래도 다행이야. 다시 깨어나실 테니까……."

미르는 중얼거림처럼 작게 말했다.

"이제 우리는 우리의 할 일을 하도록 하자. 곁에 누군가가 있으면 편안한 휴식에 방해가 될 테니까."

셋은 서로의 얼굴을 마주 보고는 조용히 자리에서 일어났다. 비록 뿔은 잃었지만, 바사기는 그 대가로 자신이 있을 자리를 얻었다는 것에 만족했다. 힘을 가지지 못해도 살아갈 수는 있지만, 결코 그것은 흡족한 삶이 될 수 없을 테니.

눈을 뜨자 세상은 온화한 백색의 빛으로 가득 차 있었다. 몸은 편안했고, 기분 또한 무척 상쾌했다. 마치 꿈조차 꾸지 않고 깊은 잠을 자고 깨어난 것처럼.

잠시 그 나른한 편안함에 몸을 맡긴 채 유하는 조용히 눈을 감았다 떴다. 지금까지 단 한 번도 느껴보지 못했던 편안한 감각이 기분 좋게 온몸을 감싸고 있었다. 지금이라면 눈앞에 있는 어느 누구에게라도 진심에서 우러나온 밝은 미소를 보여줄 수 있을 것 같았다. 창으로 눈을 돌려보니 막 정오로 접어드는 듯 태양이 하늘의 중앙에서 빛을 내뿜고 있었다.

유하는 시간의 경과에 약간의 의문을 품었다. 어째서 자신은 이른 아침이 아닌 한낮에 눈을 뜬 것인지, 그리고 이상하게도 자신을 위해 음식을 마련해 왔어야 할 자매의 모습도 보이지 않았다.

"이상하군."

유하는 낮게 중얼거리며 몸을 일으켰다. 기분 좋게 몸을 감싸고 있던 연한 하늘색의 침의가 사락거리며 팔을 타고 내려왔다. 여전히 적막할 정도로 고요한 자신의 처소에는 밖에서 들려오는 그 어떤 소리의 침범도 허용하지 않은 채 침묵 속에 잠겨 있었다. 언제나 자신이 바래왔듯이. 그 어떤 것의 방해도 받지 않고.

"유하님……."

마치 몇 년 만에 다시 만나기라도 한 것처럼 미르는 눈물까지 글썽이는 표정으로 유하를 바라보고 있었다. 하지만 이름만을 불렀을 뿐 다가서지는 않았다.

'어찌 된 일이지?'

유하는 미르가 그런 태도를 보인 것에 대해 의아함을 품을 수밖에 없었다. 조금 늦게 일어난 것뿐인데 저토록이나 반가워하는 얼굴이라니. 게다가 그 옆에 서 있는 시라 또한 얼굴에 대놓고 드러내지는 않았지만 무언가에 대해 안심하고 있는 듯한 얼굴을 하고 있었다. 그리고 시라의 옆에 선 얼마 전에 잘린 듯한 뿔을 가진, 왼쪽 머리에 자리한 하나의 뿔만이 솟아 있는 금의 일족 남자는 처음 보는 얼굴이었다.

왜 자매가 아닌 다른 이들이 이곳에 머물고 있으며, 자신의 방에까지 들어왔는지 유하는 이해할 수 없었다. 필요에 의한 것이 아니면 다른 누구와의 만남도 자신의 의지로 하고 싶지 않았기 때문에 이 깊은 산속에 자신의 거처를 마련한 것이었는데, 어째서 낯선 이가, 그것도 금의 일족이 이곳에 있는 것인지.

"그대는 누구지?"

유하는 별다른 표정 하나 떠올리지 않은 채 평이한 어조로 물었다. 그러나 다른 이들은 그것을 평범한 표정이라고 생각하지 않고 있었다. 특히 두 자매는 그것이 유하가 가지고 있는 본래의 무관심한 얼굴이라는 것을 잘 알고 있었다.

"누구를 말씀하시는 겁니까?"

의아함을 담은 어조로 시라가 물었다. 그러자 유하는 왜 당연한 것을 묻냐는 듯한 눈초리를 바사기에게로 던졌다.

"저 금의 일족을 말씀하시는 건가요?"

"그렇다. 왜 금의 일족이 이곳에 있지?"

그 말에 가장 놀란 것은 바사기였다. 그가 이제까지 보아온 유하는 저런 식으로 딱 자르는 듯한 냉정한 말투를 쓰지도, 그렇다고 표정도 없이 누군가를 향해 말을 건네지도 않았었다.

"유하님?"

바사기는 조심스럽게 입을 열었다. 하지만 돌아온 것은 대답대신 싸늘한 눈초리뿐이었다.

"유하님, 설마… 잊으신 건가요? 닷새 전에 무슨 일이 있었는지?"

"닷새 전?"

"유하님께서 바사기를 데려오시고 지나치게 뿔의 힘을 써서 상처를 입은 그를 치료해 주시고 잠드셨잖아요. 잊으신 건가요?"

유하는 잠시 기억을 더듬어 보았다. 하지만 아무리 생각해 보아도 시라가 말한 것 같은 내용은 남아 있지 않았다. 하지만 무언가 이상하다는 사실은 깨달을 수 있었다. 시간이 지났다는 것은 잘 알고 있는데, 그 동안에 일어났던 일에 대한 기억이 단 하나도 남아 있지 않다는 것. 대체 무엇이 어떻게 된 일인지 알 수 없었다. 왜 자신이 모르는 어떤 일이 일어난 것인지, 그리고 왜 자신의 몸은 그것을 깨닫고 있는지.

시라는 침묵을 지키며 무언가를 생각하고 있는 유하의 얼굴을 바라보며 조금이지만 절망했다. 그토록 바래왔던 대로 유하는 눈을 떴지만, 그는 또다시 많은 것을 잃고 말았다. 지난번에 고열을 내며 쓰러졌을 때에도 그런 일이 있었는데, 이번에 또 그와 같은 일이 생기다니. 혹시라도 이런 일이 또다시 일어난다면 그때에도 모든 것을 잊지 않으리라는 보장은 할 수 없을 것이다.

사제로 태어난 자의 숙명인 것일까. 어째서 유하는 점점 본래의 유하가 아니게 되어가는 것인지. 어떤 것이 본래의 유하다, 라고 정의할 수는 없지만, 적어도 지금의 유하가 자신에게 손을 내밀어 주었던 그때의 유하와 같지 않다는 것은 알고 있었다.

"잠시 혼자 있고 싶구나."

조금 전과 확연하게 달라진 목소리로 유하는 말했다. 무엇인지 꼬집어 말할 수는 없지만, 유하가 가지고 있던 것들 중에 어떤 것이 결여된 듯한 힘 빠진 목소리였다.

시라는 걱정이 가득 담긴 얼굴로 유하를 바라보고 있던 미르와 망연자실한 표정이 되어 금방이라도 주저앉아 버릴 듯한 바사기의 정신을 일깨워 방을 빠져 나갔다. 불과 얼마 전만 해도 유하가 정신을 차릴 것이라는 사실에 기뻐하고 안도하며 환하게 웃던 자신들이었는데, 이제 그것은 마치 순간의 꿈이었던 것처럼 지워져 버렸다.

며칠 전까지의 유하는 예전에 그가 가지고 있던 무거운 짐들과 기억들을 벗어버리려는 노력을 하고 있었는데, 지금은 모든 것이 알 수 없게 되어버린 것이다. 남은 것은 정체를 알 수 없는 혼란, 그것뿐이었다.

제15장

잊혀진 기억

복잡하게 엉켜버린 실타래처럼 생각이 꼬이기 시작하자 아무것도 제대로 할 수가 없었다. 무엇이 어떻게 되어가고 있었는지, 그리고 왜 자신에게 자신조차 알 수 없는 일들이 일어나고 있는 것인지, 그리고 확연히 알 수 있는 사라져 버린 기억의 한 부분, 시간의 경과는 분명히 알고 있음에도 불구하고 그 흘러간 시간 동안 일어났던 일들은 전혀 생각나지 않았다. 마치 누군가가 일부러 그 일을 지워버리기라도 한 것처럼.

"이런 일은… 이렇게 불확실한 일이 일어나는 것은 질색이다."

유하는 혼잣말처럼 중얼거리며 의자 위에 주저앉았다.

언제부터인가 그 동안 애써 만들어내고 유지해 왔던 사제로서의 자신이 사라지고 있다는 감각이 지금은 주체할 수 없을 정도로 범위를 확대해 가며 자신을 스스로 통제할 수 없게 만들고 있었다.

"이런 건 내가 아니다."

유하는 괴로움이 담긴 목소리로 쥐어짜듯 말했다. 평소의 그에게서 느낄 수 있었던 차갑지만 듣기 좋은 목소리는 어느샌가 사라지고, 그 자리에 남은 것은 깊은 고뇌를 담은 자의 목소리였다. 그리고 항상 유지되어 오던 단정한 얼굴 표정대신 마음속 깊은 곳에 담아두었던 상처받은 자의 얼굴이 떠올랐다.

사제가 되지 않았더라면, 사제의 능력을 가지고 있지 않았더라면, 처음부터 시류와 모르는 사이였다면, 청의 일족으로 태어나지 않았더라면, 은의 일족이 아니었더라면 이 모든 일은 일어나지 않았을까. 하지만 대답은 아니다, 라는 단 하나뿐. 이렇게 이어지지 않더라도 언젠가는 수백 년의 시간을 뛰어넘어서라도 반드시 연결되어 있는 인연은 그 고리가 이끄는 대로 만나고, 또 죽음의 순간까지 이어진다. 어느 누구도 바꿀 수 없는 시간의 진리, 그리고 유하는 그것을 누구보다 잘 이해하고 있었다.

언제나 그랬었다. 유하가 가진 고민과 고뇌의 모든 것은 항상 한 가지의 사실로부터 출발한다. 믿었던 친구에게 배신감을 느꼈던 것. 그로 인해 자신은 진정으로 자신이 원하는 것을 할 수 없게 되었다는 것. 하지만 자신은 그럼에도 불구하고 친구를 위해 항상 애써왔다는 것. 그렇게 하지 않으면 안 된다는 강박 관념이 머리 속에 자리잡고 유하를 놓아주지 않았다. 어째서인지 희미해지기는 했지만, 지금도 그 생각에는 변함이 없었다.

시류님은 아니, 시류는 자신과 유년기를 함께 보냈던 둘도 없는 친구이자, 자신에게 뼈아픈 배신감을 안겨준 존재. 그러나 결코 스스로 벗어날 수 없는 존재. 이전에 그와 자신이 친구라는 관계로 연결되어 있었듯이 지금은 한 일족을 다스리는 수와 그 수에 속한 사제의 관계가 되어 있었다. 결코 헤어날 수 없는 늪 속에 잠겨든 것처럼, 그렇게 시류와 유하는 200여 년의 세월을 함께 보내왔다.

더 이상은 친구가 될 수 없다는 말, 그리고 청의 일족을 위해 최고의 사제가 되라던 말 하나하나 가시가 되어 자신의 가슴속으로 파고들었던 시류의 말. 친구에서 절대 복종의 권리를 가진 수로, 그리고 자신은 두 번 다시 유년기의 자신이 가졌던 얼굴로 되돌아가지 않겠다고, 어느 누구를 향해서도 진심으로 미소 짓지 않겠다고 그렇게 다짐했다.

기억 속에 남아 있는 부모의 영상은 안개처럼 뿌옇고 희미한 윤곽뿐이었다. 세상을 바라볼 수 있게 된 그 순간부터 곁에 있어주었던 것은 시류였고, 친구가, 형제가, 부모가 되어주었던 것도 시류였다. 마음에서 우러나온 순수한 신뢰를 내보일 수 있는 유일한 존재, 시류는 그토록이나 유하의 마음속에 가득 들어차 있었다.

그때로부터 시간은 훌쩍 지나 현재로 건너왔다. 하지만 그때 자신이 느꼈던 감각은 지금도 확연하게 살아 있다. 기억은 잊혀졌을지 모르지만, 감각만은 바로 조금 전에 느꼈던 일인 것처럼 확연하게 구체화되어 유하를 덮쳐 왔다.

"사제가 되지 않아도 난 네 곁에 친구로서 머물 수 있어. 왜 내 말을 받아들여주지 않는 거지? 네가 청의 수가 되는 것은 정해져 있던 사실이지만 난 아니었어. 그저… 네 곁에 언제까지나 친구로서 남아 있길 바랬다. 내 욕심이 너무 과했던 건가? 그래서 이렇게 되어버린 건가?"

그때 하지 못했던 말을 유하는 오랜 시간이 지난 지금에 와서 겨우 꺼낼 수 있었다.

"사제인 나는 더 이상 본래의 내가 아니야. 모두를 위해, 청의 수를 위해 단지 힘을 쓸 뿐인 도구에 불과해."

왜 이렇게 갑작스럽게 감정이 역류하는 것인지는 알 수 없다. 지금까지 견고한 벽에 둘러싸인 채 잘 지켜내 왔던 속내가 억지로 드러나는 기분은 만인 앞에서 치부를 드러내는 것과도 흡사한 느낌이었다. 비록 방 안에 있는 것은 유하 혼자뿐이었지만, 그는 자신의 입으로 마음속에 담긴 생각을 내뱉었다는 사실만으로도 그런 느낌을 강하게 받았다.

사제였던 자신과 유년기의 조용한 곳에서 사색을 즐겼던 자신, 그리고 잊혀진 기억의 조각 속의 자신이 산산이 부서져 내렸다. 어느 것 하나 제대로 주워 담을 수 없을 정도로 산산이, 하얀 가루가 되어 부서져 내렸다. 어떻게 지금까지 태연하게 감정을 조절해 왔을까, 라는 의문이 들 정도로 한번 무너져 버린 감정의 벽은 다시 쌓을 수 없었다.

그것이 본래의 당신이야.

청의 사제와 청의 수, 그리고 어디론가 사라져 버린 기억의 편린. 자신이 알지 못하는 사이에 진행되어 버린 여러 가지 상황들. 해답은 어디에도 없다.

한참 동안 고개를 숙인 채 생각에 잠겨 있던 유하는 문득 고개를 들어올리고 떠오른 생각을 정리했다. 언제나 풀리지 않는 고민이 있을 때 자신은 비전서를 찾았다. 비전서는 그에게 명쾌한 해답을 준 일도 있었고, 해답은 아니지만 그에게 의문을 풀 길을 보여준 적도 있었다. 그것을 알고 있었기 때문에 유하는 자주 비전서의 방에 들어갔다. 그곳에 들어가서 뿔의 힘을 쓸 때마다 자신이 살아갈 날들이 줄어든다는 사실은 알고 있었지만, 그런 것은 중요하지 않았다. 의문을 품고 살아가는 것보다, 그것으로 인해 고뇌하는 것보다 확실한 해답을 얻는 쪽이 더 좋았다.

유하는 그런 사고를 가진 자였다.

불과 몇 달 전만 하더라도 어떤 중요한 목적을 가지고 항상 그것만을 생각했던 것 같았지만, 지금은 그것이 어떤 내용이었는지 확실하게 떠오르지 않았다. 산산이 부서져 버린 기억의 조각들은 재배열되어 늘어서 있었다. 그리고 그것을 다시 되살리는 것은 유하 자신의 몫이다. 하지만 그것은 불가능할지도 모른다는 생각이 근거없는 확신으로 머리 속에 자리하고 있었다.

역시 비전서를 통해 해답을 구하는 것이 옳은 일이다. 유하는 그렇게 생각했다. 살아 있는 동안에 절대 그 내용을 다 읽을 수 없는 것. 그곳에 쓰여진 무수한 문장들은 그때그때 상황에 따라 새롭게 조합되어 해답을 제시해 준다.

미래를 향한 길, 그곳으로 나아가기 위한 작은 지침, 찬연한 황금빛으로 떠오르는 자신에게만 보이는 그 글자들, 선조들에게서 얻은 일족을 위한 배려. 그것이 비전서였다.

하지만 이번만큼은 비전서도 자신을 원래의 유하로 되돌릴 수 없을 것이라는 느낌이 강하게 들었다. 사제인 유하가 가지고 있던 감각이 그렇게 말하고 있었다.

유하는 천천히 몸을 일으켰다. 그리고 오랫동안 지내왔던 익숙해질 대로 익숙해진 자신의 방 안을 둘러보았다. 몇 번씩은 탐독한 책들이 꽂혀 있는 서가와 사비인 두 자매들이 정성들여 만들어준 의복과 침상, 그리고 마음을 가다듬기 위해 직접 그렸던 그림들. 모든 것은 처음과 같은 자리에서 유하의 시선을 받아내고 있었다. 하지만 이상하게도 유하는 그런 자신의 물건들에서 약간의 생소한 감각을 느꼈다. 마치 자신의 것이 아닌 다른 누군가의 물건들을 억지로 전해 받은 듯한 느낌.

하지만 지금까지 느낀 혼란이 너무나도 강했기에 유하는 그 생소함에 대해 깊이 생각할 여유를 가지지 못했다. 시류님을 만나면 또다시 예전과 같은 표정을 떠올릴 수 있을까. 방문을 열고 발을 내디디면서 유하는 생각했다. 거울을 보지는 않았지만, 지금 얼굴에 어떤 표정이 떠올라 있는지는 충분히 짐작할 수 있었다.

"유하님……."

미르와 시라, 그리고 바사기라는 이름의 뿔이 하나뿐인 금의 일족이 기다렸다는 듯이 방 앞에 서 있었다. 유하는 고개를 돌려 그들을 한차례 바라보았다. 긴장감이 가득 담긴 얼굴, 그리고 무언가 묻고 싶어 하는 눈동자.

"잠시 궁에 다녀오겠다."

"혼자서 말씀이십니까? 여산님이 계셨을 때 함께 가셨으면 좋았을 텐데요."

또다시 의문이 떠올랐다. 여산이 이곳에 머무르고 있었다는 사실은 머리 속에 남아 있지 않았다.

"늘 혼자 다니지 않았나. 새삼스러울 것도 없다."

"그렇기는 하지만……."

유하는 그녀들의 얼굴에서 또 다른 물음을 읽었다.

"특별히 몸이 나쁜 것도 아니니까 괜찮다."

이번에는 유하의 시선이 고개를 숙인 채 체념과 후회의 빛을 떠올리고 있는 바사기에게로 향했다.

"이곳에서 기다려라. 확실한 답을 가지고 돌아올 테니까."

그 말을 던지고 나서 유하는 다시 멈췄던 걸음을 옮기기 시작했다. 그리고 등뒤로 바사기의 시선이 자신을 향하고 있다는 것을 느낄 수 있었다. 하지만 다시 고개를 돌리지는 않았다. 어떤 이유에서든 자신이 받아들인 자라면 끝까지 책임은 져야 한다. 처음 미르와 시라에게 손을 내밀었을 때 그랬던 것처럼.

거짓말쟁이야. 당신은 거짓말쟁이야.

어째서인지 어딘가에서 그런 외침이 울린 듯한 기분이 들었다.

*　　　　　*　　　　　*

하나하나의 글자들이 모여서 문장을 이루고, 그것은 찬연한 황금빛에 둘러싸인 채 눈앞에 떠올랐다. 언제 보아도 낯설지만 경이로운 감각과 함께 다가오는 그것은 회색의 차디찬 돌 벽을 밀어내고 살아 있는 생명체처럼 밝게 꿈틀거렸다.

인간의 소녀와 만나다.
첫 번째, 그리고 두 번째로 다시 태어나다.
둘이되 하나이고, 결코 둘이 될 수 없는 자.
잊혀진 속에서 다시 새롭게 깨어난다.
암운의 회생.

은은한 은색의 빛무리와 함께 떠오른 화려하게 불타오르는 황금빛의 글자들은 유하에게 다섯 가지의 문장을 보여주었다. 그리고 그것을 보는 순간, 유하는 자신이 까맣게 잊고 있던 기억의 일부가 되살아나는 것을 느낄 수 있었다. 마치 말 등에 올라타고 세차게 땅을 박차고 달려나갈 때와 마찬가지로 기억 속의 그림자는 빠르게 머리 속을 스쳐 지나갔다.

"그래, 그것이 시작이었다."

모든 것들이 활짝 깨이는 밤. 만월의 밤에 모든 것이 시작되었다. 더 이상 영혼을 담을 수 없다고 판단된 자신의 육체. 특별히 증거를 대지 않아도 점점 무너져 가고 있다는 것을 느낄 수 있었던 자신의 몸 상태 때문에 유하는 절망하고 또 절망하며 자신이 읽어냈던 미래로 뻗은 길을 다른 방향으로 틀어버릴 수 없을까, 라는 생각으로 머리를 가득 채우고 있었다.

자신을 배신하고 예전으로 돌아갈 수 없게 만들어 버렸지만, 시류는 유하에게 있어 어떻게 변한다 해도 바꿀 수 없는 소중한 존재이다. 겉으로는 아무런 감정을 드러내지 않았지만, 유하는 항상 시류를 생각했다. 은의 일족에 유일하게 존재하는 사제인 자신이 사라지고 나면 남은 일족들은, 아니, 그보다 시류는 얼마나 불안해 할 것인가. 그 때문에 유하는 죽더라도 그냥 죽을 순 없다는 생각을 하게 되었다. 그리고 그런 유하의 결심을 인도하기라도 하듯이 비전서는 유하에게 다른 이와 영혼을 바꾸는 주술을 보여주었다. 그리고 미래의 길에 드리워진 암운과 자신의 암담한 미래에서 연유한 고뇌에 빠져 있던 유하는 예정된 운명처럼 자신의 앞에 모습을 드러낸 인간 소녀 서희를 만날 수 있었다.

보통의 인간이라면 자신이 처하게 된 상황에 순응하지 못하고 미쳐 버렸을 법도 한데, 그 인간 소녀는 그렇지 않았다. 죽음보다 더한 고통 속에서도 자신에게 말을 건네는 유하를 이해하려고 노력했고, 분명 무리한 주문인 자신의 말을 받아들였다. 그리고 유하에게 믿음이라는 감정을 만들어낸 소녀가 가진 새하얀 영혼의 빛깔, 그 온화한 색채는 모든 것을 감싸고도 남을 만한 것이었다. 그리고 이렇게나 빠른 시일 동안 이곳의 생활에 적응하고 인간인 그녀가 유하로서 지낼 수 있었던 것은 비전서를 읽어낼 때면 가장 처음에 보이는 문구에서 연유한 것이 분명하다.

'하지만 왜?'

그렇다. 분명 그랬었다. 그리고 원래대로라면 지금 이 몸을 차지하고 있어야 할 것은 자신이 아니라 서희라는 인간 소녀여야 했다. 그리고 자신에게 존재하지 않는 기억으로 미루어 보건대 지금까지는 분명 그녀가 자신을 대신하여 사제로서의 일을 해왔을 것이다. 그러나 어찌 된 영문인지 지금 자신의 몸은 유하인 본래의 자신이 차지하고 있고, 인간 소녀의 자취는 어디로 갔는지 찾아볼 수가 없었다. 무엇보다 궁금한 것은 그것이었지만 비전서는 더 이상 유하에게 진실을 보여주지 않았다. 아무리 뿔의 힘을 사용해서 답을 찾아내려고 노력해도 방금 나타난 글자들 이외의 것은 보여주지 않았다.

"서희……"

유하는 몸을 바꾸는 주술을 행했던 그때 이후 처음으로 소녀의 이름을 불러보았다. 그녀의 행방을 찾길 원하는 진심에서 우러나온 목소리로.

거짓말쟁이야. 당신은 거짓말쟁이야.

그리고 번개처럼 머리 속에 떠오른 스쳐 지나가는 바람과도 같은 희미한 목소리. 그것은 분명 기억 속에 깊이 가라앉아 있던 인간 소녀의 것이었다.

대체 그녀의 행방은 어떻게 된 것일까. 그녀의 몸은 이미 존재하지 않는데……. 그녀가 갈 곳은 어디에도 없다. 그러나 지금 그녀의 존재는 어디에서도 느껴지지 않고 있지 않은가. 주술의 부작용인 것일까? 그 때문에 자신도 예상하지 못했던 일이 일어난 것일까? 하지만 자신의 영혼과의 결속력이 점점 희미해져서 금방이라도 죽음에 이르는 길에 다다를 것 같았던 그때의 느낌은 지금에 와서는 전혀 감지할 수 없을 정도가 되어 있었다.

다시 유년기의 자신. 자신에게 사제의 힘이 숨겨져 있다는 것을 몰랐던 그때의 자신으로, 밝은 시선으로 세상을 보았던 그때로 돌아간 듯한 기분이 들었다. 유하는 다시 허공에 수를 놓듯이 환하게 반짝이는 금색의 글자들을 읽었다. 다시 한 번 뿔의 힘을 강하게 하여 글자들을 떠올리려 노력해 보았지만 허사였다. 다섯 개의 문장 이외의 것은 떠오르지 않았다. 마치 더 이상 욕심을 부리지 말라는 듯이.

'하지만 어째서 이런 일이 일어났지?'

유하는 돌아올 리 없는 대답을 기다리며 다시 한 번 속으로 되뇌었다.

비전서의 방에서 나서자 가라앉은 시류의 얼굴이 기다리고 있었다.

"유하, 일행들을 물리고 여산만을 동행한 채 거처로 돌아갔다고 들었다만, 내가 모르는 무슨 일이 있는 건가?"

처음부터 아무 일도 일어나지 않았던 것처럼, 시류는 예전의 그처럼 진정으로 친구인 자신을 염려하는 걱정스러운 어조와 표정으로 말을 꺼냈다.

'스토커 주제에······.'

막 입술을 움직여 무언가를 말하려던 유하는 순간적으로 머릿속에 떠오른 자신이 모르는 어떠한 단어로 인해 자신이 하려던 행동과 말, 모든 것을 잊었다. 그리고 자신도 모르는 사이에 유하는 황망함이 들어찬 얼굴이 되었다.

"왜 그러지?"

시류는 유하의 얼굴에 드러난 보기 드문 표정의 변화에 놀랐는지 피어오른 의구심을 채 지우지 못한 얼굴로 물었다. 옅은 호기심이 담겨 있는 시류의 표정에는 자신이 바라는 무언가에 대한 약간의 기대감도 포함되어 있었다.

"······아무것도 아닙니다."

한참이 지나서야 유하는 겨우 표정을 원래대로 바꾸고 대답할 수 있었다. 고개를 돌려 궁 안을 바라보자, 옅은 이질감과 익숙함이 동시에 느껴졌다. 자신의 방에서 느껴졌던 그 생소함과 마찬가지로 이곳에서도 몸과 마음이 괴리되는 듯한 감정이 조금씩 일고 있었다.

'설마······.'

유하는 점점 더 생각을 진행시켰다. 어쩌면 지금 자신이 짐작하는 것과 같은 일이 일어났는지도 모른다. 그것이 실제로 이루어질 수 있는지 어떤지는 알 수 없지만, 분명 자신의 의구심은 그 이유가 아니라면 설명할 수 없는 일이었다.

"무얼 그리 생각하지? 비전서의 방에서 무언가 심각한 내용을 알아낸 모양이지?"

복잡한 머리 속을 정리하고 있는 유하의 사색을 시류가 방해했다. 언제나 미소를 가득 떠올리고 있던 유년 시절의 그의 얼굴에서 약간의 윤곽만이 더 뚜렷해진 그의 얼굴. 그리고 나이와 지위에 맞게 당당하고 고귀하게 변모해 간 그의 몸. 유하에게 있어 친구라는 이름보다 더 큰 자리를 차지하고 있는 청의 수 시류. 하지만 이상하게 그에게서도 지칠 정도의 친숙함과 함께 낯선 느낌이 풍겨져 나오고 있었다. 그리고 그로 인해 유하는 자신의 생각에 확신을 가지게 되었다.

둘이되 하나이고, 결코 둘이 될 수 없는 자.

그리고 조금 전 비전서의 방에서 보았던 황금빛의 글자가 머리 속에 떠올랐다.

'서희, 그대가 내 안에 함께 존재하는 건가?'

하지만 그 질문에 대한 답은 돌아오지 않았다. 언젠가 서희가 애타게 유하를 불렀을 때 유하가 대답하지 않았던 것처럼, 분명 유하와 함께 몸 속 어딘가에 존재하고 있을 서희는 작은 목소리조차 내지 않았다.

"유하."

심각하게 굳어진 유하의 얼굴을 보며 시류는 자신의 질문에 대한 답을 재촉했다.

"그것은 사제인 제가 풀어나가야 할 문제입니다. 시류님께서 알고 계실 필요는 없습니다."

"그게 무슨 말이지?"

딱 잘라 말하는 유하를 똑바로 응시하며 시류는 딱딱하게 입

꼬리를 움직이며 되물었다.

"말 그대로입니다. 오늘 비전서의 방에서 얻은 것은 저 자신에게 국한되고, 또 스스로의 힘으로만 풀 수 있는 문제에 관한 해답입니다."

"그대는 청의 사제다. 그리고 비전서의 방에서 읽어낸 것들을 알 권리는 그대뿐만이 아니라 나에게도 있어. 그대는 당연히 그것을 내게 알려야 하고."

유하는 피식 웃었다. 결코 스스로 유도해 낸 표정은 아니었지만, 일부러 놀랄 필요는 없는 일이었다.

"이번만은 사양합니다."

이전까지의 유하라면 결코 하지 않았을 말. 지금의 유하는 확실히 달랐다. 얼마 전 궁에 함께 머무르고 있을 때의 유하와도, 그리고 그보다 훨씬 이전의 그와도. 말로 확실하게 설명할 수는 없었지만 시류는 피부를 통해 그것을 확연하게 느꼈다.

"어째서지?"

이번 것은 유하에게 확실히 답을 요구하는 의미를 담은 건 아니었다.

"글쎄요."

그렇게 말하고 나서 유하는 애매하게 웃었다. 그리고 그런 유하의 표정은 시류에게 혼란을 안겨주기에 충분한 것이었다.

"어딘가 달라진 것 같군."

스쳐 지나가는 듯한 말투로 시류가 말했다.

그 말에 유하는 빙긋 하는 웃음만을 지어 보였다. 그가 느꼈듯이, 그리고 다른 이들이 느꼈음이 분명한 것처럼 확실히 유하는 변해 있었다. 사제라는 신분을 가진 그가 주술을 사용해서 인간과 몸을 바꾸는 행동을 한 자체가.

그리고 자신의 의지가 아니었다고 해도 금의 일족을 데려온 것 자체가. 하지만 그것은 자신의 의지, 또는 다른 누구의 강요도 어떤 것도 아니었다. 자신이되 자신이 아니며, 또한 다른 어떤 누구도 될 수 없는 자신이 한 일인 것이다. 유하이자 서희이며, 또 동시에 그 둘이기도 하고 그렇지 않기도 한 혼란스러운 존재. 그러나 특별히 어떤 누구에게 치우치지 않은 시선으로 세상을 볼 수 있는 존재. 이 모든 말들이 지금의 유하를 설명할 수 있는 말들이었다.

"그럴지도 모르지요. 항상 모든 것은 변하기 마련이니까요."

약간의 황망함을 담은 채 자신을 응시하는 시류를 보며 유하는 다시 한 번 웃어 보였다. 시류는 그런 유하의 미소에서 자신이 알던 친구의 친숙함이 아닌 낯선 존재가 안겨주는 생소함을 맛보았다.

"……."

그리고 말을 해야 할지 말아야 할지 머뭇거리는 시류를 뒤로하고 유하는 등을 돌렸다.

'대체 무슨 일이 벌어진 건가.'

시류는 유하의 뒷모습이 시야에서 완전히 사라질 때까지 눈 한 번 깜빡이지 않고 유하를 응시했다. 최근 예전과 같은 밝은 미소를 짓는 유하를 보면서 조금쯤은 지난 세월이 도움이 되지 않았나 하는 생각을 했었다.

그때의 유하가 겉으로 많은 표현을 하지는 않았지만 얼마나 절망했는지, 그렇지만 자신에게 주어진 새로운 역할을 받아들이고 그것에 어울리는 자가 되기 위해 얼마나 노력했는지 시류는 알고 있었다. 그것은 당연한 일이었다. 그 역시 행동과 반대로 마음속은 괴로움으로 가득 차 있었으니까. 하지만 자신은 청의 수다. 그런 그가 내뱉은 말은 어느 누구도 어길 수 없는 절대적인 힘을 가진 것이었다. 분명 이제 과거의 그때로부터 많은 시간이 흘렀기 때문에 유하도 잊었다고 생각했다. 그때의 괴로움을 모두 벗어버리고 이제 그가 가진 본연의 얼굴로 돌아오고 있다고 생각했다. 여러 사람을 상대하는 일은 기피했었지만 맑고 투명한 미소를 가진 유하로, 세상을 꾸밈없는 눈으로 바라보며 미소 짓던 그때의 유하로 되돌아올 것이라고 그렇게 생각했었다. 하지만 이건 뭔가가 다르다. 자신이 바라던 그것에서 어긋나 있는 현실이다.

'역시 처음부터 틀어진 일은 되돌릴 수 없는 건가?'

시류는 처음으로 뼈가 깎이는 듯한 고통을 느꼈다. 아무것도 아닌, 그저 단 하나의 미소에서 유하가 보여주었던 작은 행동 하나로 인해 시류는 절망했다. 자신으로 인해 이제 유하가 가깝지만 먼 타인으로 변해버렸다는 생각에. 변하지 않는 자신과 유하의 지위처럼 그렇게 둘 사이의 거리도 적당한 간격을 유지한 채 영원토록 가까워지지 않을는지도 모른다. 지금의 이 생각이 자신의 지나친 망상이라면 좋겠지만, 시류는 가슴속을 헤집는 감각의 정체가 무엇인지 깨닫고 있었다.

"……미안하다."

시류는 고개를 숙였다.

모든 것은 자신으로 인해 연유했다. 지나친 생각, 그리고 거침없는 행동이 모든 것의 시발점이 되었다. 만약에라도 그때로 되돌아갈 수 있다면 결코 지금의 선택을 하지는 않았을 것이다. 바로 얼마 전까지 품고 있던 자신의 흔들림 없던 확신이 지금은 금방이라도 무너져 내릴 듯이 보이는 누각처럼 거세게 흔들리고 있었다.

과거로부터 이어져 온 길은 이제 탄탄하게 굳어진 채 거센 요동에도 먼지 한번 피워올리지 않을 정도가 되어 있었다.

해방감이다. 분명 지금의 이 감각은 해방감이었다.

자신을 꼼짝없이 옭아매고 있던 굵은 매듭이 끊어져 버린 듯한 편안한 감각이 온몸을 지배했다. 단지 감정의 변화 하나, 몸의 받아들임, 그리고 깨달음 하나만으로 이렇게 해방감을 느낄 수 있다니. 그리고 세상이 달라 보이다니.

이것은 지금까지 단 한 번도 상상조차 할 수 없었던 기이한 감각이었다. 자신이 지니고 있는 유하라는 이름, 그리고 자신에게 주어진 사제라는 지위. 그것은 죽음에 이를 때까지 변하지 않을 진실이었지만, 그 진실 속에서도 자신은 변화한 것이다. 결코 깨지지 않으리라 여겼던 일상의 틀 속에서.

당신은 거짓말쟁이야. 난 받아들이지 않아.

또다시 마음속에서 다른 하나의 목소리가 울려퍼졌다.
"받아들이지 않으면 어떤 다른 방법이라도 있다는 건가?"
원래의 자신이라면 입 밖에 내지 않았을 비웃음이 담긴 말투로 유하는 혼잣말처럼 중얼거렸다.

무엇이 변했다고 생각하는 거야?

"글쎄……."
유하는 마음속에서 울려퍼진 질문에 답하기 위해 비어버린 자신의 기억의 한 부분을 더듬었다. 서희가 자신의 모든 것을 지배했던 무렵의 기억을. 하지만 이상하게도 약간의 사실만으로도 확연하게 떠올랐던 과거의 기억과는 반대로 그때의 몇 달 간의 기억만은 떠오르지 않았다.

당신에겐 어떤 것도 주지 않아.

서희는 마치 장난감을 뺏기기 싫어하는 어린아이처럼 퉁명스럽게 말하고 있었다. 오직 유하에게만 들리는 목소리로.

"하지만 머지않아 네가 원하지 않아도, 그리고 내가 원하지 않아도 이루어질 거야. 시간이란 그렇게 흘러가니까. 그 안에 속한 자의 바램 따윈 들어주지 않아."

유하는 더 이상 백지처럼 하얗게 빛나고 있는 기억을 헤집는 일을 포기했다. 서두른다고 일이 해결되지는 않는다. 지금까지 항상 그래왔듯이 생각에 생각을 거듭하고, 그 속에서 가장 나은 길을 찾는 것이 자신의 방식이다. 그리고 바로 지금도 그 방식처럼 해나가면 되는 것이다.

당신에겐 어떤 것도 주지 않아.

유하는 잠시 발걸음을 멈추고 눈앞에 펼쳐진 은의 대지를 바라보았다. 시류가 다스리는 땅, 그리고 자신이 이끌어온 땅. 거부하려 해도 몸 속을 흐르는 피에서 연유한 일족으로의, 그리고 땅으로의 이끌림은 유하에게 사제의 지위에서 영원히 떠나지 못하도록 붙들었다.

주지 않아도 좋다. 기억을 잃은 채여도 좋다. 완전한 내가 아닌 불완전한 반쪽이자 새로운 하나가 된 지금, 어떤 미래를 향해서든 발을 내뻗을 수 있을 듯한 기분이 든다. 그것이 설령 멸망으로 향하는 길이라고 해도.

점점 더 빛을 더해 가는 암운의 빛은 요사할 정도로 찬란하게 자신의 존재를 드러내고 있었다. 마치 유하에게 자신을 봐달라고 말하는 것처럼. 불길한 빛무리는 미래로 뻗은 길을 보이지 않도록 막고 있었다. 먹구름처럼 검고 자욱한 안개가 길목을 방해하고 길을 방해하며 퍼져 있다. 그 안개의 끝으로 이어지는 길에 무엇이 있는지는 모른다. 온몸이 떨려올 정도의 공포를 함축한 미래가 기다리고 있을지도, 그리고 진정한 의미의 해방감이 기다리고 있을지도 모른다. 과거에 자신이 읽어냈던 안개 속의 길은 조금 변모한지도 모른다. 그렇다. 아직은 아무것도 시작되지 않았다.

바보…….

마음속의 울림은 희미한 여운을 남기며 사라져 갔다. 하나의 단어에 불과했지만 유하는 그 말에서 서희가 품고 있는 감정의 자락을 읽어낼 수 있었다.

불길함과 해방감을 동시에 내포한 두근거리는 몸 속의 진동음도 지금 만큼은 크게 신경 쓰이지 않았다.

"그래도 아직 모든 것이 시작되지는 않았다."

유하의 중얼거림은 하늘을 향해 퍼져 나갔다.

제16장

파편

　검은 창공을 수놓은 무수한 별무리 가운에 유난히 눈에 띄는
별이 하나 있었다. 푸른색의 빛을 사방으로 떨쳐 보내고 있는 별
은 주위의 별에서 뿜어져 나오는 빛을 삼키듯이 차가운 얼굴을
들어올린 채 조용히 하늘을 장식하고 있었다. 그것이 가진 이름은
암운. 암운이 가져다 주는 것은 불행, 아니면 그보다 더 참혹한 현
실일 뿐이었다.
　다른 어떤 것과도 다른 모습을 가진 그것은 홀로 고독한 하늘
속에서 모습을 드러내며 주위를 삼켜간다. 푸르고도 푸른빛. 그렇
게 암운은 빛을 더해갔다. 암운이 자신을 바라보는 자에게 보여주
는 것은 미래로 이어지는 길이 어떤 빛깔로 채색되어 있는가. 그
리고 그 불안한 미래를 어떻게 맞이할 것인가, 라는 의문이었다.
　"벌써 두 해가 지났나."
　유하는 그렇게 중얼거리며 푸르스름하게 빛나는 별에서 시선을 돌렸다. 자신이 저 암운을 발견하고 미래에 드리워진 그림자를 읽어낸 지도 벌써 2년. 자신이 우려하던 최악의 일은 발생하지 않았지만, 오히려 그 침묵은 극도의 불안감을 느끼게 만들었다. 얼마 지나지 않아 암운이 가진 빛은 달을 압도할지도 모른다. 밤하늘 가득 자신의 존재를 과시하며 떠오른 암운은 조용히 대지를 응시할 뿐, 그로 인해 연유할 그 어떤 미래도 보여주지 않았다.

"유하님, 너무 오래 밖에 나와 계신 게 아닙니까?"

몽롱하게 가라앉은 듯한 눈동자와 나직하게 울려퍼지는 목소리. 그리고 본래 두 개였으나 이제는 하나뿐인 뿔. 뿔을 잃은 탓에 반감해 버린 힘의 탓인지, 그렇지 않으면 은의 일족들에게 익숙해진 것인지 바사기는 안정된 모습이었다. 이제 그에게서 뿔의 모양을 제외하면 금의 일족이라는 증거는 몸 어디에서도 드러나지 않았다. 마치 시라와 미르처럼.

"신경 쓰지 마라."

유하는 바사기를 쓰윽 하고 쳐다본 뒤 고개를 돌려버렸다. 그의 눈동자에는 그를 향한 어떤 감정도 담겨 있지 않았다. 마치 돌덩이를 바라보는 듯한 무감정한 얼굴.

바사기는 자신이 처음 만났던 때의 유하와 지금의 유하가 같지 않다는 것은 알고 있었지만, 그래도 지금까지 계속 괴로움을 마음속에 숨기고 있었다. 정확히 어떤 이유로 인해 유하가 변해버렸는지는 알 수 없지만, 그 까닭의 반 이상을 차지하고 있는 것이 바로 자신의 행동 때문이라는 것은 알고 있었다. 어떤 누가 보더라도 그것은 명백한 사실이었다.

어쩌면 뿔의 힘을 사용한 탓에 유하의 육체 어딘가가 잘못되었는지도 모른다. 그것을 염려한 미르와 시라, 그리고 자신이 원인을 알아내기 위해 다른 치유의 힘을 가진 자를 수소문하고 다녔지만, 어떻게 그것을 알았는지 유하는 얼굴에 떠올린 표정 하나만으로 자신들의 행동을 무마시켜 버렸다.

"내가 어떤 행동을 하던 너희와는 상관없으니까."

유하는 그때처럼 단 한 마디로 모든 것을 일축해 버렸다.

지독하게 차가운 말투. 바사기는 가슴에 비수가 꽂히는 듯한 날카로운 통증을 느꼈다.

"죄송합니다."

고개를 숙여 사죄하는 바사기를 유하는 쳐다보지도 않은 채 자신의 거처와는 반대 방향으로 걸음을 옮기기 시작했다.

"유하님."

바사기는 다시 유하를 불렀다. 그러나 유하는 걸음을 재촉할 뿐 어떠한 반응도 보여주지 않았다. 등을 돌린 채 멀어져 가는 유하를 바라보며 바사기는 입술 사이로 새어나오려는 침음성을 간신히 참아냈다. 저런 모습은 유하가 아니다. 모든 이들에게 한없는 경외심을 불러일으켰던 청의 사제 유하가 아니다. 그리고 자신에게 따스한 미소를 보여주며 밝은 곳으로 이끌어주었던 유하가 될 수 없다.

어떤 까닭에서 유하가 저런 식으로 변해버렸다고 해도, 설령 그 것이 자신의 책임이라고 해도 유하는 저렇게 쉽게 무너져서는 안 된다. 그가 지니고 있던 냉정한 얼굴 속의 따스함과 순수한 미소 는 결코 사라질 수 없는 것이었다. 하지만 그것은 과거의 유하일 뿐, 지금의 유하는 오직 사제로서의 책임만을 완수하기 위해 살아 가는 것 같았다. 이른 새벽녘에 눈을 뜨자마자 유하가 하는 일은 미친 듯이 책을 뒤지고, 자신들의 만류에도 불구하고 뿔의 힘을 사용하는 일이었다. 처음에는 자신들이 있는 곳에서 뿔의 힘을 사용하더니, 말이 많아지자 어디론가 눈에 띄지 않는 곳으로 오랫동안 사라지기도 했다. 그리고 다른 자들이라면 몰라도 유일하게 편하게 대하던 상대였던 미르와 시라에게도 유하는 결코 미소를 보여주지 않았다. 극히 일상적이고 필요한 몇 마디만을 말할 뿐. 그리고 자신에게는 차갑고 냉소적인 모습만을 보여준다. 마치 자신의 형제가 그러했듯이.

차가운 피부를 지닌 뱀과 같은 날카롭게 파고들 듯한 눈동자와 비웃음을 담은 말투. 자신 이외의 그 누구도 믿지 않는 지극히 냉정한 자신의 형제. 어쩌면 그는 자신을 형제라고 여기지 않을지도 모른다. 이렇게 금의 영토를 떠나서 은의 일족과 함께 살아가고 있는 지금은.

하지만 그렇다고 해도 상관은 없다. 유하를 따라가겠다는 자신의 말에 보통 때보다 더욱 냉소적인 미소를 던지며 그는 등을 돌렸을 뿐이다. 조금 전에 유하가 그랬듯이.

"왜 그런 쓸데없는 생각을 하지? 금의 일족으로 태어난 자부심조차 넌 가지지 못한 건가?"

그에게는 지독할 정도로 강한 자신감이 있었다. 자신이 가진 힘에 대한 자신감, 그리고 자신이 생각하는 모든 것이 이루어질 것이라는 자신감. 그것은 당연한 것이었다. 태어났을 때부터 그에게는 모든 것이 주어져 있었다. 힘과 지위, 그리고 그에 어울리는 당당함과 그에게 귀속된 많은 것들. 태어났을 때부터 모든 것을 가진 자와 그 그늘에조차 들어설 수 없는 자신은 아예 처음부터 다른 존재였다.

하지만 같아지기를 바란 적은 없었다. 그저 자신을 받아들여 줄 누군가를 기다렸을 뿐인데 지금 자신에게 주어진 것은 머물 수 있는 자리뿐이다. 본래 자신이 바라던 것이 곁에 머무는 것이었음에도 불구하고, 지금은 그것이 아니라는 생각이 들었다. 쓸데없는 생각이라는 것은 알고 있지만, 그것만으로도 감격하며 받아들여야 하지만 가슴 한구석이 아릿하게 저려오는 것은 스스로의 힘으로도 어떻게 할 수 없는 일이었다.

"어서 들어와요. 나를 것이 꽤 쌓여 있단 말이에요."

멀리 오솔길과 이어진 문에서 미르가 외치고 있었다. 그러고 보니 유하를 찾아나오기 전, 그녀가 창고에 쌓아놓은 땔감과 음식 재료들을 날라달라고 부탁했었다.

처음에 그토록이나 자신을 거부하던 그녀들이 이제는 유하보다 더욱 그를 이해하고 받아들여 주고 있다. 스스럼없는 그녀들의 태도에 오히려 놀란 것은 바사기였다. 결코 자신을 용납하지 않으리라 여겼던 그녀들은 자신을 일원으로 받아들였는데, 처음에 손을 내밀었던 유하는 반대로 자신을 외면한다. 자신이 머무는 것을 허락하기는 했지만, 유하가 자신을 깊은 시선을 담은 눈동자로 바라본 것은 그때가 마지막이었다. 세상이란, 그리고 시간이라는 것은 참으로 많은 것을 변화시킨다.

"아, 미안해."

언제나처럼 조금은 더듬거리는 듯한 말투로 답하며 바사기는 미르가 있는 곳을 향해 걸었다.

"뭐예요. 매일같이 같은 소리만 하고."

밖에서 꽤 오랜 시간을 서 있었기 때문인지 손끝이 차가운 기운으로 인해 저려왔다. 머리카락으로 덮여 있는 피부 사이로 바람이 통과하는 느낌이 들었다. 차갑게 식은 바람은 하나뿐인 뿔을 휘감고 머리카락 사이로 파고들었다. 그 때문일까? 바사기는 그동안 억눌러왔던 힘을 해방시키고 싶다는 생각이 들었다. 그때 이후로 단 한 번도 자신의 힘을 드러낸 적은 없었다. 그러나 자신의 힘이 반감되기는 했지만 보통 은의 일족들에 비하면 몇 배나 강하다는 것은 알고 있었다. 그런 생각을 하자마자 자신도 모르게 뿔에 힘이 들어갔다. 금방이라도 찬란한 금빛을 내뿜으며 매서운 겨울 바람과 함께 얽혀들고 싶다는 기분이 강하게 피어올랐지만 바사기는 최대한의 자제심으로 그것을 억눌렀다.

"기껏 아침에 일을 도와달라는 말을 했더니, 유하님 뒤나 따라다니고. 벌써부터 그러면 안 돼요."

미르는 언제나 명랑했다. 유하의 변화를 모르는 것도 아닌데 그녀는 2년 전과 변함이 없었다. 그리고 그것은 시라 역시 마찬가지였다. 유하에게 어떤 말을 듣는다고 해도 두 자매의 태도는 달라지지 않았다. 언제나처럼 같은 일을 하며 사비로서의 본분에 최선을 다할 뿐.

"바람이 찬 것 같아서……."

"신경 쓸 필요 없잖아요. 그분 성격을 모르는 것도 아니고."

"하지만……."

막 몇 마디를 더 하려던 바사기는 자신의 소매를 잡아당기는 미르에게 이끌려 집 안으로 들어섰다.

"우린 사비잖아요. 우리가 할 일은 그저 유하님께 불편함이 없도록 하는 것뿐이에요. 그 이상의 것을 할 필요는 없어요. 더더군다나 유하님이 그것을 원하지 않으시니까 말이에요."

자신보다 한참 어렸지만 미르는 2년 만에 여인이 되었다. 소녀 같은 외모는 여전했지만, 그녀의 눈빛은 어느새 시라의 그것처럼 차분히 가라앉아 있었다.

'변하지 않은 건 나뿐인가.'

바사기는 중얼거리며 창 밖으로 내다보이는 정원을 바라보았다. 갈색으로 물든 땅, 그리고 형체없는 바람. 은의 영토에서 맞이하는 두 번째의 겨울은 희미한 무채색으로 물든 채 바사기의 눈앞에 펼쳐지고 있었다. 정원 가득 자리하고 있던 나무들은 어느새 잎을 떨군 채 가지만을 얌전히 내밀고 바람을 맞으며 흔들렸다.

"들어가요."

겨울의 문턱에 들어선 대지는 그렇게 앙상한 몸을 드러낸 채 잠들어 있었다.

*　　　　*　　　　*

온기. 뿔이 주는 온기는 작은 부분에서 퍼져 나왔다고는 믿어지지 않을 정도로 따스하게 사방을 비췄다. 그로 인해 싸늘함을 품고 불어오던 바람은 순식간에 온화하게 변모해 갔다. 뿔에서 퍼져 나온 은색의 빛은 달빛이 밤길을 비추는 것과 같이 아련한 빛깔로 숲에 머물고 있었다. 은빛이 보여주는 환영과도 같이 숲은 순간적으로 모습을 바꾸었다. 그리고 그 속에서 눈을 감은 채 미동도 없이 한 자세를 유지하던 유하는 순간적으로 스치듯 지나가는 환영을 보았다. 폭풍처럼 격렬하게 휘몰아치는 암운 속의 형상. 음울한 회색으로 물든 희미한 그림자.

상황은 자신이 우려한 것보다 더욱 심각할지도 모른다.

어떻게 하면 그것을 막아낼 수 있을까. 유하는 여전히 뿔의 힘으로 암운 속을 헤쳐 나가는 것을 멈추지 않으며 생각에 잠겼다. 거의 매일같이 뿔의 힘을 써서 억지로라도 그 속을 들여다보려 했지만, 그러한 자신의 행동을 비웃듯이 암운은 진해져만 갔다. 하지만 오늘은 달랐다.

무언가가 자신을 이끌어 가는 것처럼 암운이 희미하게나마 빛을 잃고 감추어두고 있던 자신의 속을 드러내고 있었다.

'조금만 더. 조금만……'

잠시 생각이 흐트러지자 금세 영상이 빛 바랜 종이 조각처럼 사그라들었다. 유하는 잡힐 듯이 잡히지 않는 안개와 같은 영상을 조금 더 자세히 바라보기 위해 모든 힘을 뿔로 집중시켰다. 그러자 한순간 지금까지 빛이 미치던 자리의 두 배는 되는 거리까지 은빛으로 가득 채워졌다. 이곳만이 다른 공간이 된 것처럼, 그리고 머리 속에 무언가 뚜렷한 것이 비춰지는 것 같았다.

털썩!

유하는 순간적으로 시야가 암흑으로 차오르는 감각에 휘말려 바닥에 주저앉았다. 한순간에 온몸의 힘이 빠져 버려 무릎을 지탱할 힘조차 남아 있지 않았다. 조금 전까지 온화하고 부드러운 은색의 빛에 감싸여 있던 숲속의 공간은 다시 본래의 차갑게 식어 버린 대지로 되돌아왔다.

유하는 바닥에 주저앉은 자세 그대로 고개를 들고 하늘을 바라보았다. 미래는 자신이 꾸었던 꿈과 같은 빛깔로 채색되어 있었다. 지독한 고요와 작은 흔들림조차 없는 정지된 세상, 그리고 그 속에서 유일하게 꿈틀거리며 지독한 향기를 토해내는 붉은 덩어리.

수십 번 속을 게워내도 도저히 편해지지 않을 것 같은 그 지독할 정도로 비릿한 향은 지금도 코끝에 남아 있었다.

'그냥 돌아가 버리고 싶다. 이건 내가 해결할 수 있는 문제가 아니야.'

저절로 터져 나오는 한숨. 유하는 자신에게 주어진 모든 짐을 던져 버리고 마음속에 떠오른 편안한 장소, 자신이 회귀해야만 할 그곳, 비록 회색 빛으로 물들어 버렸지만 밤이 되면 그 무엇보다 현란한 빛을 토해내는 그곳으로 되돌아가고 싶어졌다. 자신이 어떤 행동을 해도 방해받지 않는 곳. 어느 누구도 자신에게 전부를 요구하지 않는 곳. 도시라는 이름을 가진 그곳으로.

"지겨워……."

하얀 입김이 뿜어져 나왔다가 금세 자취를 감추었다.

왜 사제의 힘을 가졌다는 이유로 자신의 모든 것을 버린 채 이토록 한 가지에만 매달려야 하는지 이해할 수 없었다. 각자에게 주어진 문제는 스스로 해결하는 것이 당연한데, 왜 이곳에서는 자신만이 그 모든 것을 짊어지고 있는가.

'빨리 해결해 버리고 돌아가려 했는데……. 예전처럼은 될 수 없지만 그래도 돌아가고 싶은데, 도저히 생각대로는 안 되는군.'

바닥에서 올라오는 한기는 이제 견딜 수 없을 정도가 되어 있었다. 피부는 그 차가운 기운에 휩싸여 점점 식어갔다. 본래부터 하얀색이지만, 이제 푸르스름하게 변해버린 손을 내려다보며 유하는 쓴웃음을 지었다.

얻은 것과 잃은 것, 받아들였지만 아직 혼란스러운 것.

"젠장!"

결코 입에 담으리라고는 생각할 수 없었던 말이 자연스럽게 입술 틈을 비집고 새어나왔다.

'우선 돌아가자.'

유하는 점점 기세를 더해가며 몸 속으로 파고드는 한기를 떨쳐내며 몸을 일으켰다. 땅에 직접 맞닿은 손바닥은 얼음에 손을 댄 것처럼 싸늘하게 식어 있었다. 지금 자신에게 필요한 것은 따스한 온기와 한잔의 차면 충분하다.

그리고 익숙한 눈으로 자신을 바라보는 이들의 얼굴.

귀찮아도 그들이 있었기 때문에 어느 정도는 편안하게 지낼 수 있지 않았던가. 이런 자신에게 질리지도 않고 끊임없는 존경을 보내는 이들.

"바보 같아……."

유하는 작게 중얼거렸다.

딸깍거리는 문의 마찰음이 울리자 조용히 각자의 일에 몰두하고 있던 세 쌍의 시선이 동시에 문으로 향했다. 그곳을 통해 들어선 것은 단 한 명뿐.

무엇 때문인지 살짝 찌푸린 얼굴과 길게 늘어진 은청색 머리카락, 그리고 낮게 울리는 목소리.

"미르, 차 한잔 부탁한다."

"네, 유하님."

가장 먼저 침묵에서 깨어난 것은 미르였다. 발랄한 미소로 답하며 미르는 자리에서 일어나 차를 준비하기 위해 분주하게 움직였다.

"꽤 추운 날씨로군."

"올 겨울은 보통 때보다 추울 모양입니다."

바사기는 평이한 어조로 유하의 말에 답했다.

"눈이나 내렸으면 좋겠군."

보통 때의 유하라면 분명 차가운 한마디나 시선을 보내왔을 텐데 오늘은 이상했다. 아니, 자신이 부르러 갔을 때만 해도 유하는 냉담했다. 그런데 지금은 자신에게 말을 걸어주고 게다가 표정을 굳히지도 않았다.

"왜, 놀라운가?"

바사기의 생각을 읽은 것처럼 유하는 피식 웃으며 물었다.

"아, 아닙니다."

사실 놀라지 않았다고 말한다면 거짓말이다. 이렇게 확연하게 다른 태도를 취하는 유하의 모습에서 바사기는 과거의 그를 떠올리고 있었다.

머뭇거리며 답하는 바사기를 조용히 응시하던 시라는 엷게 웃었다. 수를 놓고 있었는지 그녀의 앞에는 바늘과 실, 그리고 천 조각이 놓여 있었다. 전형적인 과거의 여인상을 연출하고 있는 시라에게서 유하는 가슴속에 묻어두고 있던 그리운 얼굴을 연상했다.

'아직 끝난 건 아니니까, 언젠가는 만날 수 있겠지.'

"미르, 너희들이 마실 차도 가져와라."

"네."

방 안에 조금씩 찻잎에서 풍겨나오는 향기가 차올랐다. 밖은 찬바람이 부는데, 집 안에서는 그 향기만으로도 봄으로 되돌아온 듯한 착각에 빠져든다.

'사제 따위……'

유하는 편안하게 등받이에 몸을 기댄 채 속으로 중얼거렸다. 정해져 있는 미래 따위는 믿지 않는 자신에게 어째서 이런 힘이, 그리고 그 정해진 미래에 일어날 일을 책임져야 하는 일이 생긴 것인지.

답답해서 폭발할 것 같은 기분이 절로 얼굴을 찌푸리게 만들었다. 원해서 태어나지도 않았고, 원해서 이런 상태가 된 것은 아니다. 그리고 그런 미래를 바라지도 않는다. 아니, 미래 자체를 떠올리지 않는다. 미래가 존재하는 것은 막연하게 존재할 것이라고 믿는 그 사실 하나로 앞에 닥쳐올 어떤 일이라도 스스로 다짐하고 맞이할 수 있다는 사실 때문에 가치를 가진다. 명백하게 밝혀져 있는 것은 더 이상 미래가 아니다.

'바꾸기 위해 미래가 존재한다지만 이것과 그것은 많이 다르지.'

바꾸기 위한 미래와 바꿔야만 하는 미래. 어느쪽이 좋은가, 라고 묻는다면 유하는 당연히 첫 번째를 선택할 것이다.

"드세요. 드시고 마음속에 쌓인 나쁜 기분은 털어버리세요."

예전부터 자신에게 할말을 다하는 것은 미르였다. 언니인 시라는 무엇이든지 참고 담아두는 구석이 있었기 때문에 간혹 가다 필요할 때가 아니면 결코 마음속에 담긴 말을 겉으로 드러내지 않았다. 하지만 미르는 다르다. 처음에는 어려워하는 기색을 보이더니 언제부터인가는 편하게 하고 싶은 말을 하기 시작했다. 아마 자신의 행동에 유하가 화를 내지 않는다는 사실을 깨달았기 때문인지도 모른다.

"고맙다."

근래에 이르러 드물게 유하에게 고맙다는 말을 듣자 미르는 기쁨의 기색을 얼굴 가득 떠올렸다.

'조금쯤은 편하게 생각해도 좋지 않을까?'

하지만 생각과 달리 마음을 누르고 있는 무게는 전혀 반감되지 않았다.

　　　　　＊　　　　　＊　　　　　＊

　가슴 한구석에서 아릿한 통증이 밀려왔다.

　어딘가 아픈 것도 아닌데 갑작스레 밀려오는 이상한 감각에 유
하는 또다시 눈썹을 살짝 찌푸렸다. 예전에는 없던 버릇이었지만
2년 전부터 몸에 익은 습관처럼 생각에 잠기기만 하면 저절로 눈
썹이 찌푸러졌다.

　마음을 걸어 잠그고 있던 걸쇠를 풀어버리고 마음이 이끄는 대
로 행동하고 있었지만, 그렇다고 모든 것을 내보일 수 있는 것도
아니다. 자신의 행동이 변했고 외모를 제외한 본질 자체가 뒤바뀌
었지만, 여전히 자신에게 속해 있고 연결되어 있는 사실들은 달라
지지 않았다.

　인식하고 싶지 않았던 사실이 갑자기 크게 자리를 점하기 시작
하자, 유하는 참을 수 없는 답답함에 몸을 벌떡 일으켰다. 지난밤
차를 마시며 몸을 녹이고 나서 자신의 방으로 돌아온 직후, 그리
고 해가 막 아스라한 빛을 내뿜으며 주위를 밝혀가고 있는 지금
까지 눈조차 붙이지 않은 채 유하는 닫힌 창 밖을 응시했다. 뚜렷
하게 사물이 보이지는 않지만 창 밖이 점점 다른 색으로 변화해
가는 모습을 바라보는 것은 그리 지루하지 않았다.

　'모든 게 다 바보 같아.'

　유하는 조용히 문을 열고 발걸음을 옮기며 되뇌었다.

　주위의 기대치와 자신의 바램. 두 개는 너무나 상반된 것이었기
에 동시에 존재할 수 있었다.

　사제로서의 자신에게 바라는 주위의 기대. 어린 시절부터 친구

였던 시류가 바라는 것과 사비인 미르와 시라, 그리고 바사기가 바라는 것. 시류를 제외한 다른 일족의 수들이 바라는 것. 그리고 자신이 알지 못하는 많은 이들이 자신에게 바라는 것. 그것은 유하가 사제이기 때문에 주어지는 당연한 것들이었다.

'미래가 암흑이라면 그냥 맞이하면 되잖아.'

누구에게 자신의 마음을 드러내고 신경질적으로 퍼부을 수 있다면 훨씬 마음은 편해질 것 같았지만, 모든 것이 다 귀찮고 번거로웠다. 그리고 더 이상 자신은 책임이라는 단어에 얽매이고 싶지 않았다. 충분하지 않았던가. 지난 세월 동안 자신이 한 것으로. 무수한 날들을 비전서의 방에서 지내고 오직 사제로서의 의무를 다하기 위해서 자신의 삶 대부분을 허비하지 않았던가. 그리고 이제 조금은 옅어졌지만, 시류에게 자신은 얼마만큼의 자리를 차지하고 있는지, 그리고 자신은 시류를 어떻게 생각하는지에 대한 사실이 남아 있었다.

친구는 소중하다. 그것이 더 더욱 오랜 세월을 함께 지내온 마음을 열 수 있는 상대라면. 그러나 엄연한 격차가 있는데도 친구라는 관계를 유지할 수 있을까?

시류는 분명 아직까지도 자신을 친구로 여기고 있다. 자신이 어떻게 해야 할지 망설이는 동안에도 시류는 예전처럼 자신을 대하려 했었다. 그러나 그것을 거부한 것은 유하였다. 자신이 생각하고 받아들이고 있던 관계가 깨어진 순간, 유하는 그때까지의 자신을 지탱해 주던 기둥이 부서지는 감각을 느꼈다. 그것은 정말 뼈아픈 배신감이었을까. 친구라는 단단하게 묶여 있던 매듭을 풀어버리고, 결코 같아질 수 없는 지위라는 이름으로 그 사이를 메꿔버린 행동을 어떻게 받아들여야만 했을까. 보통의 인간들처럼 아무렇지 않게 잊을 수 있다면 좋았을 텐데, 유하에게는 그런 사실이 통용되지 않았다. 아니, 은의 일족 자체가 인간보다 수명이 다섯 배 이상 긴 대신 기억력 또한 수명에 맞게 강한 것뿐이었다. 하지만 두 가지 측면을 모두 지니고 있는 유하에게 그 두 개의 기억은 괴로운 합치점이 될 뿐이었다.

'차라리 인간으로 있는 편이 나았어. 그때는 아무것도 몰랐지만 이렇게 답답하지는 않았으니까.'

솔직히 그랬다. 미래에 대한 막연한 불안감을 품고 낯설고 생소한 세상에서 새로운 삶을 시작해야 한다는 사실이 현실로 다가오자, 우선 눈앞에 펼쳐진 일들을 어떻게 풀어나가야 하는가, 라는 사실이 선결 과제로 떠올라왔다. 쉴새없이 벌어지는 일들과 적응. 대인 관계. 그 모든 것들이 자신을 피곤하게 만들고 다른 생각을 하는 것을 방해했다. 하지만 지금의 자신은 완벽한 자신이면서도 자신이 아니다. 어쩌면 그때 유하라는 이름으로 다시 태어났는지도 모른다.

육체는 항상 그대로 였지만, 그 안에 담겨 있던 두 개의 영혼은 비정상적으로 융합되어 다시 현실과 맞닿았다. 무엇이 어떻게 작용했는지, 그 동안 마음속에 묻어두었던 것들이 모두 표면으로 떠올랐다. 인간으로서의 자신은 지금보다 오히려 순수했고, 다른 이에 대한 배려를 가지고 있었다. 하지만 지금은 절대 아니다. 자신에게 보이는 것은 오직 눈앞에서 기다리고 있는 현실뿐이었다. 자신의 처소에서 얼마간 떨어진 한적한 숲속에 이르러서야 유하는 걸음을 멈췄다. 이제 약간의 시간이 흐르고 나면 세상은 은백의 설원으로 변모할 것이다. 눈에 보이는 모든 것이 새하얀 빛깔로 뒤덮여 본래의 모습을 감춘 채 새롭게 태어날 것이다.

유하는 모든 신경을 뿔에 집중시켰다. 그러자 얼마 지나지 않아 머리 끝 부분에서 간질거리는 미세한 감각이 퍼져 나갔다. 그와 동시에 주위를 온화한 빛깔로 물들이는 은색의 물결. 자신의 마음은 더 이상 사제가 가져야 할 책임 따위는 품고 있지 않은데도 힘은 반감되기는커녕 예전에 비해 강해져 있었다. 그리고 더 이상은 미친 듯이 힘을 써도 몸에 이상이 생기지는 않았다. 끔찍할 정도로 생생하게 느껴졌던 육체와 영혼의 괴리감은 그저 먼 과거의 기억이 되어 있었다. 그렇게 그날 이후로 모든 것은 변해버렸다. 그동안 푸른색이라고 믿고 있던 세상이 본래의 총천연색으로 물든 세상으로 보이기 시작한 것이다. 그리고 그와 함께 자신은 둘이자 하나가 되었다. 온몸에 열꽃처럼 피어오르는 열기를 내포한 감각이 한순간 세상의 빛을 백색으로 바꾸어 버렸다.

"유하님!"

날카롭게 귓가에 파고드는 여자의 목소리. 유하는 자신을 방해하는 낯선 목소리 때문에 온몸 가득 불쾌함이 퍼져 가는 것을 느꼈다. 뿔에 자신의 모든 것을 내맡기고 있는 지금과 같은 순간은 모든 감각이 극도로 예민해진다. 2년 전부터 시작된 이런 자신을 방해하는 것은 적어도 이곳에서는 아무도 없다. 미르와 시라, 그리고 바사기는 자신이 뿔의 힘을 사용하고 있을 때는 절대 곁으로 다가오지 않는다.

"유하님!"

또다시 목소리가 들려왔다. 조금 전보다 더 크고 날카롭게 올라간 목소리. 유하는 한층 진해진 불쾌감 때문에 더 이상 뿔에 모든 힘을 집중할 수가 없었다. 마음 같아서는 당장에 소리를 치고 싶었지만, 지금은 입을 열 기분조차 들지 않는다. 유하는 천천히 뿔에 집중되어 있던 힘을 풀어내고 나서 고개를 돌렸다.

"약속을 지키셔야죠?"

밑도 끝도 없이 그녀는 갑자기 말을 걸어왔다. 사제에 대한 예의라고는 눈곱만큼도 없는 얼굴을 들이대며. 갑자기 일시에 온몸에 불쾌감이 피어올랐다.

유하는 잊을래야 잊을 수 없는 그 뻔뻔한 얼굴에서 시선을 돌리며 어딘가에서 불청객의 등장을 알리기 위해 자신을 찾고 있을 사비들을 찾았다.

"죄송합니다. 미처 말씀을 드리지 못해서⋯⋯."

자신을 찾으러 나온 것은 바사기였다. 요즘은 자신들끼리 일을 분담했는지 밖으로 나가서 하는 일은 대부분 바사기가 하고 있었다.

"자신의 일은 제대로 해야 하지 않나?"

"정말, 죄송합니다."

죽을죄라도 지은 것처럼 바사기는 사과를 거듭했다.

"손님을 이렇게 대해도 되는 건가요?"

겸손한 표정으로 바뀌어 있었지만 그녀, 사야의 목소리는 결코 겸손하지 않았다. 2년이라는 짧은 시간 동안 그녀는 더욱 자신의 연기 실력을 갈고 닦은 것 같았다. 그녀의 본성을 알고 있는 유하가 아니면 미묘한 어조의 차이를 구별해 낼 수 없을 정도로.

"손님?"

유하는 약간의 빈정거림을 담은 어조로 말을 내뱉고는 다시 바사기에게 말을 건넸다.

"그대에게 내 시간을 방해할 권리는 없지. 바사기, 집 안으로 모시고 가라."

"알겠습니다, 유하님."

"기다리겠습니다. 유하님께선 아직 저와의 약속을 지키지 않으셨어요."

사야는 그녀답지 않게 순순히 바사기의 뒤를 따르며 말했다.

"물론 기억하고 있지."

"다행이로군요. 유하님께서 약속을 어기실 거라는 생각을 한 적은 없지만."

"사야, 그대가 가진 지위는 스스로의 힘으로 얻은 것이 아니라는 걸 상기해 주었으면 좋겠군."

"물론 알고 있습니다. 예전에 말씀드렸듯이……"

사야는 말끝을 흐리며 뒤를 돌아보고는 희미하게 미소 지어 보였다.

'귀찮은 자가 다시 붙어버렸군.'

유하는 가볍게 혀를 찼다.

분명 2년 전 그녀와 약속을 했었다. 백의 영토에 가서 비전서의 해독을 하겠노라고. 자신의 입으로 한 약속이었지만, 사실 그 약속을 지킬 생각은 없었다. 눈앞의 현실에 대처해 가는 것에 급급했던 자신에게 그녀의 요구는 정말 터무니없는 것이었다. 그것을 유하는 교묘한 말솜씨로 위장해 가며 사야에게서 벗어났었다. 하지만 자신과 다른 이들 앞에서 보이는 태도가 확연히 다른 사야가 그렇게 쉽게 물러날 리가 없었다. 단지 수의 핏줄이라는 사실 하나만으로 그녀는 세상을 발 아래 두고 있는 듯한 지나친 당당함에 사로잡혀 있었다.

다음 수의 힘을 가진 것은 그녀가 아니다. 수는 핏줄에 의한 계승이 아닌 힘에 의한 계승이므로, 현재의 수인 유현이 자리에서 물러난 후에 사야는 보통 백의 일족이 된다. 지금은 아버지의 후광을 입고 세상을 오시하고 있지만, 힘으로 유지되는 사회에서 그러한 태도는 후에 마이너스를 부를 뿐이다.

'그 여자가 그걸 생각 안 할 리가 없지.'

성공을 위해 무슨 일이든지 하는 끈기를 지닌 정치인들과 같이 사야는 자신의 미래를 화사한 빛깔로 채색하기 위해 노력하고 있는 것이다. 노력 하나는 가상하다고 생각해 줄 수 있었지만, 유하는 사야와 같은 성격을 가장 싫어했다.

'그나저나 사야가 찾아왔다는 건 지금쯤 화월 또한 조금씩 나에 대한 의심을 하고 있다는 이야기인데, 이제 약속을 지켜야 할 때가 온 건가.'

2년 전에 벌어졌던 일들이 지금에 이르러 서서히 자신의 현재와 맞물리고 있었다. 약속이라는 단어는 결국에는 어떤 형태로든 효력을 발휘하는 힘을 가진 것인지도 모른다고 유하는 생각했다.

*　　　*　　　*

어째서지? 어째서 당신이 이곳에 존재하지? 왜 이런 일이 일어난 거야?

유하는 그 질문에 답할 수 없었다. 그것은 오히려 자신이 묻고 싶었던 것이었기 때문에. 자신 역시 서희와 몸을 바꾸었을 때 그녀의 쇠약해진 몸 속에서 자신의 몸을 바라보던 그 순간, 이미 모든 것을 포기했었다. 이제 더 이상 자신은 청의 사제인 유하가 아니라고. 영혼이 안식의 땅에 머무를 수 있을지 어떤지는 알 수 없었지만, 모든 것은 저 백지와도 같은 인간 소녀에게 맡기고 미련을 버려야겠다고 다짐했었다.

"잘 들어라. 이제 너는 더 이상 인간의 소녀가 아니다. 너는 청의 사제 유하다. 지금까지 지녀왔던 이름은 버려라."

몇 마디의 말을 하는 것뿐인데도 금방 아득하게 정신을 놓아버릴 듯한 감각이 온몸에 퍼져 갔다. 상처에서 느껴지는 아련한 통증과 자신의 얼굴을 올려다보고 있다는 기이한 감각은 꿈속에서 헤매는 것처럼 몽롱하게 시선을 잡아매고 있었다. 태어나서 단 한 번도 느껴본 적이 없는 지독한 통증. 어떻게 이런 상처를 입고서도 저 소녀는 몸을 추스르고 자신의 말을 이해하고 받아들인 것일까. 어쩌면 인간이라는 존재는 자신들이 생각하고 있는 것보다 훨씬 더 강인하고 신비한 존재인지도 모른다.

"하지만 난 아무것도 몰라요. 아무것도 모르는 백지 상태와 같은 나에게 모든 것을 맡기겠다는 건가요?"

자신의 얼굴을 타인의 시선으로 바라보며 자신의 목소리를 타인의 귀로 받아들이는 기분은 말로는 설명할 수 없을 만큼 복잡한 감각을 느끼게 만들었다.

"너라면… 할 수 있을 거야……."

말을 내뱉는 것이 점점 더 힘겨워지고 있었다. 아무래도 아무런 시험도 거치지 않고 주술을 행한 것이 잘못된 것이라는 생각이 강하게 들고 있었다. 아주 조금씩이긴 하지만 육체의 고통 이외에 몸 한구석에서 조금씩 다른 종류의 열기가 피어오르는 것 같았다. 아직 저 소녀에게 해줄 말이 많이 남아 있는데, 시간은 그다지 많지 않았다.

"대체 어쩌라는 말이에요?!"

소녀는 혼란스러운 듯 표정을 일그러뜨리며 자신을 내려다보았다. 분명 자신이 그녀와 같은 입장이었더라도 당연히 했을 질문이었다. 잠시 그렇게 얼굴을 찡그리고 있던 그녀는 무슨 이유인지 갑자기 자신의 말이 아닌 다른 것에 집중을 하고 있었다.

"왜… 몸이 제대로 움직여지지 않죠?"

그리고 소녀는 당혹감이 가득 배인 목소리로 물었다.

그녀의 말에 놀란 것은 유하 역시 마찬가지였다. 몸이 움직이지 않는다니. 자신은 상처 입은 그녀의 몸으로 들어왔기 때문에 당연히 그렇다고 해도, 멀쩡한 자신의 몸으로 들어간 그녀에게 이상이 있을 수는 없었다. 하지만 점점 더 깊은 당혹감으로 물들어가는 얼굴을 보자 그녀의 말이 거짓이 아니라는 것을 깨달을 수 있었다.

"주술의 부작용인가… 아니면 실패?"

유하는 그녀에게 들리지 않을 만큼 작은 소리로 중얼거렸다. 분명 금단의 주술이기는 했지만 이런 결과를 낳을 것이라고는 생각하지 않았다. 아니, 어쩌면 너무 급하게 행한 나머지 평소처럼 냉정한 사고를 유지할 수 없었는지도 모른다.

그녀가 자신의 몸에 적응하지 못하면 모든 것은 제멋대로 돌아갈 것이다. 자신이 바로잡고 있던 길이 서로 얽히고설켜 풀 수 없을 정도로 엉켜버릴지도 모른다. 혼란스러운 눈동자로 자신을 응시하는 소녀에게 유하는 한시라도 빨리 자신이 알고 있는 것을 전해야 했다. 주술의 부작용이 일어났다고 해도 이제는 되돌릴 수 없다. 지금의 자신에게는 다시 주술을 행할 여력도, 시간도 남아있지 않았다.

"사제로서 네가 할 일은… 내 집에 가면 알 수 있을 것이다. 그곳에 책들이 있으니까 충분히 익히고 배울 수 있을 거야……"

고통은 점점 강도를 더해가며 올바른 사고의 진행을 방해하기 시작했다. 극심한 육체의 고통이 이토록이나 자신을 무너뜨릴 것이라고는 단 한 번도 생각해 본 적이 없던 유하였기에 더 더욱 인간 소녀를 선택한 것이 잘못되지 않았음을 확신할 수 있었다. 적어도 그녀는 하얀 영혼의 빛깔을 지녔다. 어떻게든 자신에게 주어진 상황을 헤쳐 나갈 수 있을 것이다. 그리고 나서 유하는 불안해하는 서희에게 자신이 할 수 있는 최대한의 노력으로 사제로서 해야 할 일들과 은의 일족이 가진 힘이나 비전서를 풀어나가야 한다는 이야기를 해주었다.

"금의 일족은 우리와 뿔의 힘을 쓸 때 나타나는 빛깔이 다르다. 그걸로 서로를 구분할 수 있지……."

소녀는 갑자기 고개를 천천히 좌우로 흔들었다.

유하는 최대한 목소리가 흔들리지 않도록 힘을 짜내면서 말을 계속했다.

"유하? 목소리가 잘 안 들려요."

"그들을 조심해야 한다. 어서 힘을 깨닫고 차후에 일어날 일을 막아내라! 다른 어떤 것도 하지 않아도 좋지만… 비전서에서 진실을 찾아내는 것은 잊지 말아라……."

갑자기 소녀가 힘없이 손을 늘어뜨린 채 손끝을 조금씩 움직이고 있었다. 마치 마지막 발악을 하는 짐승의 간헐적인 꿈틀거림처럼. 그리고 조금씩 무너져 내리는 몸. 그것을 본 순간 유하는 가슴 한구석에서 날카로운 통증이 일어나는 것을 느꼈다.

"서희!"

날카롭게 울려퍼진 자신의 외침만이 바닥으로 무너져 버린 그녀에게로 향했을 뿐, 상처 입은 몸은 바닥으로 가라앉은 채 조금도 움직이지 않았다. 그리고 얼마 지나지 않아 자신에게도 서서히 암흑이 찾아들고 있었다.

"유하님, 유하님!"

마르와 시라는 늦은 밤이 되도록 돌아오지 않는 유하를 찾기 위해 밤길을 헤쳐 나가고 있었다. 유하가 자주 가는 장소 여러 곳을 다 뒤져 보았지만 그중 어느 곳에서도 유하의 모습을 찾을 수 없었다. 요즘 안색도 많이 안 좋아진 데다가 커다란 고민이라도 있는지 평소의 반 이상으로 줄어버린 말들.

자매는 금방이라도 유하에게 무슨 일이 생길 것 같다는 불안감에 휩싸여 있었다. 그리고 불길하게 오늘이 바로 그때가 될 것 같다는 예감이 피어올랐다.

"유하님! 어디 계세요!"

또다시 미르의 목소리가 밤공기를 뚫고 퍼져 나갔다. 하지만 어느 곳에서도 유하의 대답은 들려오지 않았다.

"언니, 무슨 일이 생긴 걸까?"

숨기려 했지만 목소리에 배어나오는 불안은 지워지지 않은 채였다.

"조금만 더 찾아보자. 분명 오늘은 멀리까지 나가신 걸 거야."

차분한 시라의 얼굴과 음성에 미르는 겨우 안심한 얼굴이 되었다. 깊게 잠긴 어둠과 간간이 불어오는 바람. 두 자매는 신경을 곤두세운 채 걸음을 재촉했다. 그렇게 얼마간을 더 걸었을 때, 그녀들이 있는 곳에서 얼마 떨어지지 않은 장소에서 갑자기 뿔에서 뻗어 나온 은색의 빛이 피어올랐다. 강한 불의 힘을 내포하고 있는 그 여파를 감지하고 두 자매는 직감적으로 그것이 감시자들이 가진 힘이라는 것을 알았다.

"저쪽이야!"

누가 먼저랄 것도 없이 자매는 정신없이 달렸다. 심장이 미친 듯이 거칠게 뛰고 있었다. 그리고 감시자들의 힘이 퍼져 나온 장소에 있던 것은 힘없이 바닥에 쓰러진 유하와 심한 상처를 입은 채 불꽃에 휘감겨 있는 인간의 모습. 인간의 몸에 나 있는 상처는 분명 감시자들이 낸 것이었지만, 얼핏 보기에도 누군가 그것을 치료했다는 것을 알 수 있었다. 심한 상처이기는 했지만 피는 흐르지 않고 있었으니까. 이미 그것도 소용없게 되었지만.

"언니, 설마……."

불안한 듯 눈을 깜빡이고 있던 미르가 중얼거리듯이 말을 꺼냈다.

"우리는 유하님을 어서 처소로 옮기도록 하자."

그녀들이 나타난 것을 알아채고 두 명의 감시자가 고개를 돌렸다.

"그대들은?"

"유하님의 사비입니다."

시라의 대답에 감시자들은 무심하게 가라앉은 시선을 다시 인간에게로 돌렸다. 이미 완전히 정신을 잃었는지, 아니면 이미 시체인지 타오르는 불꽃 속에서도 인간은 미동조차 하지 않았다.

"유하님이 왜 이곳에……?"

"인간을 상대로 알아낼 것이 있으신 모양이었는데, 그 이후의 일은 잘 모르겠군."

어느새 유하의 몸을 일으켜 세우고 있는 미르를 도우며 시라는 다시 한 번 불길 속에 갇혀 있는 인간을 바라보았다. 그 순간 머리 속에서 무수한 의문이 피어올랐다. 하지만 그 의문은 잠시 뒤로 미루어야 한다. 창백한 안색의 유하를 자신들은 어서 처소로 데려가지 않으면 안 된다. 빨리 움직여야 그만큼 유하를 편안하게 할 수 있을 테니까. 시라의 시선은 다시 유하에게 돌아왔다.

"언니, 빨리 돌아가자. 유하님 안색이 너무 창백해."

금방이라도 울 듯한 미르를 달래며 시라는 한 발을 내디뎠다.

"그럼."

가볍게 고개를 숙여 감시자들에게 인사를 건네고 나자, 시라는 더 이상 뒤를 돌아보지 않았다. 죽음에 이르는 불꽃에 의해 점점 사라져 가는 인간의 모습과 차갑게 굳어 있는 감시자들의 얼굴을 그녀는 더 이상 바라보고 싶지 않았다. 불꽃이 움직이는 소리와 두 자매가 유하를 부축하고 걸음을 옮기는 소리만이 그렇게 조용한 숲속을 채워가고 있었다.

마치 눈에 보이지 않는 바람이 된 듯한 기분이었다.

분명 자신은 존재하는데 어느 누구도 자신을 알아차리지 못한다. 그저 스쳐 지나가는 바람을 가볍게 넘겨버리듯이 존재감을 느낄 수 없는 존재. 어느새 자신은 그렇게 변화해 있었다.

그 어떤 것도 자신을 구속하지 않으며 스스로 구애받지 않아도 되는 자유 속의 자신. 그러나 그 기분은 얼마 지나지 않아 불안감으로 바뀌었다. 지금까지 정신없이 자신에게 주어진 일에 매달려 앞만 보고 달려온 그에게 갑작스레 주어진 평온의 시간은 진저리 쳐질 정도의 괴로움에 지나지 않았다. 그리고 이끌리듯이 그는 자신의 몸이 있는 곳으로 움직였다. 그것은 의지로 인한 행동이 아닌 무의식적인 것이었다.

타인의 시선으로 자신을 본다는 것. 스스로의 의지로 움직이던 몸이 이제 타인의 것이 되어 있다는 것. 포기해도 좋다고 여겼지만 미처 하지 못했던 일을 완수해야 한다는 사명감이 마음속에서 소용돌이처럼 몰아치고 있었다. 하지만 그와 동시에 다시는 자신이 속했던 곳으로 되돌아가고 싶지 않다는 마음 역시 강하게 꿈틀거렸다. 그리고 무의식적인 이끌림으로 다가선 자신의 몸. 그 곁에서 유하는 시류를 보았다.

그 동안 그토록 미래에 대한 고뇌와 자신없이 그것을 맞이하게 될 시류 때문에 괴로워했었는데 지금의 자신은 그저 방관자로서 그것을 바라볼 수밖에 없는 입장이 된 것이다. 자신이 배신이라고 느꼈어도 함께 지내온 시간 동안 결국 시류와는 떨어질 수 없는 사이가 돼버렸다. 겉으로는 피하고 꺼려 했어도, 결국 마음속에서는 오랜 옛날부터 마음을 놓았던 유일한 상대인 시류를 생각하고 있었다.

'그래, 마음은 속일 수 없는 것이었지.'

이렇게 길게 뻗어 있던 삶의 길 가장자리에서 바라보자, 비로소 그 길이 제대로 보이기 시작했다. 항상 그렇다. 자신이 그 길에 속해 있을 때는 결코 바른 면만을 보지 못한다. 얽매임 없이 모든 구속에서 벗어나 허탈하기까지한 감정을 느끼며 바라보자, 지금까지 보이지 않았던 사실들이 확연히 드러났다.

자신은 고집스러운 한 가지 생각으로 인하여 지금까지 너무나 괴로운 시간을 보내왔다. 그저 인정하고 받아들이기만 하면 끝나는 간단한 것이었는데, 어째서 지금까지 그것을 하지 않았을까.

눈앞에는 자신의 얼굴을 한 서희가 불안함이 가득 담긴 얼굴로 침상에 앉아서 생각에 잠겨 있었다. 주술의 부작용 때문인지 아직 원래대로 체력이 돌아오진 않았지만, 그녀는 생각보다 훨씬 더 현실에 빨리 적응하고 있었다.

가만히 방관자의 시선으로 자신의 몸을 응시하던 유하는 나지막하게 그녀를 불렀다.

"서희……."

그러자 서희는 깜짝 놀라며 불안한 눈으로 주위를 두리번거렸다. 하지만 그녀의 눈에 자신이 비칠 리가 없었다.

"누, 누구냐."

애써 불안을 지워버리며 서희는 말했다.

유하는 자신도 모르게 미소를 짓고 있었다. 낯선 상황에 적응하기 위해 나름대로 애쓰는 그녀의 모습을 보자 절로 그런 마음이 든 것이다.

"시류님은 다른 누구보다 다정하고 생각이 깊으신 분이다."

의문이 가득 담긴 얼굴.

"서, 설마, 지금 목소리… 유하예요?"

반가움과 의심이 반반씩 섞인 목소리로 서희는 물었다.

"그렇다면… 유하가 맞다면 대답을 해줘요. 유하죠, 그렇죠?"

어느 정도의 확신을 가진 채 그녀는 연달아 말했다. 유하는 그런 그녀에게 다시 말을 걸어주었다. 그리고 유하의 도움으로 무사히 시류를 만나고, 그녀가 밖으로 나올 때까지 유하는 함께 있었다. 그러나 자신은 더 이상 이곳에 속해 있어서는 안 된다는 생각이 강하게 머리 속을 지배했다. 아쉬움은 결코 지워지지 않을 것 같았지만, 더 이상은 자신이 할 수 있는 문제가 아니다.

유하는 그렇게 생각하며 서희의 곁에서 떨어졌다. 점점 멀어지는 자신의 몸을 바라보며 유하는 약간의 씁쓸함을 느꼈다. 그리고 막 자신의 가슴속에 퍼져 가던 감정의 물결이 사라지기도 전에 알 수 없는 강한 흡인력이 자신을 끌어당기기 시작했다.

"저와 함께 백의 영토로 가주시겠지요."

사야는 별다른 표정을 떠올리지 않은 채 조용히 말했다.

유하는 대답없이 사야의 얼굴을 바라보고 있었다. 예전에 자신이 인간의 영혼을 가졌을 때 했던 약속. 유일한 사제로서의 의무.

"물론 약속은 지켜야겠지."

짧은 대답에 사야는 희미하지만 안도하는 표정을 지었다. 자기 자신조차 그런 표정을 지었다는 사실을 깨닫지 못할 정도로 희미하게. 유하가 약속을 지키지 않으리란 생각은 하지 않았지만, 그는 청의 사제. 얼마든지 청의 수 시류가 거부하면 그것을 이행하지 않아도 될 의무가 있었다. 하지만 그는 그렇게 하지 않은 것이다. 어떤 면에서 보면 의외라고 생각될 정도로.

유하는 후덕한 인상을 가진 백의 수 유현을 떠올렸다. 그의 인상만으로 평가하자면 딸인 사야의 미모나 성격을 누구에게서 물려 받았을까, 라는 의심이 생길 정도로 차이가 있는 부녀였다. 하지만 깊이 생각해 보면 온화한 얼굴 밑에 자신의 생각을 감추고 있는 유현이나 다른 이들의 앞에서 다른 얼굴을 보이는 사야는 흠잡을 데 없이 닮아 있었다.

'역시 부전녀전인가.'

유하는 밖으로는 마음속으로 떠올린 생각을 전혀 드러내지 않은 채 그저 온유한 시선으로 사야를 마주 보고 있었다. 사야가 자신에게 매달리는 이유는 예전부터 잘 알고 있었다. 겉으로는 평화롭게 보여도 은의 일족들은 철저한 강자 상위의 법칙에 의해 살아가고 있다.

금의 일족들은 더욱 그런 경향이 강했고, 그나마 평화로움을 추구한다는 은의 일족들까지 가장 강한 힘을 가진 자를 수로 내세우며, 그를 보좌하는 힘을 가진 자를 사제로 뽑는다. 이 두 명이 각 일족의 권력의 중심에 서고, 다음 순위로 장로들이 뽑히는 것이다. 그리고 그 아래에 있는 것이 감시자들. 마지막으로 가장 힘이 약한 자들이 사비가 된다. 사비가 되는 것은 각자의 자유 의사지만, 사비가 되면 자신들의 안전은 보장받을 수 있기 때문에 사비가 되는 경우가 많았다.

그리고 각 일족의 정점에 서는 자, 수는 철저하게 힘에 의해 선출된다. 당대의 수가 일족들 가운데 자신의 일족에 어울리는 가장 강한 힘을 가진 자를 찾아 어릴 때부터 그를 교육시키고 다음 수로 키운다. 일찍 찾아내지 못한다 해도 자신이 죽기 전까지는 반드시 자신의 뒤를 이를 자를 찾아내야 했다. 금의 일족에 비해 터무니없이 약한 힘을 가진 그들로서는 유일하게 금의 일족에 맞설 수 있을 만큼의 힘을 가진 것은 수뿐이었기 때문이다. 그리고 수의 가족들은 수가 살아 있는 동안에는 강한 권력을 누리며 살아간다. 가진 힘이 약하다고 해도 그의 권력과 힘을 등에 업고 살아갈 수 있다. 하지만 그것이 계속되지는 않는다.

현재 네 명의 수들 가운데 유일하게 자식을 둔 것은 백의 수 유현뿐. 그 때문에 사야는 아버지의 죽음 후에 자신이 가질 입지를 탄탄히 굳혀놓기 위해서 안전한 장소를 찾는 것이다. 그리고 그녀가 찾은 가장 안전한 장소는 유일한 사제이자 가장 강한 사제라고 불리는 유하의 곁. 어떤 방법을 써서라도 그를 얻는다면 자신은 지금까지 누려왔던 모든 것들을 고스란히 누릴 수 있다고 그녀는 생각하고 있는 것이다.

'하지만 그건 착각이지.'

유하는 분명 자신이 그녀에게 어느 정도의 마음을 가지고 있을 것이라고 착각하고 있을 사야의 얼굴을 물끄러미 응시했다.

"분명 일족들이 기뻐할 거예요. 그리고 아버님도……."

억지를 써서 그녀가 청의 영토에 온 이유, 그리고 자신에게 직접 말을 전하는 이유. 어떻게 보면 발악을 해서라도 자신의 자리를 지키고 싶어하는 그녀가 안쓰러워 보일지도 몰랐지만, 결국 모든 것은 각자에게 주어진 것이다. 유하도 자신이 원해서 사제가 된 것은 아니고, 미르와 시라 자매도 태어나고 싶어서 고아로 태어난 것이 아니다.

"그대의 바램이 이루어지진 않을 거야. 이건 미래를 보는 자로서 하는 말이다."

그녀의 기쁨에 찬물을 끼었듯이 유하는 나지막하게 말했다. 그러자 사야의 표정은 순간적으로 딱딱하게 굳었다가 금세 평소의 웃음 띤 얼굴로 되돌아왔다.

"전 단지 지금의 자신에게 충실할 뿐입니다."

흔들림 없는 어조로 답하는 사야에게 유하는 가만히 고개를 끄덕여 보였다.

"빠른 시일 내에 출발하도록 하지. 그대도 그것을 바랄 테니."

"그렇게 해주시겠다니 기쁘군요."

사야의 목소리를 흘려넘기며 유하는 생각했다. 분명 자신의 행동으로 인해 연속적으로 일어날 일들을.

'조용히 움직인다고 해도 분명 백의 영토에 간 것을 다른 수들도 알게 될 것이 분명하겠지.'

예전에도 그런 요청들이 있었지만 그것은 시류에 의해 완강히 거절당했다. 하지만 그런 거절이 먹히는 것도 한두 번일 뿐. 하나밖에 없는 유능한 사제를 그대로 놓아둘 만큼 다른 수들은 호락호락하지 않았다. 분명 이번에 백의 영토에 가게 되면 뒤를 이어 적의 영토와 흑의 영토에도 발을 들여놓게 될 것이다. 그것은 필연적으로 따를 수밖에 없는 일이다. 자신이 행동을 결심한 그 순간부터 이미 상황은 그렇게 흘러가고 있었다.

정신이 아득해질 정도로 오랫동안 유하는 비전서의 방에서 나오지 않았다. 처음에는 사야와의 약속 때문에 별수없이 왔다는 생각을 하고 있었지만, 비전서의 방에 들어서는 순간 그것은 거짓말처럼 사라졌다. 그리고 그 지겨울 정도로 빽빽하게 들어찬 글자들을 보며 유하는 몇 날 며칠을 매달렸다.

비전서에 담긴 내용은 각 일족들의 보물과도 같은 것인데, 그것을 다른 일족에 속한 사제에게 보여준다는 결심은 말로는 간단해도 실천으로 옮기기는 어려운 일이었다. 비록 그 이유가 현재 존재하는 사제가 자신 혼자뿐이라는 사실 때문이라고 해도.

"직접 와줄 결심을 하다니 고맙습니다."

단 하나뿐인 사제에 대한 배려를 담아 백의 수 유현은 미소를 떠올린 후덕한 얼굴로 말을 건넸다. 하지만 그 미소의 저변에 담긴 것이 순수한 감사만이 아니라는 것은 알고 있었다. 인간의 영혼으로 보았던 이 세상은 너무나도 조용하고 평화롭고 아름다웠다. 어떤 오염에도 물들지 않은 순수한 태초의 아름다움. 민담 속에 등장하는 장난스럽고 우둔하기까지 한 도깨비라는 이름은 결코 일족들에겐 어울리지 않았다. 결국에는 자신도 그 일족들의 무리에 속해 있는 것이지만. 아무런 사심도 담기지 않은 시선으로 바라본 세상은 얼마나 아름다운가. 유하는 자신의 가슴속에 남아 있는 은의 영토의 기억을 되살려 보았다. 한 폭의 풍경화처럼 잔잔하고 고요한 풍경들, 그리고 그 속에서 조용히 살아가는 은의 일족들. 물론 영혼 깊숙한 곳에서는 처음 이곳에 발을 들이댔을 때 느꼈던 고통의 기억이 남아 있었다. 하지만 그런 고통마저도 잊혀지게 만들 정도로 은의 영토는 자연의 품 안에 감싸인 채 숨쉬고 있었다.

그토록이나 아름답게 느껴졌던 이곳이 두 개의 기억이 공존하기 시작한 때부터 변해버릴 줄은 자신도 알지 못했다. 거짓과 위선을 알고, 자신이 속한 모든 것을 이해하면서도 다른 한편으로는 자신이 느꼈던 평화가 진실된 모습이라고 생각한다.

"후……"

자신도 모르는 사이에 한숨이 새어나왔다.

뿔에서 흘러나온 빛은 회색의 돌 벽을 비춰나가며 금색의 문자들을 떠올렸다. 그리고 그렇게 힘을 쓸 때마다 미미한 어지러움증이 일어났다.

'이렇게 계속 힘을 써대면 분명 다시 원상태로 되돌아가겠지.'

과도하게 힘을 사용하면 사용할수록 살아갈 시간은 적어진다. 분명 자신이 이런 상태가 되기 전에도 아무것도 생각하지 않고 힘을 사용했기 때문에 갓 200을 넘긴 나이에 이미 죽음의 문턱에 다다른 것이다. 한번 그런 경험을 했으면 두 번째에는 자제해야 할 텐데도 유하는 전혀 몸 걱정을 하지 않았다.

두 번. 원래의 유하였던 자신과 인간 서희로서의 죽음. 자신은 이미 두 번의 죽음을 경험했다. 그리고 그 고통 속에서의 죽음의 경험은 유하에게 더 이상 삶에 집착하지 않도록 만들었다. 아무것도 하고 싶지 않다는 마음만이 온몸을 지배했다. 주위의 어떤 것도 돌아보고 싶지 않다는 생각, 소위 무기력감이라고 불리는 그것.

'하지만 다시 부모님의 곁으로 되돌아 갈 수도, 그렇다고 시류와 친구로 되돌아갈 수도 없는데……'

눈으로는 계속 금빛의 글자들을 좇으며 유하는 생각을 거듭했다. 두 개의 기억을 가져서 좋은 점도 많이 생겼지만 뒤섞인 두 개의 기억으로 인한 고민은 도저히 풀릴 기미를 보이지 않았다.

'차라리 이런 고민을 하지 않아도 좋을 만큼 큰 사건이 벌어지는 편이 좋을지도 모르지.'

그 생각을 하자 저절로 웃음이 터져 나왔다.

언제나 조용함을 원하던 자신이 언제부터 이런 생각을 가지게 되었을까. 잠시 생각해 보았지만 그런 것은 별로 중요하지 않았다. 두 가지의 기억을 가지고 있다고 해도 결국 자신은 유하가 아닌가.

금빛의 글자들은 끊임없이 떠오르고 사라지기를 반복하며 유하에게 새로운 사실을 알려주었다. 사제이기 때문에 볼 수 있고, 사제이기 때문에 봐야만 하는 금빛의 글자들은 어지러운 소용돌이처럼 지치지 않고 나타났다.

밖으로 빠져 나와 하늘을 올려다보자 은백색의 달빛이 지상을 내려다보고 있었다. 너무나도 투명하게 빛을 내뿜는 달은 그 속이 비쳐 보일 정도로 창백했다. 또다시 모습을 드러낸 만월의 달. 그리고 그 옆에서 한없이 푸른빛을 내뿜는 암운. 두 개의 상반된 빛무리가 밤하늘을 수놓고 있었다.

'불길해.'

"이쪽으로 오십시오."

청의 영토에서 그랬던 것처럼 비전서의 방에서 빠져 나오자 자신을 기다리던 사비가 정중한 어조로 말을 건넸다. 몸의 경험으로 미루어 보건대 비전서의 방에서 닷새 동안은 머문 것 같았다. 지독한 피로감이 당장이라도 눈꺼풀을 덮을 정도로 강하게 밀려왔다. 그러나 이곳에서는 자신에 대한 배려를 해줄 이가 없다. 자신이 백의 영토에 온 사실은 오직 바사기와 두 자매만이 알고 있다. 알리지 않았다고 해서 다른 이들이 계속 모를 리는 없지만, 지금은 혼자인 것이다.

"수고했네. 닷새나 그곳에 있다니… 많은 것을 얻은 모양이군."

백의 수 유현의 목소리가 먼 곳에서 울리는 것처럼 웅웅거리며 들려왔다.

"지금 이 자리에서 듣기를 원하십니까?"

유하는 자리에 앉지도 않은 채 유현의 얼굴을 내려다보며 물었다.

"물론이지. 내가 이 순간을 얼마나 기다렸는지 알고 있나?"

미소 짓는 유현은 어느새 유하에게 하대를 하고 있었다. 처음에 그가 말을 높인 것이 무척 의외라고 여겨졌었는데, 며칠이 지나자 그는 다시 본래의 자신으로 돌아온 모양이었다.

"알고 계시겠지만, 지금 하늘에는 암운이 떠 있습니다."

"암운?"

유하는 일부러 느릿하게 말했다.

암운의 존재는 시류에게도 말했었다. 하지만 암운이 직접적으로 무엇을 암시하는 것인지는 말하지 않았다. 그때는 자신도 알지 못했기 때문에.

"밤하늘에서 가장 밝게 빛나는 푸른색의 별이 바로 암운입니다."

"그렇군. 그런데 그것이 왜 갑자기……."

유하는 선 자세 그대로 몇 걸음을 옮기며 유현의 방을 둘러보았다. 수의 집무실답게 다른 곳에 비해 확연히 다르게 꾸며진 곳이었다. 화려함을 많이 배제시킨 깔끔한 장소. 그렇게 유하가 서성이자, 그의 움직임에 따라 유현의 시선도 움직였다.

"얼마 지나지 않아 모든 일족들이 다 나서도 해결하지 못할 정도로 큰 일이 일어날 것입니다. 지금 비전서가 가리키고 있는 대부분은 바로 그 암운의 여파에 관한 것입니다."

유현의 표정에 약간의 변화가 일어났다. 희미하긴 했지만 당황하고 있는 듯한 얼굴. 당황하지 않는다면 오히려 그것이 이상한 일이지만. 그런 표정의 변화를 감지하자, 유하는 마음속에 감추어 두고 있던 말을 꺼내고 싶다는 충동에 사로잡혔다. 하지만 그럴 수는 없는 일이다. 해야 할 일과 하지 말아야 할 일은 잘 알고 있으니까.

"무슨 일이 일어나는 것인가?"

한동안 다른 곳을 향하고 있던 유하의 시선이 유현의 그것과 마주쳤다.

"그것은 저로서도 알 수 없습니다. 암운에 가리워진 길이 어떤 것인지는 저도 아직 보지 못했습니다."

"그대에게조차 보이지 않는다면……."

유현은 말끝을 흐렸다.

"사제의 의무는 위험을 알리는 데 있습니다. 그걸 막아내는 것은 당연히 수의 의무입니다."

어떻게 보면 지나치다고 말할 수 있을 만큼 유하의 말투는 차가웠다.

"그대는… 그대는 분명 방법을 알고 있을 것이다. 그렇지 않은가?"

유하는 빙긋거리며 웃었다.

"어째서 그렇게 생각하십니까?"

"최고의 사제라고 불리는 그대에게 불가능한 일은 없을 테니까."

마음속에서는 당장이라도 비웃음이 섞인 말이 튀어나올 것 같았지만 유하는 아무 말도 하지 않았다. 이들에게 자신에 대한 잘못된 생각을 심어준 것은 어느 누구도 아닌 자신이다. 다른 사제가 발견되지 않은 것은 유하의 책임이 아니지만, 그 이후의 일들은 자신에게도 어느 정도의 책임이 따른다.

시류의 명령이 있었다고는 하지만 유하는 사제가 된 이후로 단한 번도 다른 일족들의 비전서를 해독해 달라는 요구에 응하지 않았었다. 덕분에 시류에게는 항상 여유가 있었다. 다른 일족에 비해 그가 항상 우위에 설 수 있었기 때문에. 겉으로는 잘 드러나지 않는 일이지만, 사제가 존재하는 것과 그렇지 않은 것에는 엄청난 차이가 생긴다.

"피곤하군요."

유하는 짧게 답하고 유현의 앞에 앉았다. 피곤하다는 것은 빈말이 아니었다. 닷새 동안 비전서를 해독하기 위해 쏟은 힘은 육체와 정신 모두를 피폐하게 만들었다.

"그대가 바라는 것은 무엇인가."

유하는 물끄러미 눈앞에서 자신을 응시하는 유현을 바라보았다.

언제 보아도 차분하고 후덕한 인상을 가진 얼굴. 얼핏 보면 아버지와도 닮았다고 여겨질 만한 모습이었다.

'내가 바라는 것.'

아직 마음속에 확신은 서지 않았다. 2년 동안이나 생각할 여유가 있었음에도 아직 마음은 정해지지 않는다.

세상이 멸망할 정도의 큰 일이 벌어진다고 해도 솔직히 별 관심은 생기지 않는다. 인간으로서의 자신도, 그리고 지금의 자신도 일부러 미래만을 생각하며 살아가고 싶지 않다는 지론을 가지고 있다.

"지금은 쉬고 싶군요."

유하가 그렇게 답하자 한동안 진지하게 가라앉은 시선을 마주 대하고 있던 유현은 낮은 침음성을 흘리며 고개를 끄덕였다. 잠에서 깨어났을 때 세상이 지금까지의 세상과 판이하게 달라져 있다면, 다시 인간으로서의 일상으로 되돌아간다면 얼마나 행복할 것인가.

예전처럼 절실하지 않은, 어느 정도 흐릿해진 부모님의 기억보다 자신이 속해 있었던 그 방관의 세계가 더욱 진한 향수를 풍기고 있었다. 그리고 낮은 한숨이 귓가를 두드렸다.

제17장

꿈처럼 흐르는······.

"그런 소리 마세요!"

날카로운 어조의 목소리가 작은 방 안에 메아리치고 있었다.

"하지만……."

"제가 바란 건 아주 작은 것에 불과하잖아요. 처음부터 알고 있었으면서, 어째서 이해해 주지 않는 거죠? 왜 받아들여 주지 않는 건가요?"

그렇게 외치는 여인의 눈은 금방이라도 눈물이 떨어질 것만 같이 세차게 흔들렸다.

"비화."

남자는 나지막한 목소리로 여인의 이름을 부르며 손을 뻗었다.

"제가 납득할 만한 이유를 말해 주세요. 그렇게 하신다면 돌아가지요. 당신이 원하는 대로 다시는 돌아오지 않을 테니, 납득할 만한 이유를 말해 주세요."

남자는 잠시 행동을 멈추고 한숨을 내쉬었다.

"왜 모르지, 비화? 그대는 나보다 더 오랜 삶을 사는 자이고, 나는 평범한 인간에 불과하다는 것을."

"결국 그것이었나요? 그것이 이유인가요?"

남자는 아무 말도 하지 않고 여인의 얼굴을 바라보고 있었다. 그의 눈동자에는 평소와 다른 애잔함이 담겨 있었지만 여인은 그것을 알아채지 못했다. 아마도 그것은 너무나 격한 감정에 휘말려 있기 때문이리라.

"분명 그대의 일족들도 이런 행동을 용납하지 않을 거야. 모든 동물들이 제 짝을 찾듯이 우리도 마찬가지야. 그대에게는 그대의 일족이 가장 어울릴 테니까."

"그런 건 아무 상관 없다고 말하지 않았나요? 제가 인간이 아니어도, 이런 뿔을 가지고 있어도 상관없다고 말했잖아요."

"비화……."

남자의 시야에 비친 여인의 머리 위에는 하얗게 빛나는 나선형의 뿔 한 쌍이 자리하고 있었다. 처음 보았던 그 순간부터 자신을 신비함에 사로잡히게 했던 그것. 자신과 같은 인간이 아니라는 사실을 말해 주는 증거.

이야기 속에서나 등장하는 뿔을 가진 그녀는 결코 자신과 인연이 닿아 있다고는 생각할 수 없는 존재였다. 환하게 만월의 빛이 내리쬐던 그날, 그와 그녀는 우연히 만났다. 머리 위에 솟아 있는 뿔을 제외하면 자신이 알고 있는 여느 인간의 여인들과도 다르지 않은 그녀의 생김새. 신비한 존재를 만났다는 놀라움보다 먼저 그의 눈길을 끌어당긴 것은 그녀의 얼굴에 새겨진 평온한 미소였다. 그 어떤 고민도 슬픔도 가지고 있지 않은 듯한 태어날 때 그대로의 순수함. 자신과 시선이 마주친 그녀는 아무 말도 하지 않고 그저 웃어 보였다. 습관처럼 짓고 있던 평온함 대신 자신에게 향한 그녀의 미소에는 모든 것을 녹일 듯한 부드러움이 있었다. 그런 그녀의 미소를 접한 순간, 그는 모든 것을 잊고 그녀만을 바라보았다. 대체 무엇 때문에 자신이 밖에 나와 있었는지, 그리고 자신이 누구인지조차 잊을 정도로 그것은 격렬한 흔들림으로 다가왔다. 마치 꿈처럼.

"난 믿지 않았어."

그녀의 시선은 더 이상 그에게로 향해 있지 않았다.

"인간들이 약속을 지키지 않는다는 것을 그렇게나 들어왔는데도 믿지 않았어. 당신은 다를 거라고 생각했어. 당신은 내가 어떤 모습을 하고 있든지 받아줄 거라고…… 처음 당신과 만났던 그날, 그리고 지금까지. 모든 것을 잊고 살아왔는데, 당신은 날 배반했어."

순수한 것은 다른 감정에 쉽게 물든다고 했던가. 그녀의 얼굴에 가득 담긴 분노의 감정은 더 이상 그녀를 예전의 그녀일 수 없게 만들어 버렸다.

"언젠가는 헤어져야 했어. 그대는 인간과는 비교할 수도 없을 만큼 오랜 시간을 사는 존재이니까. 알고 있었을 텐데, 그것이 조금 빨리 다가왔다고 생각해 주었으면 좋겠군."

남자의 어조는 처음과 같았다. 한치의 흔들림조차 지니지 않은 간결한 목소리.

"인간은 믿을 수 없어. 어째서 눈앞의 현실에서 눈을 돌리는 거지."

"눈앞의 현실만 바라보고는 살아갈 수 없으니까. 진정한 삶은 이런 게 아니야."

그녀는 갑작스레 입을 다물고 남자의 눈을 바라보았다. 처음 만났을 때와 같은 흔들림이 없는 눈동자. 어째서 인간들은 저런 눈을 하고 있는 것일까. 모든 것을 다 알고 있다는 듯이, 조용하고 깊은 시선으로 세상을 바라보는 것일까. 짧은 시간을 살아가는 존재에 불과하면서. 그녀는 영원히 이해할 수 없을 것 같았다. 자신은 인간을, 그 남자를 이해했다고 생각했었는데. 그가 주는 미소와 그가 주는 향기에 흠뻑 취해서 자신을 잊고, 자신이 인간이 아니라는 사실조차 잊고 살아왔었는데, 단 한 순간에 남자는 그것을 깨뜨려 버렸다.

분명 일족들은 인간의 이중성을 알고 있기에 그런 말을 했을 것이다. 인간을 믿어서는 안 된다고. 그들은 절대 신의를 지키지 않는다고. 그 때문에 얼마나 많은 일족들이 자신들이 가진 힘을 제대로 써보지도 못하고 인간들에게 당해왔던가. 자신들의 믿는 마음을 여지없이 산산조각 내버리는 인간이라는 존재. 알고 있었지만, 누누이 들어왔지만, 그는 다르다고 생각했었다. 하지만 결국엔 그도 인간이었다.

"당신도 믿을 수 없는 인간에 불과했었군."

그녀는 낮게 가라앉은 목소리로 중얼거렸다.

"처음부터 알고 있었잖아. 난 인간이고, 그대는 인간이 아니라는 것을. 그것을 알고 우리는 서로를 이해하기로 한 것이 아니었던가. 하지만 그대는 진정으로 날 이해해 주지 않았어. 만약 이해했더라면 왜 내가 이런 말을 하는지 알 수 있겠지."

"변명은… 구차한 변명은 듣고 싶지 않아."

남자는 조용히 웃었다.

"애초에 당신을 만나는 것이 아니었어. 우둔하게 인간계에 나와 버린 것이 잘못이었어."

중얼거림과 같은 그녀의 목소리는 점점 희미해졌다. 그리고 목소리의 여운이 거의 사라졌을 무렵, 그녀의 뿔이 빛을 내뿜기 시작했다. 가늘고 뾰족한 흰색의 뿔이 점점 온화한 금빛으로 휩싸여 감과 동시에 방 안을 밝히고 있던 등잔불은 어느새 빛을 잃어버렸다.

"비화?"

남자는 여인의 생소한 모습에 놀라움을 감추지 못했다. 그녀의 뿔에서 이런 빛이 나오는 것은 지금까지 단 한 번도 본 적이 없었다. 그저 인간과 다른 그들 일족만의 상징이라고 생각했었는데, 전해오는 이야기 속에 나오는 그들이 가진 힘은 거짓이라고 여겼었는데. 그러나 생각할 시간은 그리 길지 않았다. 그녀의 뿔에서 나온 빛은 점점 그 밝기를 더해가며 결국에는 눈도 뜨지 못할 정도로 강한 빛이 되어 있었다. 한낮의 태양보다 더한 밝기와 은은한 열기. 열기는 마치 촉수를 가진 동물처럼 남자의 몸을 휘감아왔다.

"인간은… 인간은……."

여인의 입에서는 계속 중얼거림이 흘러나오고 있었다.

그런 그녀의 목소리를 들으며 남자는 허탈한 표정을 떠올렸다. 그녀는 너무나도 외곬수적인 면을 가지고 있었다. 그녀는 오직 단 하나의 단면만을 바라본다. 자신에게서 이끌림을 느꼈기 때문에 자신의 곁에 머무르며 마음을 열어주었을 뿐. 그녀는 뒤를 돌아보지도, 앞을 내다보지도 않았다. 어떻게 보면 어린아이처럼 단순하다고 여겨질 정도로 그녀는 오직 하나만을 바라보았다.

"다시는, 두 번 다시는 믿지 않아."

작은 그녀의 속삭임과 함께 남자는 가슴을 관통하는 뜨거운 열기를 느꼈다. 무엇이 어떻게 된 것인지도 파악하지 못한 채, 남자는 그녀의 뿔에서 뻗어 나온 열기 속에 휘감겨 버렸다.

세상에서 가장 강한 것은 어머니이고, 가장 냉정한 것은 여인이라 했던가. 바로 얼마 전까지만 해도 자신의 일족을 배신하고서라도 함께 있고 싶던, 마음을 열었던 상대의 죽음 앞에서도 그녀는 눈 하나 깜짝하지 않았다. 숨이 끊어졌다는 것이 확연히 드러나 있는 남자의 창백한 얼굴을 바라보던 그녀는 작은 흔들림조차 내비치지 않았다. 여전히 희미하게 금빛을 내뿜는 뿔만이 그녀의 감정이 아직 정리되지 않았음을 가르쳐 주고 있을 뿐.
"인간이… 인간 따위가……."

절대 인간에게 마음을 열어서는 안 된다. 인간에게 모든 것을 내비치지 말아라.

인간은 절대 우리를 받아들이지 않는다.

인간계로 떠나는 자신에게 일족들이 건넨 말이었다.

네, 명심하고 있어요.

처음 인간계에 발을 들여놓는다는 설레임. 그녀의 가슴을 가득 채우고 있던 것은 그 설레임이었기 때문에 일족들이 경고했던 인간에 대한 많은 말들도 깊이 새겨지지 않았다.

그녀는 새로운 세계에 첫 발을 내디디고 과연 자신이 무엇을 보고, 무엇을 느낄 것인가에 대한 기대감으로 벅차오른 가슴을 애써 진정시키며 주위를 둘러보았다. 어느 곳을 보아도 자신이 살아오던 땅과 흡사한 광경이 펼쳐져 있는 곳. 그것이 인간계를 처음 본 그녀가 느낀 감각이었다. 그리고 그와 눈빛이 마주친 것은 숲속에서 주위를 둘러보기 시작하고 나서 얼마 지나지 않은 때였다.

적막이 깔린 숲과 같이 고요한 눈동자. 인간의 것이라고는 믿어지지 않을 만큼 인상 깊은 그 눈동자에 그녀는 생각할 여력도 없이 끌리고 말았다. 자신이 그와 확연히 다른 존재라는 사실은 이미 그녀의 머리 속에서 사라져 있었다. 자신에게로 똑바로 향해져 있는 시선을 마주 대하며 그녀는 환하게 웃어 보였다. 그리고 그것이 모든 것의 시작이었다.

"비화."

"어째서 일족들은 인간을 믿어서는 안 된다고 하는지 모르겠어요. 당신은 이토록 따스한데."

투정 부리듯이 내뱉는 그녀의 말에 남자는 엷은 미소로 답하며 그녀의 손을 잡았다. 머리 위에 높게 솟아 있는 뿔을 제외한다면 어느 인간의 여인과도 다를 바 없는 그녀. 말투에서 생각까지, 어느 하나 다르지 않게 그녀는 인간의 여인처럼 행동했다. 머리 위에 달린 뿔의 존재 때문에 그녀를 밖에 데리고 나가는 일은 할 수 없었지만, 그는 아무런 망설임도 없이 그녀와 함께 지내는 나날들을 선택했다.

"머리에 뿔이 없는 말이라니… 이상해요."

그녀는 남자가 소유하고 있는 백마의 갈기를 쓰다듬으며 말했다.

"당신의 세상에는 모든 것에 뿔이 달려 있는 건가?"

"그건 아니에요. 일각수라는 말이 있다는 것을 알고 있나요?"

남자는 고개를 끄덕였다.

"그대의 일족과 마찬가지로 이야기 속에 등장하는 성스러운 동물이라고 알고 있어."

그의 대답에 그녀는 작게 웃음 지으며 말했다.

"우리 일족들은 일각수를 타고 다니죠. 일각수는 오랜 옛날부터 우리 일족과 함께 존재해 왔지요. 우리가 인간들에게 그리 알려져 있지 않은 것처럼 일각수도 그래요. 사는 세상이 다르니까."

"그렇군. 그 때문에 일각수는 전설의 존재라고 알려져 있는 건가, 그대가 그렇듯이."

자신이 알고 있던 사실과 많이 다르긴 했지만 그녀가 존재하는데 일각수라 해서 존재하지 않을 리 없었다.

한참을 그렇게 말의 갈기를 쓰다듬고 있던 그녀는 말에게서 손을 떼고 남자의 곁으로 다가섰다. 그리고 그녀는 품 속에서 무언가를 꺼내 남자에게 내밀었다.

"이건?"

남자가 여인의 손에 들려 있는 하얀 조각을 보며 묻자, 여인은 작게 미소 지었다.

"일각수의 뿔로 만든 조각이에요."

"일각수의 뿔?"

여인은 남자의 손에 그 뿔을 올려놓았다. 눈송이처럼 새하얗고 매끄러운 하얀색의 뿔은 작은 일각수의 모양을 하고 있었다.

"아름답군."

"제가 직접 만들었어요. 처음으로 제 힘을 쓰게 된 그날에."

남자는 손바닥에 퍼져 가는 차가운 뿔의 감촉을 느끼며 여인을 바라보았다. 약간의 의문을 담은 눈동자로.

처음부터 단 한 번도 물은 적이 없었던 그녀의 뿔에 관한 이야기. 그녀의 일족들이 가지고 있는 그 뿔이 어떤 힘을 가지고 있는지, 그리고 자신이 들어왔던 이야기처럼 정말 그 힘이 그토록 강한지.

"일각수의 뿔은 어떻게 구하지?"

"당연히 일각수에게서 얻는 거지요. 당신은 어째서 그런 걸 묻나요?"

"그럼, 살아 있는 일각수에게서?"

그녀는 가볍게 고개를 끄덕였다.

"뿔은 없어져도 금방 다시 자라요. 뿔이 없는 동안은 일각수들도 제대로 힘을 쓰지 못하지만."

남자는 수긍한 듯이 고개를 끄덕였다. 하지만 마음속으로는 경악을 감추지 못하고 있었다. 전설의 성수로 여겨지는 일각수를 그녀의 일족들은 보통의 말이나 사슴과 다를 바 없이 취급하는 것이다. 그것도 자신들과 마찬가지로 뿔을 가진 존재를.

"……이제 그대의 세상으로 돌아가. 그대가 원하던 호기심은 충분히 채워졌을 테니."

남자의 말에 그녀는 한동안 눈을 깜빡거리며 그를 바라보고만 있을 뿐, 아무런 행동도 하지 않았다. 어떻게 보면 조금 전의 말을 듣지 못했다고 여겨질 정도로.

"호기심?"

그녀는 순수했다.

어린아이의 잔혹한 순수함과도 같은 티없이 하얀 그녀의 순수함에 남자는 공포를 느꼈다. 외모상의 차이를 제외하면 어느 곳 하나 다르지 않은데, 왜 그들이 이야기 속에서 위험스럽게 회자되는 존재인지 예전에는 생각조차 해보지 않았었다. 그 어떤 것도 의심하지 않지만, 그와 동시에 어떤 것이라도 받아들인다. 그것이 그녀가 가진 순수함의 정체였다. 끊임없이 물을 빨아들이는 솜처럼 그녀는 무엇이든 듣고 무엇이든 빨리 이해했다. 하지만 단지 그것뿐, 그녀는 더 이상 발전하지도, 그렇다고 완벽하게 자신이 받아들인 것을 소화해 내지 못했다. 아니, 그녀 나름대로 이해하고 받아들였지만 그것은 남자의 기준으로는 도저히 이해할 수 없는 것이었다.

그것은 바로 인간과 인간이 아닌 자의 차이.

그리고 그와 그녀의 차이.

어쩌면 처음부터 둘의 만남은 잘못된 것이었는지도 모른다. 종족의 틀을 벗어버리겠다는 생각은 강했지만, 그만큼 그것은 깨지기 쉬운 것이었다.

"무슨 소리예요?"

순수한 호기심이 담긴 그녀의 목소리.

"분명 당신이 원했던 인간에 대한 호기심은 충분히 채워졌을 테지? 그리고 본래 처음부터 그런 목적으로 내게 다가섰던 게 아니었나."

여인은 단 한 번도 들어본 적이 없는 남자의 차가운 목소리에 놀랐다.

"그런 소리 말아요. 어서 집 안으로 들어가요. 여긴 햇빛이 너무 강해요."

하지만 보통 때처럼 그를 향해 환하게 미소를 던지며 말을 건넸다. 분명 조금 전에 자신이 들은 것은 잘못된 것이 틀림없다.

탁!

무언가 딱딱한 것이 바닥에 떨어지는 소리.

소리를 따라 눈동자를 움직인 여인의 시야에 들어온 것은 언젠가 자신이 그에게 주었던 일각수의 뿔로 만든 조각.

"이건 어떤 의미인가요."

자신이 모르는 사이에 여인의 목소리도 변하고 있었다.

"그대는 나와 달라. 처음부터 알아야 했어. 어째서 그대와 내가 서로 다른 존재로 태어났는지."

남자는 희미한 한숨을 품은 목소리로 말을 이어갔다.

"거짓말, 거짓말이죠. 그렇죠?"

떨림이 배어 있는 목소리. 스스로 자신의 감정을 조절할 수 없을 만큼 여인은 혼란을 넘어선 심한 좌절감에 휩싸였다. 그리고 여인의 눈동자는 붉은 빛깔로 물들어 가고 있었다.

"그래, 인간계는 어땠느냐."

자신의 귀환을 반기는 일족들을 바라보며 그녀는 입술 끝을 살짝 들어올려 미소를 지으려 했다. 그러나 그것은 자신의 생각이었을 뿐. 입술은 움직이지 않았다.

"인간은 믿을 수 없는 존재예요. 절대로!"

낮은 되뇌임처럼 그녀는 그 말만을 반복했다.

작게 웅얼거리는 그녀의 말을 듣고 일족들은 눈살을 찌푸렸다.

"그렇게 인간에게 다가서지 말라고 말했거늘, 그것을 어긴 것이냐?"

"직접 겪으면 다를 것이라고 생각했던 모양이구나."

비화는 아무 말도 없이 계속해서 고개를 내저었다.

"어째서… 어째서 인간은 약속을 어기는 거죠? 어째서……."

힘없이 울려퍼지는 그녀의 목소리에 대답해 주는 것은 단 한 명도 없었다.

*　　　　*　　　　*

"겨우 그런 이유로 사이가 틀어진 건가요? 어리석군요."

기가 막히다는 듯이 말하는 서희에게 유하는 쓴웃음 섞인 목소리로 답했다.

"그것이 전부는 아니다. 한 가지의 예를 들었을 뿐이지. 하지만 그것이 바로 인간과 우리의 차이다. 겉모습은 비슷해도 본질은 전혀 다르다. 생각하는 것, 보는 것, 느끼는 것 모두가."

"바보 같아. 정말 바보 같아. 당신들이 그렇게 느꼈다면 우리도 마땅히 그렇게 여겼을 거예요. 하지만 우린 당신들을 그저 전설 속에 존재하는 단편에 불과하다고 생각하고 있어요."

유하는 여전히 쓴웃음이 배어 있는 목소리로 말을 이었다.

"모든 건 시간이 좌우한다. 인간은 짧은 삶을 사는 대신 많은 것을 잊고 살아갈 수 있지만 우린 그렇지 않아. 모든 것을 기억하고 또 기억하지. 그리고 그것은 피에 새겨진다. 마치 야생 동물의 본능처럼 그렇게 새겨지는 거야. 신의를 지키지 않은 인간과의 만남. 그 기억이 가슴속에 깊게 새겨져 있지."

"하, 우습군요. 그러면 당신은 왜 그토록 증오하는 인간인 절 택한 거죠? 아무런 특별한 능력도 없는 나를? 그냥 그때 날 내버려 두고 죽게 했으면 좋았잖아요. 어차피 이렇게 될 줄 알았다면 당신의 말을 받아들이지 않았을 거예요. 나도 다른 인간들과 다를 것 없는 보통의 인간이라구요."

"그건 나도 모른다."

유하는 솔직하게 시인했다.

"나도 그때 그렇게 네게 이끌릴 줄은 몰랐으니까. 널 보고 지금까지 인간에 대해 생각하고 있던 굳어진 무언가가 녹아내린 듯한 느낌이 들었었지. 어쩌면 그때 육체와의 결속력이 너무나도 약해져 있었기 때문에 은의 일족으로서의 본능이 작용하지 않았는지도 모르지. 하지만 비전서에서 찾아낸 어떤 내용과 네가 꼭 일치한다고 여겼기에 널 선택한 것이다."

"흥, 바보 같아."

말은 그렇게 했지만 서희의 마음은 조금씩 풀어지고 있었다. 지금은 비록 육체조차 가지지 못한 채 유하와 같은 몸을 공유하고 있지만, 적어도 자신을 알아주는 누군가가 있다는 사실이 서희를 한없는 나락으로 빠지는 것을 막아주고 있었다.

"처음에 우리 일족이 인간과 만났을 때, 그때는 우리도 인간을 싫어하지 않았다. 아니, 그럴 이유가 없었지."

유하는 듣기 좋은 부드러운 목소리로 말을 이어갔다.

"어느 정도로 약속을 어기는 것이었다면 우리도 인간에 대한 경계심을 가지지 않았겠지만, 우리는 인간에게 수가 되기 위해 교육을 받고 있던 어린 일족을 잃었다. 그리고 그밖에도 많은 일족들이 우리보다 약한 인간에게 죽임을 당했다. 너희들도 분명 알고 있을 테지. 우리와의 이야기가 전해지고 있을 테니."

"그건 그래요. 하지만 그런 내용은 아니었어요. 당신들의 모습도 지금 내가 보고 있는 것과는 다르게 알려져 있었어요."

서희는 자신이 알고 있는 민담이나 동화 속의 도깨비를 떠올렸다. 그들은 지극히 익살맞거나 우둔하고 단순했으며, 생김새도 가지각색이었다. 정감이 가는 귀여운 모습인가 하면 그야말로 괴물이라고밖에 설명할 수 없을 정도로 흉물스럽기도 했다.

"모습은 중요치 않아. 우리가 인간과 다른 한 가지를 가졌다는 사실만으로도 인간은 우리를 두려워했으니까."

분명 그랬다. 유하의 말처럼 자신 역시 조금이라도 특이한 외모를 가진 사람을 보면 호기심과 함께 거부감이 생기곤 했다. 그것은 너무나 자연스러운 현상이어서 지금까지 한번도 그것이 특별하다고는 생각해 본 적이 없었다. 그렇기에 서희는 유하의 말을 감정적으로 납득할 수는 있었지만 이해하고 받아들일 수는 없었다.

"하지만 그건 사고 방식이 다르기 때문이에요. 당연한 일 아닌가요? 종족이 다른데 어떻게 똑같을 수 있겠어요."

"그건 맞는 말이다. 하지만 인간이 우리 일족에게 지워지지 않을 만큼 깊은 상처를 남긴 것만은 분명하지."

유하의 말을 가슴속에 되새기며 서희는 옛 이야기 속에 등장하는 그들의 이야기를 떠올렸다. 아가씨를 납치해 간 우물 속에 살고 있는 괴물 도깨비 이야기와 도깨비는 왼쪽 힘이 약해서 씨름을 하면 왼쪽으로 넘겨야 한다는 이야기. 그렇지 않으면 밤새도록 헤어날 수 없다는 이야기. 도깨비 방망이에서 쏟아져 나오는 금은 보화의 이야기와 도토리 소리로 그들을 놀라게 만들어서 보물을 얻은 혹부리 영감의 이야기가 생각났다. 그 모든 것들은 그저 어린 시절에 재미있게 읽었던 단순한 이야기에 불과하다고 생각했었다. 그러나 지금 자신이 이런 지경에 처해 있다 보니 그것이 단순한 우화나 민담이 아니라는 것을 피부로 느낄 수 있었다. 상당

히 왜곡되어 전해지긴 했지만, 분명 이야기에 나오는 도깨비들은
모두 은의 일족과 금의 일족이 분명했다.

"하지만 당신들이 가진 뿔의 힘으로 어째서 우리 인간들에게
당해내지 못한 거죠? 그토록이나 강한 힘을 가지고 있으면
서……."

서희는 그 기억을 떠올리지 않도록 애쓰며 물었다.

"우리 일족들은 함부로 뿔의 힘을 쓰지 않는다. 자연의 힘을 빌
린 것이라고 해도 그것이 자연을 거스르는 힘이라는 건 분명하니
까. 하지만 그것도 인간을 만났을 때는 예외가 된다."

"알고 있어요. 그런 건……."

이곳에서 살아가는 이들의 모습도. 산도, 들도, 나무도 모든 것
이 너무나도 자신이 살아온 세상과 흡사한데, 그 땅을 밟고 있는
것은 인간이 아니다. 인간인 자신이 자연스럽게 자신과 다른 무언
가를 거부하듯이 그들도 그런 것이다. 과거의 무엇으로 인해 일어
난 일이라 해도, 인간과 다른 그들은 그것을 잊지 않고 가슴 깊숙
한 곳에 묻어둔 채 시간을 건너뛰고 전하고 있었다.

"그렇지만 유하, 당신은 내 몸을 지키지 못했어. 나는 이렇게 당
신의 몸을 지켜냈는데……."

"미안하다."

그가 너무나도 순순히 사과를 하자 당황한 것은 오히려 서희
쪽이었다. 처음에 그의 조건을 받아들였을 때 다 알고 있던 사실
이었는데, 그런 몸으로 살아가는 것이 오히려 죽느니만 못하다는
것을 알고 있었는데, 서희는 단지 억울한 마음에 투정을 부린 것
이었다. 그런데도 유하는 진심을 담아 자신에게 사과를 하고 있었
다.

'이제는 그만 해도 괜찮을까. 다 알고 있는 일인걸.'

두 번 다시는 자신의 몸으로 세상을 볼 수 없다는 것을 서희는 다시 한 번 떠올리고 받아들였다. 이제는 서서히 현실에 눈을 돌려야 한다는 것을, 아무리 투정을 부려도 시간은 과거로 흐르지 않는 다는 사실을.

"유하, 우리가 서로를 받아들이면 달라지겠죠, 분명?"

서희가 작게 물어오자 유하는 고개를 끄덕였다.

"물론 그렇겠지. 본래의 유하도 서희도 아닌 새로운 모습으로 태어나겠지. 하지만 분명 나쁘지는 않으리라 생각한다."

"그럼, 우리는 두 번째 모험을 하는 거네요?"

"그런 셈이지."

서희는 싱긋하고 웃어 보였다.

"결과가 어떻게 돼도 난 몰라요. 다 유하가 책임지는 거예요."

유하는 엷게 미소 지으며 고개를 끄덕였다.

서희의 말대로 두 번째의 모험이었다. 어떻게 될지, 그 이후에 어떻게 해나가야 할지 아무것도 뚜렷하지는 않았지만, 이번만큼은 비전서에 앞날을 묻지 않고 자신의 의지로 선택하는 것이다. 사제인 유하가 아닌 본래의 유하로서 하는 선택. 그 사실은 유하에게 불안함보다 작은 통쾌함으로 다가왔다. 작은 선택이기는 했지만 자신을 얽어매고 있던 구속에서 벗어난다는 느낌이 기분 좋았다.

제18장

격류

온몸을 찌르는 불안한 예감.

사제로서의 자신에게 주어진 시간의 흐름을 느끼는 능력 때문에 보통의 삶을 유지하는 것은 무척이나 힘들었다. 그 때문에 유하는 자신의 이런 능력이 마음에 들지 않았다. 차라리 아무것도 보이지 않고 들리지 않는다면 오히려 마음이 편할 텐데.

'특별히 내가 책임지지 않아도 되잖아.'

유하는 마음속으로 되뇌었다. 더 이상 자신은 과거의 유하가 아니니 사명감에 불탈 필요도 없다. 하지만 피부로 느껴지는 불안감은 떨쳐 버리려 한다고 떨쳐 버릴 수 있는 것도 아니었다.

"유하님, 식사는 방으로 가져올까요?"

조심스러운 어조로 자신을 살피며 묻는 낯선 얼굴의 사비를 바라보며 유하는 피식, 하고 웃었다. 언제 어디를 가더라도 자신은 융숭한 대접을 받는다. 그것은 다 그가 가진 이름 값이었지만, 유하는 갑작스럽게 그것을 깨닫고 새어나오는 웃음을 멈출 수가 없었다.

"유하님……"

그런 유하의 반응에 어리둥절함을 느끼는 것은 당연한 일일 것이다. 그러나 그 사비는 자신이 어떤 잘못된 행동을 하지는 않았는지 다시 한 번 되새기고 있는 중이었다.

"아니다. 내가 직접 움직일 테니까."

새어나오는 웃음을 애써 진정시키며 유하는 말을 건넸다. 어떤 특별한 사실도 느껴지지 않는 일인데, 지금까지의 자신이 얼마나 좁은 시야로 세상을 바라보고 있었는지를 깨닫자 절로 웃음이 나왔다. 은의 일족이라는 자부심 아닌 자부심으로 인해, 그리고 자신이 가진 사제라는 지위로 인해 자신은 오히려 한정된 것만을 봐왔던 것이다.

'인간이 되어보지 않으면 인간을 이해할 수 없는데 말이야.'

인간의 눈으로 보면 오히려 그들이 괴물이고 두려운 존재인 것을. 인간처럼 쉽게 잊는 능력을 가졌다면 은의 일족들도 분명 평화를 얻을 수 있었을 텐데.

솔직함. 비열하더라도 자신이 원하는 것을 위해 앞으로 달려나가는 것이 오히려 자연스러운 것인지도 모르는데.

"그럼, 유현님께 그렇게 전하겠습니다."

지나칠 정도로 정중한 태도로 인사를 하며 나가는 사비의 모습을 유하는 힐끔하고 한번 쳐다보았을 뿐, 곧 고개를 돌렸다.

소름이 끼칠 정도의 적막과 무채색으로 물든 세상, 그리고 그속에서 피어오르는 한 줄기의 혈향. 그 혈향으로 시작되어 한순간

에 비릿하게 채색되어 버리는 회색 빛 세계. 지독하게 고요한 꿈
과 비전서라는 형태로 자신에게 다가온 그것은 무엇을 전해주려
하는 것인지……. 한순간에 모든 것이 변해버릴 정도의 격심한 소
동일까. 그렇지 않으면 일부에 국한되는 붕괴일까.

"그리고 시류인가."

그리고 그 암회색의 영상 속에 자리하고 있는 시류의 모습. 그
것이 지금 유하를 망설이게 만들었다.

*　　　*　　　*

"그렇다면 그대가 내린 결론은 무엇인가."

유하는 비스듬히 고개를 옆으로 기울인 채 유현을 응시했다.

"길을 찾는 것은 그 길을 걷는 자의 몫이지, 결코 다른 누군가
가 대신할 수 없는 일입니다."

빙빙 돌려 말하는 수법. 명쾌하게 단 한마디로 일축할 수 있는
말이었음에도 불구하고 유하는 버릇처럼 그렇게 말을 돌렸다.

'한마디로 나는 손을 떼겠다는 거지.'

며칠의 여유를 두고 유하에게 생각할 시간을 주었음에도 불구
하고 여전히 같은 대답만이 나오자 유현은 얼굴을 찌푸렸다. 지금
까지 단 한 번도 스스로 생각해서 무언가를 해본 적이 없었던 만
큼 지금의 유하가 한 말은 그에게는 납득할 수 없는 것이었다. 사
제라면 당연히 그들에게 앞길을 제시해 주어야 하고 인도자가 되
어야 한다. 그런데 일족 중에서 단 한 명뿐인 사제는 지금 그것을
거부하고 있지 않은가.

"내가 힘으로라도 그대를 억누른다면?"

유하는 빙긋이 웃었다. 마치 그가 그런 말을 할 줄 알았다는 듯이.

"그렇게 된다면 더 이상 사제라는 이름을 가진 존재는 없는 거겠죠."

놀라움을 가득 담은 유현의 시선이 자신의 얼굴에 꽂히는 것을 느끼고 있음에도 불구하고 유하는 전혀 다른 반응을 보이지 않았다. 그저 손을 뻗어 식탁 위에 놓여 있는 찻잔을 만지작거리고 있을 뿐.

"유보의 여지는 없는 건가?"

그래도 아직 미련이 남은 듯 유현은 다시 한 번 되물었다. 그러나 이번에는 유하도 확실하게 고개를 저었다.

"저는 오늘 중으로 돌아가야 합니다. 시류님이 절 찾고 있을 것이 분명하거든요. 그리고 다른 영토에도 가봐야 하고."

유현은 씁쓸한 얼굴로 고개를 끄덕였다.

자신의 마음이 외치는 대로 힘을 써서라도 유하를 잡아두고 싶지만, 그렇게 해서 후회하게 될 바에는 아예 시작하지 않는 편이 좋다. 그 정도의 생각은 그도 하고 있었다. 네 일족들 사이에 존재하는 보이지 않는 알력은 지금 알게 모르게 청의 일족으로 기울고 있었다. 젊고 당당한 시선을 가진 청의 수 시류는 유일하게 사제를 데리고 있다는 이점을 제외하고라도 충분히 강했다. 그 금의 일족과 맞설 수 있을 정도로. 지금은 몸을 사리고 있긴 하지만 분명 점점 힘이 약해지고 있는 자신과는 달랐다.

"그렇군."

유현은 작게 중얼거리며 유하의 손으로 시선을 떨구었다. 보통의 일족들 중에서도 월등히 눈에 띄는 생김새를 한 청의 사제 유하. 그리고 외모에 걸맞게 그는 힘 역시 뛰어났다. 다른 것들을 제외하더라도 그는 지금까지 유하처럼 빠르게 비전서를 해독하는 사제를 본 적이 없었다. 자신의 선대 수가 데리고 있던 사제는 유하의 10분의 1 정도밖에 되지 않는 힘을 가지고 있었다. 한참 동안을 시선을 떨군 채 무언가를 생각하고 있던 유현은 순간적으로 입가에 스치듯이 지나가는 의미 심장한 미소를 지었다. 힘으로 안된다면 다른 방법을 써서라도 그를 잡아두면 된다. 그런 생각이 지금 그의 머리 속을 가득 메우고 있었다.

"그 동안 이곳에서 수고해 주었소."

지금까지 미적거리며 말을 끌던 태도와 달리 모든 것을 털어 버린 듯한 태도로 인사를 건네는 그를 보며 유하는 불길한 감각을 떨칠 수가 없었다.

하지만 자신은 이제 더 이상 사제로서의 자신에 연연해하지 않겠다고 결심했다.

"돌아가신다구요?"

언제 소식을 들었는지 막 자신에게 주어졌던 방에서 빠져 나가려던 순간 사야가 찾아왔다.

"또, 무슨 말을 하려고 찾아왔지?"

유하는 사야에게 시선조차 돌리지 않으며 낮게 가라앉은 목소리로 물었다.

"조금 더 머물러 주실 수 없냐고 묻는다면 물론 아니라고 하시겠지요?"

"잘 아는군."

"유하님."

사야는 그녀답지 않게 부드러운 목소리로 유하를 부르며 발걸음을 옮겨왔다. 시선을 돌리지 않아도 바닥을 스치는 옷자락의 소리 덕분에 유하는 그녀가 움직이고 있다는 사실을 알 수 있었다.

"한번이라도 좋으니 절 봐주세요."

유하는 낮게 웃었다.

"유현이 그렇게 하라고 하던가."

"아버님과는 상관없어요."

고개를 돌려 사야를 바라보자, 그녀의 모습은 확실히 달라 보였다. 투명하게 빛을 발하는 피부와 그녀의 얼굴에 잘 어울리는 연한 붉은색이 들어간 하늘거리는 옷이 몸의 윤곽을 어렴풋하게 드러내주고 있었다. 여자의 시선으로 보더라도 감탄이 나올 만큼 아름다운 그녀의 모습은 외모만으로 본다면 도저히 이중 인격의 사야라고는 여겨지지 않을 정도로 온화했다. 하지만 유하는 그런 사야를 진심으로 받아들일 수 없었다. 그의 마음속에 남아 있는 사야는 언제나 자신이 원하는 무언가를 얻어내기 위한 가식으로만 자신을 대해왔기 때문에.

"우습군. 지금까지 나에게 그대의 진심을 보여준 적도 없으면서, 오히려 내게 그걸 요구하는 건가?"

"그런가요……."

체념하듯 작게 잦아드는 목소리로 사야는 중얼거렸다. 분명 이렇게 쉽게 포기하는 것은 사야답지 않은 행동이었지만 유하는 깊게 생각하지 않았다. 지금까지 분명 자신은 그녀에게 거부의 의사를 밝혀왔으니까. 그녀가 자신을 어떤 식으로 이용하고, 또 자신의 입지를 굳히기 위해 어떤 행동을 하든 간에 자신이 응하지 않으면 되는 것이다.

"유하님……."

속삭이듯 작은 목소리로 유하를 부르며 사야는 애처로운 표정을 지었다. 만약 그녀의 진상을 알지 못하는 누군가가 보았다면 금방이라도 다가서서 안아주고 보듬어주고 싶을 만큼 연약해 보이는 얼굴. 하지만 유하는 손 하나 까딱하지 않고 조용히 그녀를 응시했다.

"이번엔 또 무엇을 보여줄 거지?"

"유하님, 전… 전… 오직 당신만을 마음속에 품고 살아왔는데…… 어째서 그렇게 절 거부하시는 건가요?"

"이건 거부가 아니야."

유하의 말에 사야는 금방 태도를 바꾸며 기대에 찬 눈빛을 던졌다.

"난 처음부터 다른 누구의 존재도 눈여겨보지 않았어. 그대가 아니더라도."

여자의 마음으로 이해해 보려고 했지만 이런 류의 성격을 가진 여자는 정말이지 피곤하다. 자신의 매력을 잘 알고 있지만, 그것을 이용해서 무언가를 할 때는 상대를 잘 파악해야 하는 법이었다.

"유하님."

사야는 작게 유하의 이름을 부르며 유하에게로 다가섰다. 그리고 조용히 시선을 들어올려 유하를 바라보았다. 엷게 가라앉은 그녀의 눈동자는 어떤 사심도 담겨 있지 않은 것처럼 맑았다.

"그럼, 한번만 절 안아주실 순 없나요? 마지막이라고 생각할 테니……"

바보같이 전개되어 가는 상황에 유하는 기분이 나빠졌다. 사야가 이렇게 갑자기 매달리는 것도, 자신이 지금 백의 영토에 있는 것도, 아직 일어나지 않은 불안한 공기 때문에 신경을 쓰는 것도 모두 마음에 들지 않았다.

"그렇게 한다고 그대가 진심으로 포기할 거라고는 생각하지 않는데."

"약속할게요. 마지막이라고."

미심쩍은 구석이 사라지지는 않았지만 유하는 작게 고개를 끄덕여주었다. 한번 안아준다고 해서 몸이 닳는 것도 아니니.

유하의 허락이 떨어지자 사야는 환하게 웃었다. 부서지는 빛의 포말과도 같이 새하얀 웃음을. 유하는 그런 사야의 미소를 보며 조금이지만 진심으로 그녀가 아름답다는 생각을 떠올렸다. 그리고 포근하게 안겨오는 그녀의 몸. 옷이 서로 맞닿으며 사라락거리는 소리가 기분 좋게 귓가에 울려퍼졌다.

사야의 뿔이 어깨에 닿아 거북하기는 했지만, 유하는 조용히 그녀를 안아주었다. 자신의 품에 안겨 있는 그녀를 보면서 유하는 여자의 몸이란 이토록이나 작고 가냘픈 것이라는 걸 깨달았다. 자신의 기억 속에 잠들어 있는 여자로서의 삶의 경험에서는 깨닫지 못했던 사실. 여자의 시선으로 여자를 보는 것과 남자의 시선으로 여자를 보는 것은 확실히 달랐다.

"유하님."

희미하게 울려퍼지는 그녀의 목소리와 그녀의 몸에서 풍겨나오는 그녀만의 은은한 체향. 여자란 이런 것이었던가. 자신의 주위에 있는 유일한 여자. 시라와 미르에게서는 느껴보지 못했던 사야 특유의 부드러움이 유하를 감싸왔다.

"단 한 번이라도 이렇게 해보고 싶었어요."

사야의 작은 웅얼거림은 자장가처럼 유하에게 전해졌다. 생각조차 하고 있지 않았던 자에게서 느껴지는 고향에 온 듯한 편안함은 자연스럽게 온몸을 감싸고 있던 긴장의 끈을 풀어버렸다.

마치 고압의 전류가 흐르는 것처럼 파지직거리는 소리와 함께 허공에 무수히 많은 새하얀 빛줄기가 그어졌다. 그 빛줄기 속으로 손을 들이밀면 단 한 순간에 혈흔의 흔적조차 남기지 않고 사라져 버릴 듯한 강력한 힘의 파동이었지만, 단지 바라보는 것만으로 생각하면 그것은 너무나도 아름다운 광경이었다.

파직―

손 하나가 그 위험한 아름다움을 간직한 빛 속으로 들어섰다. 순간 그 손은 허공에 부서지는 빛무리처럼 사라져 버릴 듯이 위태위태했지만, 그 격렬한 빛의 움직임 속에서도 손은 무사했다. 마치 빛줄기가 그 손을 비끼고 지나가는 것처럼 손은 유유히 그 속을 헤집고 돌아다녔다.

"결국 돌아오지 않았군."

특이한 울림을 가진 깊은 목소리. 여전히 빛 속에서 손을 움직이는 동작을 멈추지 않으며 남자는 말을 이어갔다.

"그럴 것이라고 예상은 했었지만 말이야."

"일족을 그토록 쉽게 버릴 수 있으리라고 생각하지는 않았습니다."

"아니, 당연히 그랬겠지."

남자에게 말을 걸던 젊은 목소리는 의문을 담은 채 조용히 눈동자를 움직였다.

"처음부터 그 텅 빈 얼굴을 보면 알 수 있었어. 가만히 보고 있으면 멍한 두 눈동자를 피로 물들이고 싶어질 정도로……. 그런 눈을 한 자는 결코 우리 일족의 이름을 얻을 수 없지."

"노하님."

두 개의 뿔에서 퍼져 나온 금색의 빛에 감싸여 있는 그를 보며 기는 작게 그를 불렀다. 오랫동안 곁에서 그를 보좌해 왔지만 노하의 심중을 완벽히 이해하기란 불가능했다.

"그렇다면 어떻게 하실 생각이십니까?"

"떠나가도록 허락한 것은 나지만, 마음이 떠났다고 해서 완전히 벗어났다고 여기는 것은 오산이지."

그렇게 말을 꺼낸 노하의 얼굴에는 언제나와 같은 비릿하고 차가운 미소가 피어올라 있었다.

"어떤가. 뿔이라도 잘라줄까?"

섬뜩하도록 차가운 태도로 노하는 말했다. 마치, 길가의 돌을 가볍게 차버리는 것처럼 아무렇지 않게.

"모든 것은 노하님의 뜻대로."

어떤 동의의 말도, 그렇다고 불만의 말도 섞이지 않은 그만의 대답. 기는 어떤 것이 노하가 가장 만족할 만한 답인가를 알고 있었다.

"감시자들의 성과는 어느 정도인가?"

한참 동안 입가에 빈정대는 듯한 미소를 매달고 있던 노하는 빙긋이 웃으며 말을 꺼냈다.

"만족하실 정도는 됩니다. 본래부터 가진 힘의 거의 대부분을 자유롭게 다룰 수 있을 정도가 되었습니다. 원래 힘의 운용을 배우는 것이 빠른 자들이니까요."

깍듯하게 대답하는 기에게 무심한 시선을 던지며 노하는 가볍게 몇 차례 고개를 끄덕였다.

바람에 노출되어 있는 잘린 뿔이 있던 자리에서 느껴지는 감각에 바사기는 쓴웃음을 지었다. 벌써 많은 시일이 지났지만, 그리고 상처도 완쾌되었지만 뿔이 있던 자리의 감각은 생생하게 살아 있었다. 그리고 그와 더불어 반감되어 버린 자신의 힘에 대한 아쉬움도 피어올랐다. 아무리 이제 별 상관이 없는 일이라고 자신을 위안해 보아도 지금까지 몸의 한 부분으로 지니고 있던 것을 잃은 상실감은 아직까지도 큰 여파를 미치고 있었다.

"여기서 뭐 해요?"

밝은 미소를 머금은 미르가 말을 걸어왔다.

숲으로 이어지는 오솔길에 서서 조용히 바람을 느끼고 있던 바사기는 미르에게로 시선을 돌리며 답했다.

"그저……."

"싱겁기는."

이제 금의 일족이라는 위화감은 사라져 버린 바사기였지만, 미르에게 있어 바사기의 존재는 유하님 이외의 남자라는 존재감을 가지고 있었다. 유하의 사비가 된 그때부터 단 한 번도 이 집을 오랫동안 떠난 적이 없던 그녀에게 바사기가 관심을 끄는 존재라는 것은 틀림없는 사실이었다.

"뿔…… 아프지 않았나요?"

바사기가 뿔에 신경을 쓰고 있던 것을 알아챘는지, 미르는 아무렇지 않게 흘러가는 말처럼 물어왔다.

"글쎄, 이미 지난 일이라."

바사기는 짧게 답하며 편안한 미소를 지어 보였다.

"나였다면 분명 견디지 못했을 거예요. 아무리 유하님이 치유해 주셨다고 해도……."

"그래."

그리고 바사기는 입을 다물어 버렸다. 얼굴에는 편안한 표정이 떠올라 있었지만, 미르는 그에게 말을 걸 엄두가 나지 않았다. 은연중에 풍겨나오는 그의 기운은 자신이 편하게 생각해 왔던 바사기라고 생각하기 힘들 정도로 존재감이 있는 것이었다. 미르는 생각했다. 만약 자신이었다면 아무리 유하님을 따라간다고 해도 금의 일족의 영토에 아무렇지 않게 갈 수 있을까? 그리고 바사기처럼 자신이 가지고 있던 모든 것을 버리고 그 속에 녹아들 수 있을까?

자신들 은의 일족과 달리 금의 일족은 뿔의 힘을 생명처럼 여기지 않는가. 물론 은의 일족들도 뿔이 없으면 어떤 존재감이나 위치도 가질 수 없지만, 금의 일족은 힘이 없으면 아무것도 아니다.

'나는 아마 죽을 때까지 이곳에서 살겠지.'

미르는 그렇게 생각하며 희미하게 웃었다. 하지만 얼마 지나지 않아 떠올리고 싶지 않은 생각이 저절로 피어올랐다. 유하는 자신보다 분명 짧은 삶을 살 것이라는 사실을. 지금까지 여러 차례 위험한 일들이 있었지만 피부에 와닿게 실감한 적은 없었다. 유하는 반드시 눈을 뜨고 푸른 눈동자로 자신을 바라봐 주었기 때문에.

하지만 언젠가는 분명 헤어져야 할 날이 올 것이다. 그렇게 된다면 자신은 어떻게 해야 할까. 사비 이외의 일은 해본 적이 없는 자신이 과연 무엇을 할 수 있을까. 누군가의 아내가 되어 살아갈 수도 있고, 지금까지처럼 이곳에서 시라와 함께 살 수도 있을 것이다. 하지만 그 속에 존재하던 유하의 모습이 사라진다면 자신은 과연 견뎌낼 수 있을까.

'벌써부터 이런 일을 생각할 필요는 없겠지.'

너무나도 자연스럽게 여기고 있어서 지금까지 떠올리지 못했던 사실이 갑자기 떠오르자 미르는 혼란스러워졌다. 자신은 항상 오늘은 어떤 요리를 만들까, 유하님은 오늘 어떤 표정을 하고 계실까, 라는 생각만을 하면서 살아왔던 것이다.

"뿔이 없으면 일족에 속할 수 없지만, 그래도 살아갈 수는 있지."

갑자기 터져 나온 바사기의 말에 미르는 지금까지 펼치고 있던 생각들을 접고 바사기를 응시했다. 본래 두 개의 뿔이 있어야 할 곳에 하나의 뿔만이 존재하고 있어서 그의 모습은 우습게 보였다. 하지만 미르는 결코 웃을 수 없었다. 그때의 일을 두 눈으로 직접 본 것은 자신이었기에.

"나는 뿔을 잃은 대신 다른 것들을 얻었잖아. 그렇다고 모든 것이 채워졌다, 라고 한다면 그건 거짓말이겠지만."

차분하게 이어지는 바사기의 목소리가 미르에게는 왠지 모르게 슬프게 느껴졌다.

"이제 금의 일족의 일은 완전히 잊었나요?"

바사기는 고개를 끄덕였다.

"그래. 지금까지의 내가 무엇이었든 간에 지금의 내가 유하님의 사비라는 사실이 중요하니까. 비록 지금은 내게 말을 걸어주셨던 그때의 유하님이 아니긴 하지만 그래도 상관없어. 지금 유하님은 엄연히 존재하니까."

바사기는 말을 꺼냄과 동시에 머리 속에 떠오른 과거의 영상을 지우려 노력했다. 금의 일족이었던 자신, 그리고 자신을 비롯한 모든 일족에게 절대자였던 자신의 형제와 그가 했던 말이라면 무엇이든 수행했던 자신의 모습이 떠올랐다.

칼날처럼 날카로운 바람이 불 때마다 자신의 것이 아닌 다른 누군가의 뿔이 잘리고 피가 튀었다. 그리고 다른 무엇보다 괴로운 일은 그런 광경을 보면서도 자신은 아무런 감각을 느끼지 못했다는 사실이었다. 그 때문에 그토록 간단히 자신의 뿔을 자를 수 있었는지도 모르지만.

2년의 시간이 흐른 지금, 분명 자신의 형제는 자신이 돌아오지 않을 것이라는 사실을 깨달았을 것이다. 그리고 분노하고 있을 것이다. 다른 누구도 아닌 자신의 피를 이은 자가 자신의 의도를 벗어나는 행동을 했다는 사실 때문에. 은의 영토로 간다는 자신의 말에 그토록 쉽게 허락한 것에는 분명 의도가 숨어 있었다. 그것을 어긴 이상 그가 분노할 것이라는 사실은 당연하다. 그의 성격이라면 분명 자신이 어느 곳에 머물고 있든 간에 찾아서 그에 합당한 벌을 내릴 것이다. 자신만이 가지고 있는 절대적인 특권으로.

"그렇군요."

한참이 지나서야 미르는 알았다는 듯이 고개를 끄덕였다.

"함께 기다려요."

"유하님은 안에 계신가?"

각자의 생각에 빠져 있던 미르와 바사기는 존재감조차 느끼지 못했는데 누군가가 말을 걸어오자 깜짝 놀라며 시선을 돌렸다. 그러자 자신들이 서 있는 문에서 불과 몇 걸음 떨어지지 않은 곳에 서 있는 검은 무복 차림의 남자가 눈에 들어왔다. 그것은 분명 시류님의 휘하에 있는 감시자의 복장.

미르는 당황했다. 갑작스럽게 찾아온 감시자도 그렇지만 어떤 대답을 해야 할지, 그리고 지금 자신의 곁에 서 있는 바사기의 정체를 감시자가 알아채면 어떻게 행동할 것인지……. 어쩌면 여산을 통해서 시류의 귀에도 들어갔을지 모르지만, 유하가 인정했다고 해서 다른 모든 일족들이 인정하지는 않는다.

"유하님은……."

미르는 말을 꺼내면서 조심스럽게 바사기와 감시자의 눈치를 살폈다.

"유하님은 지금 이곳에 계시지 않습니다."

망설이는 미르를 제쳐 두고 바사기가 말을 이었다.

"행방을 물을 수 있을까?"

감시자는 태연히 바사기와 시선을 마주치며 물었다. 입가에 엷게 피어오른 미소를 보니 바사기의 정체를 알아챈 것 같기도 했다. 그의 시선이 잘린 바사기의 한쪽 뿔로 향했다가 내려왔다. 그러나 그런 그의 행동에도 바사기는 아무런 말도 하지 않았다. 자신에 대해 그가 관심을 갖는다는 사실보다 유하에 관한 일이 더 중요했다. 태연하게 감시자와 말을 하고는 있지만 유하의 행방을 사실대로 말해야 할지, 아니면 거짓으로 넘겨야 하는지에 대해 망설이고 있는 것 같았다.

"먼 곳으로 가신 모양이지?"

"그렇습니다."

바사기는 깍듯하게 답했다.

"시류님께서 유하님을 찾으시는데 말이야. 계시지 않을 거라고는 생각하지 못했군."

또다시 고개를 든 바사기와 감시자의 시선이 마주쳤다. 조금 전과 달리 감시자의 눈빛이 차갑게 가라앉아 있는 것을 보고 미르는 불안한 기분이 일시에 온몸에 퍼지는 것을 느꼈다.

"바쁘지 않으시다면 안에 들어가셔서 함께 기다리시는 건 어떻습니까? 오늘쯤이면 돌아오시리라 생각하는데요."

"그런가……."

잠시 생각에 잠긴 듯 아무 말 없이 서 있던 감시자는 흔쾌히 고개를 끄덕였다.

"그럼, 함께 기다리도록 하지. 시류님도 그 정도는 기다려주실 테니."

조금이지만 풀어져 버린 긴장감에 미르는 안도의 한숨을 내쉬며 앞장서서 길을 옮기고 있는 바사기와 그 뒤를 따르는 감시자를 응시하며 발을 내디뎠다.

'유하님, 제발 빨리 돌아오세요.'

유하가 백의 영토로 떠난 지도 오늘로 아흐째가 된다. 백의 수유현의 딸 사야의 방문으로 인해 그곳으로 떠나게 된 유하. 그곳에서 어떤 일을 하든지 간에 지금이라면 충분히 끝마치고 돌아올 수 있는 시간. 미르는 속으로 간절하게 빌었다. 유하가 어서 돌아오기를.

*　　　　*　　　　*

갑작스럽게 정신이 아득하게 가라앉는 느낌이 온몸을 감싸왔다. 자신의 의지로도 어떻게 조종할 수 없는 몸의 감각은 점점 둔중하게 무게를 늘려갔다. 땅 위에 두 발을 딛고 있는 것 자체가 힘겹게 느껴질 정도로 몸의 힘이 사라진 듯한 느낌. 그리고 시야도 점점 뿌옇게 흐려지고 있었다.

"이건……."

유하는 속삭이듯이 작게 울려퍼지는 자신의 목소리에 놀라며 입술을 움직였다.

"오랫동안 당신을 위해 준비했어요."

사야의 목소리에 웃음이 담겨 있다고 느낀 것은 자신의 착각이었을까. 유하는 주위의 모든 것들이 자신에게서 멀어져 가는 듯한 느낌에서 벗어나기 위해 발버둥을 쳤다. 그러나 그것은 자신의 생각이었을 뿐, 몸은 손가락 하나 제대로 움직이지 않고 있었다.

"이건 아버님의 의지도, 일족의 의지도 그 무엇도 아니에요. 오직 내가 원했기 때문에."

사야의 목소리가 마치 자장가처럼 부드럽고 온화하게 들려왔다.

"너……"

유하는 입술을 움직여 무슨 말인가를 하려 했지만 몸은 자신의 의지를 배반했다. 그리고 부드럽고 향기로운 포근함 속으로 점점 빠져 들어갔다. 온몸에 퍼져 가는 불안감의 정체는 이것이었던가. 자신은 막연하게 일족에게 어떤 일이 일어날 것이라고 생각해 왔었는데, 아니었던 모양이다. 이제 자신이 가진 사제로서의 능력은 사라진 것일까? 아니면, 자신이 자신이 아니게 된 그 순간부터 모든 것이 어긋났던 것일까? 의문은 꼬리에 꼬리를 물고 피어올랐다. 하지만 그것도 잠시뿐, 유하는 온몸을 잡아당기는 푸근한 나락 속으로 서서히 잠겨 들어갔다.

"유하님, 이제 당신의 푸른 눈동자에 담기는 것은 오직 저만이 될 거예요."

이미 눈을 감아버린 유하에게 자신의 말이 들릴 리는 없었지만, 사야는 요염할 정도로 매력적인 미소를 떠올리며 말했다. 그리고 매달리다시피 자신에게 몸을 기대고 있는 유하를 조심스럽게 침상으로 옮겼다. 매끄럽게 흘러내린 은청색의 머리카락이 자신의 몸에 직접 닿아 있는 느낌. 사야는 또다시 미소를 떠올렸다. 항상 바래왔던 자신의 소망. 먼 곳에서만 응시해 왔던 청의 사제 유하를 드디어 손에 넣었다.

"유하님, 분명 당신도 만족할 거예요. 더 이상 힘을 써서 당신의 생명을 줄이는 일은 없어질 테니까. 전 있는 그대로의 당신만을 바래요."

잠자듯이 평온하게 숨을 내쉬며 침상 위에 누워 있는 유하를 보자 사야의 전신에는 만족감이 피어올랐다. 사야는 침상에 걸터 앉은 채 유하를 내려다보며 손을 뻗었다. 하얗고 부드러운 피부와 어떤 것보다도 매끄러운 머리카락. 이제 오직 자신만이 그를 보고 만질 수 있다.

"유하님, 편히 주무세요. 다음에 눈을 떴을 때에는 지금과 다른 세상이 되어 있을지도 모르니까."

침상에서 몸을 일으키며 사야는 또다시 중얼거렸다.

"그리고 그때는 분명 당신이 사제가 아니어도 되는 날이 되겠죠. 당신의 앞에 존재하는 건 오직 나만이 될 테니까."

편안하게 눈을 감은 유하는 아무것도 모르는 얼굴로 숨을 들이쉬며 내쉬며 사야의 시선 안에 존재했다.

문을 열자, 수십 명은 되어 보이는 감시자와 사비들이 늘어서 있었다. 분명 아버지의 명령으로 온 것이겠지만, 그들은 왜 자신들이 이곳에 있어야 하는지도 정확히 알지 못한 채 불려나와 자신들에게 주어진 일을 한다. 언제나 그래왔듯이 절대자에게의 복종을. 그것은 이곳에서 살아가는 자들이라면 누구나 본능처럼 깨닫고 있는 진실이었다. 그리고 사야는 언제나의 도도한 자신의 모습으로 되돌아가 그들에게 말했다. 지금은, 그녀의 아버지가 백의 수 유현으로 존재하는 지금은 그녀 역시 가장 높은 자리에 존재한다.

"이 시간 이후로 이곳에 나를 제외한 어떤 누구도 들어서지 못하도록 감시해라. 이것은 곧 백의 수 유현님의 명령이다."

"명심하겠습니다."

수십 명의 음성이 하나가 되어 답했다.

사야는 아버지의 방으로 향하며 입가에 진한 미소를 머금었다. 지금까지 이토록이나 즐거운 기분을 느꼈던 적이 있었던가. 단 한 번도 자신에게로 향해 있던 적이 없는 아름다운 푸른색 눈동자를 이제는 자신만이 바라볼 수 있게 되었다는 사실이 너무나도 기뻤다. 이미 그녀의 머리 속에는 유하가 가진 사제라는 이름이 어떤 의미를 가지고 있는지도, 그리고 왜 자신의 아버지인 백의 수 유현이 유하를 이곳에 머물도록 붙잡으라고 말했는지도 남아 있지 않았다. 오직 유하를 얻었다는 사실만이 머리 속을 가득 채우고 있을 뿐. 자신과, 그리고 자신의 아버지가 한 행동이 앞으로 어떤 영향을 미치게 되는지도 그녀는 생각하지 않았다.

"역시 그 동안의 신뢰감 때문에 일을 잘 해낸 모양이구나."

부드러운 웃음을 지으며 말을 걸어오는 아버지를 응시하며 사야는 가만히 고개만을 끄덕여 보였다.

"아무리 청의 수라 해도 사제가 이곳에 있는 한 함부로 달려들지는 못하겠지."

젊고 강인한 자가 가진 힘에는 당할 수 없다고 여겨왔었는지 그것을 이겨낼 수 있는 열쇠를 쥐게 된 지금, 유현은 예전의 그가 가지고 있던 부드러움의 탈을 벗어던졌다. 사야는 아버지의 얼굴에서 시선을 돌려 방 안을 바라보았다. 바로 몇 시간 전까지만 해도 아버지는 이곳에서 유하와 이야기를 나누고 있었다. 분명 그를 부른 목적이었던 비전서의 내용을 듣기 위해서. 하지만 사야는 비전서의 내용에는 관심이 없었다. 일족의 앞날이 어떻게 되든지, 그리고 자신이 그 일족에 포함되어 있다고 해도 그녀를 움직이는 것은 오직 하나. 자신이 원하는 것을 얻고야 말겠다는 신념이었다.

"이제 이곳에 유하가 있는 한 어떤 일이 생긴다고 해도 청의 일족들이 가장 먼저 나설 것이다. 그리고 이런 일은 천천히 알려지게 하는 게 좋겠지. 갑자기 알려진다면 젊은 혈기에 무슨 짓을 벌일지 모르니까."

"그는 항상 유하님을 염두에 두고 있으니까요."

사야는 억양없는 목소리로 유현의 말에 맞장구를 쳤다.

몇 해 전 유하에게 아버지의 말을 전하기 위해 청의 영토에 갔을 때, 우연히 시류와 이야기를 나눌 기회가 생겼다. 몇 시간 동안이나 함께 이야기를 나눈 결과 시류는 지금까지 자신이 생각하고 있었던 것만큼 두려운 존재는 아니라는 것을 깨달았다. 그의 힘이 다른 세 명의 수에 비해 월등히 강하다곤 해도 그에게는 유하라는 최대의 강점이자 약점이 존재하고 있었다.

'하지만 결코 당신에게는 되돌려주지 않아.'

사야는 싸늘하게 미소 지었다.

"지금 유하는 어떻지? 그 향이 잘 들었으면 좋겠는데."

"편안하게 잠들어 있어요. 분명 꿈조차 꾸지 않고 깊은 잠 속에 빠져 있을 거예요."

"다행이로군. 유하에게 공격적인 힘이 있었다면 힘들었을 텐데 말이다."

이제 유현의 말투는 점점 안정감을 되찾아가고 있었다.

일족들 사이에 존재하는 알력 때문에 얼마나 많이 생각하고 생각했던가. 그 정점에 서서 가장 유리한 위치를 고수하고 싶다는 것이 그의 바램이었지만, 그것은 지금까지 청의 수 시류가 차지하고 있었다. 어째서 청의 일족에게만 강한 사제가 태어났는지는 모르지만 힘은 강한 자가 얻는 것이다. 방법은 중요하지 않다. 그것을 어떻게 얻고, 어떻게 활용하는가가 무엇보다 중요할 뿐.

그리고 이제 그것을 얻은 것은 자신이다.

"이제 이곳에서 단 한 걸음도 빠져 나가지 못할 거예요. 안심하셔도 좋아요."

사야의 말에 유현은 신뢰감이 새겨진 얼굴로 고개를 끄덕여 보였다. 바로 이 순간을 위해서 지금까지 자신을 만들어왔지만, 이제는 그런 노력을 하지 않아도 되는 것이다. 눈치 빠르고 비상한 사고를 가진 적의 수 화월도 조용하고 무게감이 있지만, 위험스러운 흑의 수 진도, 그리고 강인하고 당당한 청의 수 시류도 자신을 함부로 대하지 못할 것이다.

"이제 남은 것은 단 하나로군."

유현은 작게 중얼거리며 미소 지었다.

*　　　*　　　*

"뭐라고?"

시류의 격렬한 외침이 집무실 안에 울려퍼졌다.

"백의 영토에 가신 지 열흘이 넘었다고 합니다."

시류의 격한 외침에도 아랑곳하지 않고 감시자는 조금 전에 자신이 했던 말을 반복했다.

"어째서지?"

시류는 혼잣말처럼 중얼거렸다.

어째서 유하는 자신에게 그 어떤 허락도 구하지 않고 움직인 것일까. 백 년의 세월이 지난 후에야 겨우 예전의 상태로 되돌아 갈 수 있게 되었다고 기뻐했었는데, 그것은 자신만의 착각이었던 모양이다. 아무리 자신에 대한 배신감에 상처를 받았어도 유하는 청의 사제라는 자신의 직무를 지나칠 정도로 충실하게 수행해 왔 다. 시류가 다른 일족들보다 훨씬 안정적인 자리를 유지할 수 있 었던 것은 모두 유하의 덕이었다. 자신에게만 존재하는 사제, 그리 고 자신의 소중한 친구. 그때 이후로 진심에서 우러나온 따뜻한 미소를 볼 수는 없었지만, 유하는 적어도 자신의 명령이 떨어지지 않으면 어떤 일도 수행하지 않았다. 지금까지 몇 번이나 다른 수 들이 유하를 보내달라는 요청을 해왔던가. 하지만 자신은 그것을 간단하게 거절해 왔다. 자신에게 거절당한 그들이 가만히 있지 않 을 것이라는 사실은 물론 알고 있었다. 그들이 직접 유하에게 접 촉을 했을 것이라는 사실도. 하지만 유하는 단 한 번도 그들의 요 구에 응한 적이 없었다.

그런데 어째서… 바로 지금, 자신이 그를 필요로 할 때에 모습 을 감추어 버린 것인지. 그것도 백의 영토로.

'이것은 유하의 나에 대한 보복일까?'

시류는 무섭도록 차분하게 가라앉은 눈으로 바닥을 응시했다. 자신의 생각이 너무나 안일했던 것일까. 유하는 오직 자신의 말만 을 듣는다고, 가만히 놓아두어도 결코 날아가지 않는 새라고. 유하 가 모습을 감추었다. 스스로의 의지로. 그렇다면 자신은 어떻게 해 야 할까. 청의 수로서 그에게 명령을 내려 돌아오게 만들어야 할까? 그렇지 않으면 친구로서 그가 스스로 돌아올 때를 기다릴 것인가. 유하는 분명 돌아온다. 그것은 변하지 않는 진실이었다. 하지만 자신은 과연 어떤 얼굴로 유하를 맞이할 것인가. 모든 일의 시작은 다 자신으로부터 비롯된 것임에도.

"백의 수 유현님께 연락을 취할까요?"

감시자는 생각에 잠긴 시류를 물끄러미 응시하다가 물어왔다. 그러나 시류는 천천히 고개를 저었다.

"돌아올 테니까."

"알겠습니다."

감시자는 깊이 고개를 숙여 보이며 시류의 시야에서 사라졌다. 시류는 그쪽으로는 시선도 돌리지 않은 채 여전히 깊게 생각에 잠겨 있었다.

'유하, 모든 것은 처음부터 다 나의 잘못이었던 것일까? 이제 다시 네가 되돌아올 거라고 믿었었는데, 네 얼굴에 떠오른 미소를 보며 안도했었는데.'

언제나 자신은 후회만을 거듭한다.

그것도 언제나 유하가 보지 않는 곳에서만. 유하를 눈앞에 두고서는 이제 어떤 식으로도 과거의 자신이 될 수 없는 것인지도 모른다. 몇 년 전만 해도 유하의 앞에서는 본래의 자신이 되려고 노력했었는데, 그것도 이제는 깨어져 버렸다. 유하는 계속해서 자신의 곁에서 달아난다. 자신의 존재가 그에게 부담을 주는 것일까? 그리고 유하는 왜 백의 영토로 간 것일까. 적의 수 화월도, 흑의 수 진도 분명 시류의 시선을 피해서 유하에게 요청을 했을 텐데, 유하는 어떤 이유로 가장 처음 백의 영토에 발을 들여놓아야겠다고 생각한 것인지 시류는 너무나도 궁금했다.

인자한 인상과 달리 속에 무언가를 잔뜩 숨기고 있는 듯한 백의 수 유현과 그런 그를 전혀 닮지 않은 아름다운 사야. 둘의 영상이 시류의 머리 속에 떠올랐다.

"유하……."

자신이 지금 무엇을 말하고 있는지도 모른 채 시류는 생각 속에 빠져들었다. 수가 된 이후, 아니, 유하를 사제가 되게 한 이후로 계속해서 후회만을 해왔던 자신의 삶. 후회에 후회를 거듭해 왔지만 자신은 결국 선택을 바꾸지 않았다. 자신은 여전히 청의 수 시류이고 유하는 청의 사제이다.

'유하가 돌아온다면… 이번에는 반드시……'

시류는 이번에야말로 유하에게 자신의 진심을 보이리라 다짐했다. 어떤 결과가 되더라도, 유하가 다시는 자신을 돌아보지 않게 된다 하더라도 지금까지 가슴속에 묻어둔 채 꺼내지 않았던 자신의 진심을 보여주고 싶었다. 청의 수 시류로서가 아닌 옛 시절을 함께 보낸 친구 시류로서.

"시류님, 여산님께서 오셨습니다."

시간이 얼마나 지났을까. 시류는 어느 정도의 시간이 흘렀는지도 알지 못한 채 계속 자리에 앉아 생각에 잠겨 있었다. 바로 조금 전, 사비의 목소리가 들려오기 전까지. 조용히 문이 열리고 여산이 인사를 하며 들어섰다. 오랫동안 감시자의 일을 해온 그는 시류가 마음을 열고 대하는 몇 안 되는 존재 중 하나였다.

"무슨 일인가."

"예."

여산은 시류의 앞에 의자를 가져다 놓고 앉으며 말을 시작했다.

"아무래도 접경 지역 쪽의 움직임이 불온합니다. 아직 아무런 변화는 없지만, 유하님과 같은 능력이 없는 자들도 긴장감을 느낄 정도로 공기가 팽팽하게 당겨져 있습니다."

시류는 몇 번 고개를 끄덕였다.

항상 불규칙적으로 접경 지역에서 모습을 드러내고 무차별로 일족들에게 힘을 써서 피해를 입히는 금의 일족들은 그가 가장 경계하고 있는 대상이었다. 오랜 옛날, 일족에서 갈려나간 그들은 이제 같은 모습을 하고 있음에도 불구하고 서로가 서로를 받아들이지 않는 양날검과 같은 사이가 되어버렸다.

"방비는 어떤가."

"보통 때보다 세 배는 많은 감시자들을 동원하고 있지만, 그들이 힘을 쓸 때 과연 어느 정도 버틸 수 있을지는 장담할 수 없습니다."

언제나처럼 작은 흔들림조차 담기지 않은 차분한 목소리로 여산은 말했다.

"그렇군."

"유하님이 계시다면 안심이 될 것 같은데, 유하님은 계시지 않는 것입니까?"

벌써 많은 이들에게 유하의 부재가 퍼져 나간 모양이었다. 아니, 이것은 별로 특별한 일은 아니다. 일족들에게 있어 가장 큰 관심사 중의 하나인 유하의 행동이 알려지지 않는 것 자체가 이상한 일이다. 비밀리에 퍼져 나가고 있는 일이긴 했지만, 2년 전 유하가 금의 일족 하나를 사비로 거두었다는 사실도 벌써 많은 일족들이 알고 있는 일이었다. 다른 누군가가 그런 행동을 했다면 지탄의 대상이 되었겠지만, 그런 행동도 유하가 했기에 아무런 말 없이 넘어간 것이었다.

"금방 돌아오겠지. 결국 머물 곳은 이곳이라는 걸 알고 있을 테니."

"하지만 이럴 때에 갑자기 자리를 비우신 건 유하님답지 않은 행동입니다. 분명 유하님이라면 예전에 불온한 움직임을 눈치 채고 계셨을 터인데……."

시류는 고개를 돌리며 말을 이었다.

"분명 생각이 있어서 움직였겠지."

"아무런 조언을 하지 않으신다 해도 유하님이 존재한다는 사실 하나만으로도 일족들은 안심할 텐데 말입니다."

시류도 유하가 빨리 돌아와 주었으면 좋겠다고 생각했지만, 자신의 입으로 그런 말을 내뱉을 수는 없다. 자신은 청의 수 시류. 청의 일족의 정점에 선 자. 일족들의 앞에서 흔들리는 모습을 보일 수는 없다. 그리고 자신이 어딘가에 기대고 있다는 사실은 더더욱.

"유하님은 확실히 변하셨더군요. 그때 금의 일족을 받아들이신 이후로."

시류는 아무 말도 하지 않았다. 유하의 변화는 다른 누구보다 자신이 가장 잘 알고 있다. 처음부터 그를 지켜봐 왔던 것은 자신이었으니까.

'하지만 결국은 돌아올 거야.'

시류는 몇 번이고 그 말을 반복했다.

〈 3권에 계속 〉